彼が通る不思議なコースを私も

白石一文

集英社文庫

彼が通る不思議なコースを私も

1

吉井《よしい》建設の本社ビルはヘンな場所に建っている。

住所は早稲田鶴巻町《わせだつるまきちょう》だったが、早大通り沿いではなくて、通りから路地を深く入った一軒家が密集するその中に突然、十階建ての細長いビルがあるのだ。目の前は、普通車がぎりぎりすれ違えるくらいの道幅で、トラックも滅多に通らないようなまるきりの生活道路だったが、向かいに低い生垣に囲まれた小さな公園があるおかげでこんな場所にビルを建てることができたのだろう。

霧子《きりこ》はこの界隈《かいわい》には学生の頃から何度も来たことがある。

というのも吉井先輩の自宅が本社ビルの隣に建つ別館の最上階にあり、しょっちゅう大勢で押しかけていたからだった。別館は五階建てで、吉井家に上がるにはビル裏にある専用の直通エレベーターを使えばよかった。

だが、今日の霧子がいるのは別館ではなく本社ビルの方だ。

六階のだだっぴろい会議室。コの字形に並んだ会議用テーブルを挟んで、霧子は一年先輩だった吉井優也《ゆうや》と向かい合っている。霧子の隣には同級生だった新垣《あらがき》みずほが座っていた。霧子とみずほは文学部で、ゼミも一緒。優也の方は経済学部で、三人はかつて同じ大学の「インターネット研究会」の仲間だった。

通称ネト研。

研究会と言っても、ゆくゆくはネット業界で一旗揚げようというネット有志が集う本格的な学習団体ではない。「学内に溜《た》まり場があった方がやっぱりいいよね。でも、熱心に活動しなきゃいけないのは面倒だしなあ」という学生たちを〝部室〟で釣って集めたゆるいサークルだった。霧子の通った大学は学生数が多く、ゼミなしっ子もいっぱいいたので、その種のサークルは山ほどあった。駿河台《するがだい》の本部キャンパスに数年前に完成したオルトランタワーという名前の新一号館は地上四十五階建てのインテリジェントビルで、各サークルにそこそこの広さの部室を提供するくらい造作もなかったのだ。

三人で会議室に入ってもう十分以上過ぎていた。

吉井先輩もみずほもほとんど口らしい口をきいていなかった。

「大体、なんで澤村《さわむら》がついてくるんだよ」

吉井先輩は二分おきくらいに霧子に向かって同じことを言い、

「霧子には私が頼んだのよ。さっきから言ってるでしょう」

みずほがとげとげしい口ぶりで言い返す。

ずっとそんな調子だった。

「あのお、私、吉井先輩に一つ言いたいことがあるんですけど、いいですか？」

霧子は会議室の壁にかかっている電波時計の針がきっかり一時十五分になったところで顔を上げ、おもむろに切り出した。一時ちょうどに会社の正面玄関で待ち合わせて、すぐにこの六階の部屋に案内された。

日曜日とあって社内は静まり返っている。

「だけど、どうして会社なんかに呼びつけるんだろ？」

二日前に一緒についてきてほしいと懇願されたときに真っ先に霧子が口にしたのはそれだった。

「そんなの分からないよ。薄気味悪いでしょ。だから、霧子、お願い」

みずほは下げっぱなしの頭をさらに下げてきただけだ。

霧子は正面に座る吉井優也の顔をまっすぐに見た。向こうも黙って見返してくる。

「吉井先輩だって、村野《むらの》先輩のときは、みずほとおんなじことをしたじゃないですか」

霧子は言った。

吉井がわずかに気色《けしき》ばむ。みずほが息を詰めるのを感じる。

今日のことは彼女とは何一つ打ち合わせていなかった。あくまで霧子はオブザーバーとしてついてきただけだ。しかし、どうしても別れたくない男と一刻も早く別れたい女が幾ら話し合ってみても埒《らち》が明かないのは自明だろう。

「村野先輩もあのときはずいぶん落ち込んでましたけど、吉井先輩の気持ちが離れてしまった以上どうしようもないって踏ん切りをつけたんです。『ユウヤはもう死んでしまったことにする』って先輩は言ってました」

「澤村、お前、何が言いたいわけ」

馬鹿にしたような表情を作って吉井が吐き捨てるように返す。

彼は背広姿だった。

仕事の都合もあってみずほを会社に呼び出すことにしたのだろうか？

しかし、様子を見る限りとてもそんなふうには見えなかった。そもそも、幾ら父親がオーナー社長で、いずれは自分が後を継ぐ立場だったとしても、こんなプライベートな話し合いのために勤務先の会議室を使うなんてどうかしている。

甘えんなよ。

霧子は思う。学生の頃は自分もみずほもこの隣の吉井家でさんざん飲み食いさせて貰《もら》った身ではあるが、それとこれとは話が別だ。

「だから、先輩も今日をさかいに、もうみずほは死んだと思って下さい。私はそれが一番いいと思うんです」

「はあ」

「村野先輩もそうやって身を引いたんです。今度は吉井先輩の番なんですよ」

「みずほはぴんぴんしてるじゃないかよ」

「吉井先輩だってぴんぴんしてるじゃないですか」

おい、みずほ、と吉井が語気を強めてみずほに言った。

「こいつ、どうにかしろよ」

「優ちゃんがムンバイに行ってるあいだに、そういうふうになったのは悪かったと思ってる。でも、私だって半年も独りぼっちだったし、仕事のことでいろんなたいへんなこともあって、誰かに頼りたかったのよ……」

みずほが弱々しい声で言う。

「でも、優ちゃんを傷つけてしまったことは謝る。本当にごめんなさい」

身を乗り出して、深々と頭を下げた。

こういうしおらしい演技をやらせたらみずほはぴか一だった。普段は勝気で、気に入らないことがあれば相手が誰でも啖呵《たんか》の一つも平気で切るだけに、一瞬で見せる見事なほどの早変わりは男の心をわしづかみにしてしまう。

顔やスタイルは五十歩百歩だけれど、こんな芸当はとても霧子にはできなかった。

「俺は、みずほに会えることだけを支えにムンバイで頑張ってたんだよ」

「優ちゃん、本当にごめんなさい。悪いのは全部私なの。それは私にもよく分かっているの」

みずほは思ってもいないことをすらすらと口の端に乗せる。

吉井先輩とみずほが付き合い出したのは去年の二月、先輩が卒業する直前のことだが、その関係に亀裂が入ったのは、先輩がこの五月にインドのムンバイに赴任してからだった。

元請けのゼネコンがムンバイで巨大ショッピングモールの建設事業を受注し、下請け企業の御曹司でもある先輩が、ゼネコンの求めに応じて現地でのプロジェクト起《た》ち上げに参加することになったのだ。期間はとりあえず一年。

霧子が見るところ、先輩にしろみずほにしろ、一年余りつづいた関係がこのインド赴任を機に自然消滅することを、暗黙の裡《うち》に認め合っていたように思う。

「大事な仕事みたいだし、行かないでとも言えないじゃない。だけどインドじゃなかなか遊びに行くわけにもいかないよね」

みずほはさばさばしていたし、出発直前にたまたまネト研のOB会で飲んだときの吉井先輩も「あいつも就職したばっかりで目が回ってるようだしね。一年くらいは仕事集中の方がいいと俺は思うよ」としごく淡々としていた。

この分だと、吉井先輩がインドから帰って来た頃には二人の関係は終わってるな、と霧子は確信したものだ。

案の定、みずほは梅雨が始まる前には就職したばかりの旅行代理店の先輩社員と深い仲になっていた。

「吉井先輩と別れるんだったら、ちゃんと伝えた方がいいよ」

霧子は一応忠告したが、

「インドに行ったら電話一本寄越《よこ》さないいんだよ。向こうもとっくにそのつもりだよ」

みずほは気にもしていないふうだった。

それがこの十一月の初め、吉井先輩が突然に帰国して、二人のあいだは一気にこじれてしまったのだ。恋人の変心に衝撃を受けた先輩は、一種異様とも思えるようなみずほへの執着をあらわにしはじめていた。

みずほは人の彼氏を略奪するのが大好きだった。

一年生の最初の語学の授業で知り合って以来ずっと彼女の恋愛模様を見てきたが、いつもそうだった。吉井先輩に近づいたのも、ネト研のマドンナと呼ばれていた村野先輩から彼氏を奪いたくなったのが一番の理由に違いない。

そして、奪い取ってしまうと急速に冷めてしまう。いま付き合っている先輩社員も、もとは違う支店に勤める同期の女性と恋仲だったらしく、それを新人として配属されたみずほがさっそく掠《かす》め取ったようだ。加賀《かが》という名前のその彼氏にはまだお目にかかったことがないが、みずほによれば「ジョニー・デップに生き写し」らしい。

とにかくみずほは面食いだった。目の前の吉井先輩も阿部寛《あべひろし》似のかなりのハンサムと言っていい。

ただ、久々に会った先輩は見る影もないほどに激やせしていた。

「優也っていうより幽鬼って感じで、最初、誰だか分かんなかった」

みずほが言っていたが、半年ぶりでこうして面と向かってみると、たしかに薄気味悪いほどのやつれぶりだった。

一年の予定だった勤務を半年で切り上げたのは、現地で重症の出血性大腸炎を患ったためだった。赴任して二ヵ月が過ぎたところでO111に感染し、ムンバイの病院に入院してとりあえず回復したものの、その後も体力は完全には戻らず、支社長の判断で早期帰国が決まったらしかった。たしかに、いまの憔悴《しょうすい》ぶりからすれば灼熱《しゃくねつ》のインドで働き続けるなんて無理だったろう。

体重も十キロ近く減ったみたいよ、とみずほは言っていたが、それ以上かもしれないと霧子は感じていた。

「もともと優也はすごい遊び人だったし、あっさり別れられるはずだったのに、O111のせいで頭までやられちゃったんじゃないの」

吉井先輩の変貌ぶりをみずほは呆《あき》れた口調でそんなふうに言っていた。霧子の方はその冷ややかな物言いにいつもながら唖然《あぜん》としたのだが。

「俺はみずほと別れる気は一切ないからな」

吉井先輩はぼそりと言って、目の前の缶コーヒーのプルトップを引いて一口すすった。玄関に迎えに来たときからなぜかその缶を握りしめていた。会議室に入っても、みずほと霧子の分は出てこなかった。

よく見ると瞳が潤んでいる。視線がゆらゆらと空間をさまよっていた。

半月近くのあいだ、携帯メールが毎日何十通も送りつけられ、着信も数十回に及び、先週からはみずほのマンションに毎晩やって来るようになった。一昨日の金曜日は加賀と会ったあと深夜に帰宅してみるとオートロックの玄関の前に立っていたという。

みずほは怖くなって、姿を認めたとたんに踵《きびす》を返して、その足で霧子のマンションに駆け込んできたのだ。部屋に入れたとたんに携帯に着信があり、みずほが恐る恐る出ると、日曜の午後一時に吉井建設に来てほしい、ちゃんと話がしたいと先輩の方から切り出してきたのだった。

その晩、詳しい経緯を聞いて、霧子はみずほの側にも問題があると思った。

帰国した直後に吉井と会った彼女は、別れを切り出すチャンスを摑《つか》めず、そのままずるずると関係を持ったと言うのだ。

「じゃあ、先輩と寝たの？」

「しょうがないじゃない。いまにも死にそうな感じだったんだもの」

みずほが何より気にしているのは、現在の彼氏である「デップ」のところへ吉井が押し掛けることのようだった。デップというのはむろん加賀のことだ。

「そんなことになったらデップと私はおしまいだよ」

苦りきった口調で言うのだった。

吉井は何口かに分けてコーヒーを飲み干すと、背広の内ポケットから折りたたんだ書類のようなものを取り出した。広げてみずほの目の前に置いた。さらにもう一枚、紙切れをポケットから抜いて、卓上の書類の隣に開いた。

さすがのみずほも目を丸くして吉井を見つめた。

赤い罫線《けいせん》の「婚姻届」の方はびっしりと文字で埋まっていた。あと一枚の方はどうやら戸籍謄本のようだった。

「何、これ」

みずほの声がひび割れて聞こえた。彼女は戸籍謄本の方を手にして子細に眺めている。脇から覗《のぞ》き込むと本籍地の住所、氏名、生年月日、両親の名前、そして続柄の欄に「長女」と記載されている。本物だろう。

「婚姻届」の方にはみずほの署名と「新垣」の捺印《なついん》もされていた。筆跡はむろんみずほ本人のものではなかった。

「いまから、二人で区役所に行こう」

吉井が思い詰めたような瞳で言った。

霧子はそこで初めて、なぜ今日、吉井優也がこの会社にみずほを呼びつけたのか、どうして日曜日に背広を着ているのかが分かった気がした。彼はみずほと一緒に本籍地である新宿《しんじゅく》区役所に婚姻届を提出しに行くつもりだったのだ。

「優ちゃん、あなたどうかしてるんじゃないの」

呆然《ぼうぜん》とした表情でみずほが言う。

「お前のことを愛しているんだ。ムンバイの病院で七転八倒しながら、頭に浮かぶのはお前の顔だけだった。いまの男のことは聞かなかったことにする。もう二度と責めたりはしない。だから、みずほ、俺と一緒になってくれ。お前がいないと、生きていけないんだ」

吉井は半分泣き出しそうな顔でみずほに言った。

みずほは何も言い返さず、手にしていた戸籍謄本を折りたたんで霧子の方へと差し出してくる。婚姻届の薄い紙を取り上げ、黙ってしばらく眺めたあと、これも四つ折りにして霧子に渡してきた。

霧子はそれらを受け取って自分のバッグにしまった。みずほが何を考えているのかよく分かった。

「優ちゃん」

冷たい声音でみずほが口を開く。

「他人の戸籍を無断で取ったり、婚姻届に勝手に署名したり、その上、偽のハンコを捺《お》したり、あなたがやったことはれっきとした犯罪なのよ」

吉井は怪訝《けげん》そうに彼女を見た。

「もしも、もう一度こういうことをしたら、私はあなたを告訴する。これ以上、私につきまとったら父に相談して警察にも相談する。もちろんあなたのご両親にも、事実を伝えて善処するように厳重に申し入れるわ」

淡々とみずほはつづける。こういうときの彼女のドスの利いた口ぶりは男顔負けだった。

吉井の方は、みずほの言葉がすんなりと耳に入っているふうには見えない。

「もう一度頼む。みずほ、きみを心から愛しているんだ。俺はインドに行ってそのことに初めて気づいた。きみのいない人生なんて俺には考えられない。だから、お願いだ、俺と結婚してくれ」

さきほどと同様の言葉を繰り返した。

しかし、その彼の口調には妙な迫力、いままで霧子が耳にしたことのない言葉の説得力のようなものが伴っている。

　この人、本気なんだ。

　とんだ愁嘆場かもしれないが、吉井が真剣な心でみずほに求婚しているのは間違いないと思った。

「優ちゃん、あなたどうかしてるんじゃないの。そんな身勝手な気持ちを、私に押しつけないでちょうだい。とても迷惑だし、不愉快だわ」

　みずほの乾いた口調に、吉井はかなしそうな顔になった。

　それは、憑《つ》き物が落ちたような一種おだやかな表情にも見えた。

　夕日を眺めているような顔だと霧子はふと感じる。やせ細った面貌は老人めいていて、目尻や額、頬にも深い皺《しわ》が刻み込まれていた。

「どうしても駄目なんだね」

　彼はテーブルに置いた空のコーヒー缶をふたたび手にして、掌《てのひら》の中の缶に向かって呟《つぶや》くように言った。

　そして、その缶を音を立ててテーブルに戻すと、俯《うつむ》いたまま静かに立ち上がった。

　がっくりと肩を落とした全身から深いため息が聞こえてくるようだ。

　彼はとぼとぼと出入り口へ歩み寄り、ゆっくりとノブを回してドアを開け、煙が消えるように部屋を出て行った。

霧子とみずほはしばし黙りこくって座っていた。そして、どちらからともなく顔を見合わせる。

「みずほ」

霧子が言った。みずほはこくりと頷《うなず》いて立ち上がった。霧子もつづいた。

部屋を出ると二人は薄暗い廊下を駆け足で一往復した。どの部屋の明かりも消えていたし、人の気配は皆無だった。会議室の前まで戻って、左奥のエレベーターホールへ向かう。二基のエレベーターの階数表示を見ると、左は「1」を示し、右は「10」だった。

「霧子は下に行ってみて」

みずほは緊張した面持ちで言った。上下のボタンを同時に押す。右のエレベーターが先に来た。みずほが乗って小さく手を振る。見送ってすぐに今度は左の下りが来たのでそれに乗り込んだ。扉が閉まって狭い空間に一人きりになったとたんに霧子は猛烈な胸騒ぎを覚えた。

一階のさほど広くないロビーにも吉井優也の姿はなかった。腕時計で時刻を確かめる。一時半を回ったばかりだ。

十二月を目前に控えて寒い日々が始まっていた。だが、今日は久しぶりの晴天で気温も上がっている。暗いロビーから逃れるように、霧子は玄関ドアをくぐって外に出た。

まさかね、と自分に呟く。

光の中に出ると胸騒ぎは少しおさまった。それでも、無言のまま一瞥《いちべつ》をくれるでもなく出て行った吉井先輩の打ちひしがれたような後ろ姿が脳裏に浮かびつづけている。

別館の最上階にある自宅に帰ったのかもしれない。

そう思って、右隣の建物へと足を向けた瞬間、

「やめて！」

という悲鳴のような声が空から降って来た。

霧子は顔を上に向けた。

真っ青な冬の空が広がっている。

「優ちゃん、戻って来て！」

声のありかが分からない。

狭い道路を渡って公園の低い生垣の手前に立つ。もう一度、天に鼻先を向けた。青空を背景にようやく本社ビルの屋上が見えた。

「お願い。馬鹿なことしないで！」

みずほの声が甲高く響いている。風もなくあたりはとても静かだ。車の音も聞こえないし、日曜日とあって工事現場の喧騒《けんそう》もない。

屋上のフェンスを乗り越えようとしている人影があった。人影と言うよりははっきりと見える。彼は、フェンスの外に出て、金網に両手を掛けて立った。身体《からだ》がゆらゆらと

揺れているのが分かる。

最悪の成り行きだと霧子は思った。

吉井が今日、みずほを自分の会社に呼びつけたのは、最終的にはこれが目的だったのだ。最後の望みが受け入れられないときは、恋人の目の前でこうやって社屋のてっぺんから飛び降りるつもりだったのだ。

どうしよう。

吉井が本当に落ちてきたら手立てはない。彼はまさしく足元の道路に叩《たた》きつけられ、おそらくは死んでしまうに違いない。誰かにむかし聞いたことがあるが、九階以上の高さからの投身は怪我《けが》ではすまないらしい。吉井建設の本社ビルは十階建てだ。屋上は十階の窓よりもさらに高い。

そのとき、傍らに微《かす》かな息遣いのようなものを感じて、霧子は振り返った。

黒ずくめの背の高い男がいつの間にかすぐ後ろに立っている。ぎょっとしてその顔を見た。細面の若い男だ。髪は短く、黒縁の眼鏡をかけていた。そのせいで表情はいま一つつかめないが端整な顔立ちをしている。

デップ？

妙な連想が湧いたがそんなはずはない。

よく見ると濃紺のズボンに黒のセーター。羽織っているのはくたびれたステンカラーコートで、これも黒だった。

彼は振り向いた霧子の方に頓着するでもなく、口を閉じてじっと屋上を見つめていた。

「やめて！」

みずほの金切声に視線を戻すと、フェンスの外側に立つ吉井優也が、金網に掛けていた手をいましも離さんとするところだった。まず右手を離し、左手を離した。

すると彼は、大きく両腕を水平に広げ、真っ直ぐな姿勢のまま、ちょうど高飛び込みの選手のように大胆にその身を中空へと放った。あっという間の出来事だった。

みずほのものすごい絶叫が周囲にこだました。

霧子は「えっ」と声にならぬ声を上げただけだった。

大きな棒状の塊がすーっとこちらに向かって落ちてくる。

感覚的にはずいぶん長い時間だったような気がする。

というのも、落下してくる吉井優也の身体が、屋上と地面とのちょうど中間点に到達したあたりで明らかに軌道を変えたのが分かったからだ。

吉井は五階の窓付近で、何かに持ち上げられたように、強い風にでも煽《あお》られたようにふわっと身体を浮かし、そして、本来ならば車道の真ん中に激突すべきものを、眺めている霧子や黒ずくめの青年の頭を飛び越して、真後ろの低い生垣に吸い込まれるように落下していったのだった。

派手な衝撃音が立ち、一瞬、地面が揺れたような錯覚に見舞われた。霧子は気を取り直し、急いで吉井が落ちた生垣の方へと近づいた。

「うーん」

重い唸《うな》り声が聞こえる。

「先輩！」

壊れた生垣の隙間に身体をねじ込みながら叫ぶ。かつて経験したことがないような激しい鼓動を感じていた。

「先輩、大丈夫ですか」

吉井は生垣の中央部分に埋まりこむようにして身体を止めていた。ちょうど胴上げされた人の姿で両手両足を突き出し、木々のあいだにめりこんでいる。

呆然とした顔つきだったが、歪《ゆが》んだ顔面の中でしっかりと目は見開かれていた。唸り声と共にもがくようにして身体を起こそうとしている。

手を差し出すと右手を伸ばして手首のあたりをつかまえてきた。

「引っ張ってくれ」

はっきりとした言葉で吉井は言った。

霧子も無我夢中だった。意識も確かだし、ちゃんと口も利ける。この人は助かったんだ、死なないですんだんだと思うと身の内から譬《たと》えようもない熱い感情が込み上げてくる。

全力で吉井の腕を引いた。

ざーっと元に戻る木々の葉擦れの音がして、同時に、起き上がった吉井が路上へと転がり出てきた。

彼のもとへ歩み寄る。

「優ちゃん」

という大声に霧子は足を止め、本社ビルの玄関の方へと顔を向けた。

血相を変えたみずほが飛び出してきたところだった。

よつんばいになっている吉井も顔を上げて駆け寄ってくるみずほを見ている。

みずほは吉井のそばに来るとひざまずいて顔を覗き込み、

「優ちゃん、どこか痛くない。すぐに救急車を呼ぶからね。ねえ、私の言っていること分かる。優ちゃん、しっかりして」

と声を震わせていた。吉井の方は半ば放心の態《てい》ではあったが、存外しっかりした面持ちで首を振り、

「大丈夫だから」

と返事している。

「霧子、救急車をお願い」

霧子は慌ててポケットをまさぐったが携帯がなかった。コートもバッグも会議室に置いたまま出てきたのだ。

「ごめん。携帯、バッグの中」

「えーっ」

そう言うみずほもバッグは持っていない。

いまや路上の端に座り込んでいる吉井優也が背広の上着のポケットから携帯を取り出した。

ディスプレイを眺め、「使えそうだ」とちょっと照れくさそうにみずほに渡す。

みずほが救急車を呼んでいるあいだ、霧子はようやく少し冷静になって、二人から視線を外した。

そういえば……。

狭い道路の右と左を見通し、あの黒ずくめの男性の姿を探す。

動転していて気づかなかったが、生垣から吉井を引っ張り出しているあいだ彼は何をしていたのだろう？　ふつうだったら救出を手伝うのではないか？

これほどの出来事だったのに、何もせずに黙って立ち去ったというのか？

どこを見回しても、その姿はなかった。

急に背筋に冷たいものが走るのを感じた。

もしかしたら……。

「死神」

呟きが口をついて出て、彼女はあわててその言葉を頭の中で打ち消した。

2

合コンの会場は渋谷《しぶや》の桜丘町《さくらがおかちょう》にある「郡兵衛」というしゃぶしゃぶ屋だった。

黒豚の薄切り肉を大量の白髪ねぎとそばつゆで食べる「そばつゆしゃぶしゃぶ」がメインの宴会コースで、飲み放題付きの会費は七千円。相場よりやや高めなのは、揃《そろ》えたメンバーが「特上」だからだと幹事役の飯田《いいだ》先輩は言っていた。

「一次会は割り勘だけど、二次会は男の子持ちで話をつけてるの。だから二次会も来てね」

電話口で彼女はそう付け加えた。

飯田光代《みつよ》は大学の二年先輩で、グーグルの日本法人に就職したネト研のスーパースターだった。その彼女がたまに合コンをセッティングしてくれて、霧子も毎回誘われた。先輩は、癖は強いが、お嬢様育ちとあって根っこの部分は素直で優しい人なので、たとえ埋め草要員だと分かっていても大方顔を出すようにしている。

先輩の実家は松濤《しょうとう》で、父親は普通のサラリーマンだが、母方が大手海運会社のオーナー一族だった。松濤のお屋敷は母親の持ち物のようだ。

グーグル入社も親のコネだとネト研のみんなは噂《うわさ》していたが、霧子は就活に全身全霊で取り組んでいるその姿をずっとそば近くで見ていたので、先輩が実力で内定を勝ち取ったのをよく知っている。霧子自身が今春、なんとか第一志望の大手家電メーカーに就職できたのも、当時の飯田先輩の奮闘ぶりをつぶさに見ていたおかげだった。就活については、必死で努力したという自負が霧子にもあった。

先輩が縄張りである渋谷界隈を合コン会場に選ぶときは、本気度が高い。

今日は四対四だと聞いていたが、六時ちょうどにお店に着いてみると一人欠席で三対四に変わっていた。女性側は飯田先輩と霧子、一年先輩で楽器メーカーに勤める浅岡《あさおか》すみれの三人。三人ともネト研出身のいつものメンバーだった。男性側はグーグルの同僚である柴崎《しばさき》さんという人が幹事役で、その高校時代の友人三人が約束通りに顔を揃えていた。

彼らは飯田先輩より二歳年長の二十七歳。霧子にすれば四つ年上ということになる。

冒頭は型通り、各人の自己紹介だったが、霧子は右端の席に腰を下ろした途端に目の前に座っている男性に目を奪われてしまった。

間違いなく、あの「死神」だったからだ。

自己紹介は男女交互に左の席から始まった。

柴崎、飯田、そして弁護士の古市《ふるいち》、浅岡、テレビ局勤務の武藤《むとう》、霧子とつづいて、最後が「死神」だった。

「椿林太郎《つばきりんたろう》と言います。板橋《いたばし》の小学校で教鞭《きょうべん》をとっています。最近は、個人情報保護が厳しくて、テストの採点も成績表の記入も自宅に持ち帰ってやることが許されず、冬休み前のこの時期は残業続きでへろへろになってしまうんです。というわけで今日はたっぷり栄養をつけようと思ってやって来ただけなので、どうか僕のことは気にせず、みなさんは三対三で大いに盛り上がって下さい」

椿はそう言うとろくに笑みも浮かべずぺこりと頭を下げてみせた。

「小学校で教鞭をとっているって、つまり、小学校の先生ってことですか？」

浅岡すみれが間髪いれず真剣な面持ちで訊《たず》ねた。

「はい。一応そういうことです」

このやりとりで、全員が爆笑したのだった。

男四人は神奈川県出身で、高校は誰でも知っている超名門進学校だった。柴崎、古市、武藤は東大で椿だけが早稲田だった。

「ほんとはこいつが圧倒的に勉強はできたんだけど、中学の時からずっと現場の教員志望だから、それで早稲田の教育なんかに行っちゃったんだよ」

ビールで乾杯したあと、在学中に司法試験に合格し、いまは虎ノ門《とらのもん》の大きな弁護士事務所で働いているという古市が椿の方を指差しながら言った。椿は黙ってビールをすすっている。

「早稲田なんか」という言葉に霧子は鼻白む思いだった。霧子が四年間通ったのは、その早稲田に入れなかった学生たちが寄り集まったような大学だった。

吉井先輩なんて地元の早稲田に行けなくて、いつも早稲田の悪口ばっかり言っていた。そんなことをふと思い出した。

吉井があんな事件を引き起こして一週間が過ぎた。彼はいまも入院している。怪我はかすり傷程度で、奇跡的だと医者が唸るくらいだったらしいが、救急車に同乗したみずほが搬送先の病院で事の一部始終を打ち明けたことから、主にカウンセリングの治療を重ねているようだった。

吉井建設の正面玄関前で救急車を見送って以降、二人の顔はまだ見ていない。ただ、みずほとは頻繁に電話か携帯メールで連絡を取り合っていた。意外なことにみずほはあれから毎日、吉井のいる病院に通い詰めているのだった。

出てくる料理はどれも美味《おい》しかった。

きびなごの刺身や自家製さつま揚げといった薩摩《さつま》料理がとくに絶品で、みんなも口々に「うまい」と言っていた。

まだグーグル日本法人がこの近くのセルリアンタワーに東京オフィスを置いていた頃、柴崎さんや飯田先輩は時々この店に通っていたのだという。

「と言っても飯田ちゃんは、半年かそこらでもう六本木《ろっぽんぎ》だったよね」

柴崎さんの言うように、いまのグーグルは六本木ヒルズの一角にある森タワーの中にあった。

霧子の勤める会社は大阪が創業の地で、現在も本社は大阪と東京の両方に置かれていた。一ヵ月間の研修後、彼女は東京広報部に配属された。就職と同時に借りた東中野《ひがしなかの》のワンルームマンションから総武線と東西線を使って大手町《おおてまち》の東京本社に通っている。

総勢二十五名の部員の中で一番の下っ端だから、目下は先輩の背中を追って広報の仕事を必死でおぼえている最中だ。

雑用でこき使われ、あげく厳しい叱責を浴びることも再々だが、それでも仕事のやりがいはあった。

ただ、大阪発祥の企業だけにいまだに大阪本社に権限が集中し、それが東京本社にとってさまざまなやりにくさを生んでいるようだった。広報業務に関しても、揺るがない大阪優位の体制が、東京広報部にとっては一番の悩みの種になっている。

たとえば、何か不祥事が起きて謝罪会見をセットしたとする。会場の設営、記者たちへの連絡など一切は東京広報部が手配しながら、肝腎の出席する経営幹部の人選は大阪広報部が握ったままなのだ。

せんだってノートパソコン内蔵のリチウムイオン電池の発火問題で、製品の回収告知と謝罪のための記者会見を都内のホテルで開いた折も、当然来るべきはずの社長が姿を見せず、大阪広報部が連れて来たのは事業統括の副社長と当該事業部長だった。むろん、居並ぶ記者たちからは「どうして社長は出て来ないんですか」とほとんど怒声に近いような詰問が繰り返され、東京広報部の面々は収拾に大汗をかかざるを得なかった。怪我人まで出してしまった事案で社長が会見に出て来ないなんて、東京の広報感覚ではあり得ない話だった。

大阪広報本部長は取締役だが、東京広報本部長は役員ではないという一事でも彼我の力の差は歴然としている。東京と大阪の広報は何かと対立し、いがみ合っているのだった。新人の霧子も配属されるや否や先輩たちから大阪の悪口をさんざん聞かされ、そういう部内の雰囲気には正直なところ辟易《へきえき》していた。

飯田先輩の話を聞いていると、グーグルではそうしたいかにもカイシャカイシャした縄張り争いやトラブルはほとんどないようだった。

同じサラリーマンでも、大手町の古い東京本社ビルに通う自分と、あの六本木ヒルズで働く飯田や柴崎とでは生活丸ごとがよその国の人というくらいに違うのだろうと霧子は思う。

男四人は酒豪ぞろいのようだ。ビール、焼酎、ハイボールとじゃんじゃん注文してぐいぐい飲んでいた。目の前の椿も相当なピッチでグラスを空けている。それでいて顔色はほとんど変わっていない。さすが「死神」だと霧子は思っていた。

メインの黒豚しゃぶしゃぶは食べ放題だった。そばつゆで頬張る豚肉は胡麻《ごま》だれやポン酢よりも食べやすく、すいすい喉を通っていく。

男性陣はこれまた豪快に食べていた。肉の皿を次々とおかわりしている。

そういう男たちの食べっぷりを見ていると気持ちがすかっとする。

霧子だけでなく、飯田先輩も浅岡さんもにこにこしながら彼らの胸のすくような食欲を眺めていた。

キー局で情報番組の制作にたずさわっている武藤が面白おかしく現場の出来事を語って、芸人やタレントの裏話もそれなりに披露してくれるので一次会は食事と武藤の話とでほとんど埋まったようなあんばいになった。席替えもなかったし、霧子も椿や他の誰かと個人的に言葉を交わすことはなかった。

二時間ほどで切り上げ、全員で古市が行きつけにしているという道玄坂《どうげんざか》のイングリッシュ・パブに移動した。タクシーの中で霧子と椿は隣同士になったが、椿は終始無言で車窓からの景色を眺めているばかりだった。

パブはビルの十四階にあり、大きく切り取られた窓の向こうには渋谷の街の明かりが美しく見渡せた。半円形のソファ席で、今度は男女が互い違いに座ることになった。一週間前の出来事についてだけは「死神」に確かめておきたいと思っていたので、霧子は自分から「椿さん、こちらに来ませんか」と誘った。椿は別段表情を変えるでもなくすんなりと隣に腰を下ろした。

今日は黒ずくめではなかったが、あとの三人に比べればいかにも野暮ったい服装をしている。グレーのシャツに黒のセーター。下はベージュのチノパンだった。靴下とシューズが黒というのもイケてない。

椿は愉《たの》しそうというのでもなく、さりとて退屈しているふうにも見えなかった。武藤はどうやら浅岡さんを気に入ったようだった。古市と柴崎は飯田先輩と熱心に話し込んでいる。

「一週間前、早稲田のあたりでお目にかかりましたよね」

霧子が言うと、「そうですね」と何でもないことのように椿は頷いた。

やっぱりと思ったものの、どうにも手ごたえが薄弱だ。

「あのとき飛び降りたの、私の大学時代の先輩だったんです」

「そうだったんですか」

何も訊《き》いてこないので、少し思い切ったことを口にしてみたのだが、椿の反応は変わらずだった。

「どうしてあっという間にいなくなっちゃったんですか。目の前で人が空から降ってきたんですよ」

　さらに突っ込んでみた。椿の方は何か考え込むような顔つきになっている。

「ふつう、まずは落ちた人を助けに行くと思うんですけど」

　たたみかけると、椿は一度、霧子の顔を見て、それからテーブルに置かれたギネスのグラスを手にした。一口すって丁寧な手つきでグリーンのコースターの上に戻す。霧子は間近で初めてその手を見た。細長くて真っ直ぐな形の良い指が並んでいる。ちょっと珍しいくらい美しい手だった。青ざめるほどに白く見えるのは暗い照明のせいかもしれなかった。

　そっと椿の端整な横顔を窺《うかが》う。そういえば、といまになって初めて気づいた。今夜の彼はあの黒縁の眼鏡をかけていなかった。

「最初は本物の人だなんて思わなかったんですよ。自主制作の映画かなにかを撮影してるのかなあって」

　グラスの方へ視線を投げたまま、答えになっていないようなセリフを呟く。

「それに、あの日は急いでいたし、どうやら彼は大丈夫そうだったから」

　不意にこちらに顔を向けて彼は言った。

「大丈夫？」

呆れた心地で霧子は見返した。十階建てのビルから落下したのだ。大丈夫だなんて思えるはずがないではないか。

「大学時代にトランポリンをやっていたから、落ち方を見れば大体分かるんですよ」

「トランポリン？」

霧子はさらに強い口調で問い返す。

「そういう性質《たち》の悪い冗談はやめた方がいいと思うわ」

ぴしゃりと言った。

「冗談なんかじゃありません。これでも結構すごい選手だったんですよ」

「本当ですか」

「うん」

霧子は自分のビールを一口飲んで、バッグから携帯を取り出した。

なんかこの人、気に入らない。

もやもやとした感情が胸に渦巻いていた。男たちの勢いに押されて今夜は彼女も相当に飲んでいた。もともと酒は弱くないが、こんなに飲んだのは久しぶりだった。酔ってしまったのかもしれないと思う。しかし、それにしてもこの椿という男はどうにも気に入らない。しれっとした態度を改めさせてやりたくなる。

携帯でグーグルを呼び出し、

「りんたろうってどういう字ですか？」

画面に目を落としたまま訊ねる。

「森《もり》林太郎の林太郎だけど」

またスカしたような物言いだった。

〈椿林太郎　トランポリン〉と入れて検索してみた。

表示された検索結果にちょっとびっくりした。

７４００件のヒットがあり、椿林太郎の画像検索結果まであらわれたのだ。どうやらトランポリンの「すごい選手」だったというのは事実のようだ。

ためしに「はてなキーワード」を開いてみる。〈椿林太郎　トランポリン選手。１９８５年４月16日生まれ。神奈川県出身。〉で始まる履歴がずらっと出てきた。それによれば２００４年の第41回全日本トランポリン選手権で優勝。翌２００５年の第24回世界選手権でも個人２位の成績をあげ、この年の全日本で連覇を果たしていた。

〈２００５年の全日本選手権を最後に現役引退を表明。同時にオリンピック強化選手を辞退した。〉

という一文で締めくくられている。

これって「すごい選手」どころじゃないじゃない。

そう思った瞬間、吉井先輩の身体がふわりと一度浮き上がったあのときの情景があざやかに脳裏によみがえってきたのだった。

「ほら、冗談なんかじゃないでしょう」

椿の声に霧子は顔を上げて、相手をまじまじと見た。

どういうわけだか、彼はひどく困ったような表情になっている。

3

「だけど、幾らトランポリンの選手だからって、十階建てのビルの屋上から落ちてくる人が『大丈夫そう』だなんてどうして分かるんですか」

霧子は、奇妙な放物線を描きながら頭越しに背後の生垣に落ちて行った吉井の姿を反《はん》芻《すう》していた。

椿はまた考え込むような顔つきになってビールを手にする。今度は半分くらい一気に飲んでグラスを置いた。

もしかしたら、この人、緊張してるのかしら？

ふと霧子は思った。ぶっきらぼうで感じが悪く見えるのは、固くなっているせいではないのか。

「人って、飛べるから」

ぽつりと椿が言った。

「飛べる？」

「うん」

こくりと頷いて、霧子の顔を見つめた。眼鏡のないその瞳は大きく、よく見ると彼はとっても童顔だ。

「トランポリンをやってると分かるんです。ほんの一瞬だけど、重力から解放される瞬間がある。ていうか、ふだん僕たちが感じている重力とは別の重力の世界に入るときがある。あの人も、そういう感じだったから」

椿は言い、

「もちろん、いつもそうなるってわけじゃない。ごくまれにそういうことが起きるんだけど」

と付け加えた。

「それが飛べるっていうこと？」

「うん」

「じゃあ、椿さんもトランポリンをやってるとき、飛んでたんだ」

「ハイジャンプや棒高跳びの選手も、鉄棒や高飛び込みの選手も、スキーのジャンパーも、自分が飛んだって感じる瞬間をきっと体験してると思う」

「だったら、あのとき、吉井先輩も飛んだっていうの？」

霧子は呟くように言って、「あの人、吉井さんっていうの」と付け足した。

「僕にはそう見えた」

「だから大丈夫だって思ったんですか」

「うん」

「それで、あっという間にいなくなったってわけ」

「ほんとはいなくなったわけじゃないけど」

「えっ」

霧子は思わず顔を近づけて聞き返す。椿の方が戸惑ったように身を引いた。

「救急車が到着して、あとから出て来た女の人が一緒に乗り込んで走り去っていくまでずっと見てました」

「どこで？」

「隣のビルのかげから」

「だけど、さっきは急いでいたからって……」

「もちろん、急いではいたんだけど」

霧子は小さなため息をついた。胸の奥がもやもやしてくる。

偶然通りかかった場所で、突然に頭上から女性の悲鳴が聞こえ、ふと見上げるとビルの屋上に人影が揺れていた。と思うや、その人物が自分めがけて飛び降りてきて、そのまま背後の生垣に突っ込んでしまった。すぐそばに立っていた知り合いとおぼしき女性が慌てて生垣へと駆け寄って行く。生垣からは大きな唸り声が響いている。そういうときに、救助に手を貸すわけでもなく、急いで物陰に隠れてその後の事態の進展をじっと観察する——などということが果たしてできるものなのだろうか？

しかし、椿がその種の行動に出たことは、彼の話からすると確かなようだった。

「ねえ、椿さん」

霧子は一度座り直して真っ直ぐに彼を見た。

「あなたの言ってることって全部すごくヘンだと思う」

椿は腰が引けた姿勢のままに怪訝そうな瞳を向けてくる。

「そもそも、あんな高いところから落ちてきた人が大丈夫だって決めつけるのがやっぱりヘン。私が生垣に分け入って先輩を必死で引っ張り出そうとしているときに、こそこそと隣のビルに隠れたのもすごくヘン。あげく、救急車が来て、それが走り去るまでじっと物陰から覗いていたなんて、ちょっとどうかしてると思う。ふつうだったらどこかの時点で私たちに『大丈夫ですか？』って声をかけてくるものでしょう」

勢い込んで喋《しゃべ》る霧子をぽかんとした様子で椿は見つめていた。

それから彼はまたしばらく考え込むような顔つきになった。今度はビールグラスに手をのばすことはなかった。

「だけど、ああした状況でそんなふうに部外者が安易に介入するというのは軽率だと僕は思うよ」

しれっとした口ぶりで言った。

「どこが」

軽率という言葉に霧子はかちんとくる。

「さっきも言ったように、最初は映画の撮影か何かなのかと思ったんだ。ところが落ちてきたのは人形なんかじゃなくて生身の人間だった。しかも、フェンスを越えたその人影が自分から落ちたのか、それとも誰かに突き落とされたのか、僕にはよく分からなかった。仮に後者だったとしたら、れっきとした殺人現場を偶然通りかかったことになる。だとすると、そのうち犯人たちがビルの外に飛び出してくるのかもしれない。といって、現に人が一人飛び降りているのにそのまま立ち去るってわけにもいかない。とりあえず物陰に身を隠して様子を見るというのは当然の判断だと思うけど」

「はあ……」

霧子は彼の言い草に唖然とした。

「あんな真っ昼間にあんな場所で殺人事件なんて起こるわけないじゃないですか」

「そうかなあ」

「百歩譲って、そういう可能性がゼロじゃなかったとしても、だったら、私ともう一人の女性が、彼女は飛び降りた男性の恋人なんですけど、救急車が着くまでのあいだ一生懸命に先輩に話しかけてるときに出てくればよかったじゃない。殺人事件なんかじゃないことはもう分かってたはずなんだから」

「でも、その時点では、のこのこ他人の僕が顔を出す必要なんてなくなってただろう。落ちた人も大した怪我をしてる様子でもなかったしね。救急車だってあっという間にやって来たじゃないか」

椿はそう言うと、首を回して窓の外の景色を見た。霧子の方はそっぽを向かれた気がしてますますむかついてくる。

一体どういう人なんだろう？

頭の中は疑問符でいっぱいだった。

「あの、椿さんは、興味ないんですか？」

語調を強めて言った。

「えっ」

椿が慌ててこちらを見る。

「私の大学時代の先輩が、目の前で自殺しようとしたんですよ。しようとしたというより本当に飛び降りて落ちてきたんです。人が一人、死ぬところだったんですよ。一体、何があったんだろう、どんな事情だったんだろうって、椿さん、気になりませんか」

「それは気になるけど」

「だったら、どうして訊いてこないんですか。一週間前に偶然一緒に現場にいた人間と、こうして一週間後に、またまた偶然一緒になってるんですよ。ふつうだったら、『ねえ、あのとき一体何があったの？』って真っ先に訊いてくるんじゃないですか」

「そうかなあ」

「そうですよ」

「でも、他人の問題に手を出そうとするなってマザーも言ってるからなあ」

「マザー？　誰それ？」

「マザー・テレサ」

「何ですか、それ」

「知らないの？　マザー・テレサ。インドの聖女だよ」

「知ってますよ、それくらい」

「彼女が言ってるんだ。つまらない好奇心は持たないようにしろってね。ほかにも、自分のことはなるべく語るなとか、無視されたり、悪口を言われても怒るなとも言ってるよ。そうそう、他人の過ちは大目に見ろともね。僕としては、いつも最も困難な道を選べ——これが一番好きなんだけどね」

「椿さん、マザー・テレサのファンなんですか」

「いや、ファンってほどじゃないけど」

霧子はこれみよがしにため息をついてみせた。

「でも、椿さんだって気になるんでしょう」

「何が」

「さっき言ってたじゃないですか。あのとき何が起きたのか、自分だって気にはなってるって」

「まあ、それはそうだけど」

「だったら、素直に『あれって何だったの？』と訊けばいいんじゃないですか。そもそもマザー・テレサの人生なんて、他人の問題に手を出しっぱなしの生涯だったって気が私はしますけどね」

「うーん。なるほどねえ」

そこで椿は今夜初めて、霧子の言葉に頷くようなそぶりを見せたのだった。

「じゃあ、ちゃんと訊いて下さい。そしたらちゃんと説明しますから」

そこで椿は手元のグラスを取ってビールを飲み干し、「同じのをもう一杯」と通りかかった店員にオーダーした。霧子のグラスにはちらとも目をくれず、それにまたイラッとする。

もう少し、気を遣えよ。

ただ、彼女のビールはまだ半分以上残っていた。

「その前に一つ訊いていい？」

椿が不意に言った。

「なんですか」

「キリコってどういう字を書くの」

「ミストの霧の霧子ですけど」

「ふーん。澤村霧子さんかあ」

「どうしてそんなこと訊くんですか」

「いや、ただちょっと気になったから。どういう字を書くのかなあって」

「椿さんの林太郎は、ほんとに森林太郎にちなんで林太郎になったんですか」

「うん。親父《おやじ》が鷗外《おうがい》の大ファンだったんだ。澤村さんの方はどうして霧子になったの。おとうさんかおかあさんがやっぱりキリコのファンだったとか？」

椿は一向に「飛び降り事件」の方へ話を振ってこない。そんなに聞きたくないのなら無理に話す必要もないか、と霧子は考えを切り替えることにした。

それよりも、この目の前の不思議な人物を冷静に観察してみようと思う。

「若い頃、父と母は山登りが趣味で、ある日、霧がすごく深くなった山道で迷ったことがあったそうなんです。それでやむなくテントを張って野宿することになって、そこで父が母にプロポーズしたらしいんですよ。そのときから、初めて生まれた子供には霧子って名前を付けると決めてたって言ってました」

「男の子だったら？」

この命名の逸話は霧子にとってはとっておきで、友達に告げるとみんなから異口同音に、

「へぇー、なんかロマンチックだねえ」

などと感心されるのが常だった。しかし、椿にはそういう気配は微塵《みじん》もなく、すかさずそう訊いてくる。

霧子が返事をしないでいると、

「男の子だったら霧男とか霧太郎とかにするつもりだったのかなあ。でも、どっちもちょっとヘンだよねえ」

いかにも真剣そうに呟く。

「あの、それって冗談ですか？」

霧子が言うと、

「一応」

やはり真顔で椿は言うのだった。

「ぜんぜん冗談になってないと思いますけど」

そう返すと、なぜだろう、そこで今夜初めて、椿林太郎は小さな笑みを浮かべたのだ。

4

中野駅から歩いてすぐの居酒屋に腰を落ち着けたのは十時過ぎのことだった。

「だったら二人でもう一軒行きませんか？　中野によく知ってる店があるんです」

と誘われたときはものすごく意外だった。

いまは東中野に一人住まいなんです、と霧子が口にした途端のことだ。

「ええ、別にいいですけど」

曖昧に頷いたときには椿はもう席を立っていた。話し込んでいる友人たちに「じゃあ、僕たちはこれで失敬するよ」と一言告げると、驚いている面々を尻目に「澤村さん、行きましょう」と霧子を急《せ》き立てるようにして彼はさっさと道玄坂の店を出てしまったのだった。

渋谷の駅まで歩き、山手線、中央線と乗り継いで中野まで来た。ものの三十分足らずだ。

「学生時代、僕も中野に住んでたんですよ」

道々、彼はそう言い、いまは都営三田線の志村坂上《しむらさかうえ》のあたりでアパート暮らしをしているのだと付け加えた。

案内されたのは「むーちゃん」という一風変わった名前の居酒屋だった。北口を出て中野サンモール商店街を突き当たりまで進んだ左側で、いまどき珍しい縄のれんの純然たる居酒屋だったが、引き戸を引いて中に入ってみると結構広い店内は大勢の客でごった返していた。手拭頭巾に法被《はっぴ》姿の若い店員がすぐに近づいてきて席まで連れて行ってくれる。

奥のテーブル席に落ち着いたところで、

「むーちゃんは？」

その二十歳くらいの男の子に椿は気安く声をかけた。

「あ、いますよ。呼んできますか」

男の子の方も親しげに答えている。そこで初めて、二人が顔見知りらしいと霧子は察したのだった。

椿は生ビールを頼み、霧子はウーロンハイにした。

「こんな店ですけど、料理はどれも美味しいですよ」

メニューを広げて差し出してくる。ざっと見てから、

「おまかせします。椿さん詳しそうだから」

と返した。

「学生時代、ちょっとだけバイトしてたんです」

椿がメニューを眺めながら言った。

「バイトって」

「だからさっきの彼みたいに、ここで店員やってたんです。あいつは仲田《なかた》っていうんですけどね。まだ現役のバリバリですよ」

「現役？」

「そうそう。トランポリン」

「ああ」

この店に入った瞬間から椿の印象はまたずいぶんと変わっていた。みんなと一緒だったときはやはり緊張していたのだろうか。

飲み物を持った仲田君がやって来て、「むーちゃん、あとで顔出すそうです」と言う。

「オッケー」

椿は言うと、次々と料理を注文した。肉豆腐、山芋の磯辺《いそべ》揚げ、カボチャのコロッケ、味噌田楽《みそでんがく》、ソーメンチャンプルなどなど。

「そんなに頼んで大丈夫ですか」

途中で霧子が口を挟むと、「いいんですよ。頼んだのが出て来るとは限らないんです。

むーちゃんが作りたいもの優先なんで、この店」と椿が笑った。

こんなのびのびした笑顔になるんだ、この人。

霧子はいささかびっくりしていた。明るい場所でこうしてまじまじと見れば、椿林太郎は美しい顔立ちをしている。ことに尖《とが》った顎のラインは明々白々に霧子のタイプだった。童顔だが、そのシャープな輪郭のおかげで甘ったるさが多少緩和されていた。

なるほど、最初に出てきたのはマグロのぶつのヤマかけだった。

「磯辺揚げがこれに化けたんだろうな」

しかし、次が海苔《のり》を巻いた自家製さつま揚げで、

「いや、こっちが磯辺揚げか」

椿は訂正した。

そうやってぶつぶつ言っている椿が、だんだんかわいらしく見えてくる。酔いのせいだと自身を戒めながらも、霧子は愉快な心地になっていた。彼女も合コンは苦手で、飯田先輩に誘われる以外はほとんど参加したことがなかった。

「その吉井さんって人は、きっと大丈夫だよ」

とろのたっぷりかかったマグロを器用に口に放り込みながら椿が言った。

「どうしてそんなこと分かるんですか」

あらましだけはなんとか道玄坂の店で話し終えていた。事件後のメールや電話での様

子からすると、みずほは吉井への思いを復活させている気配で、それが霧子には気がかりだった。どうしても男性の意見が聞いてみたかったのだ。

「だって、あんな高さから飛び降りてかすり傷程度で済んだんだよ。そんな強運な人が今後どうにかなるわけないじゃないか」

「切羽詰まったらまた飛び降りちゃうんじゃないんですか。付き合いきれない相手だと私は思いますけど」

「もう二度と、そんな馬鹿なことはしないよ」

「どうしてそう思うんですか」

「今回のことで彼はすごい自信を得たと思うよ。だって自分が不死身だったんだから。それだけで十分にちゃんと生きていけるようになるさ」

「そうかなあ」

椿は空になったジョッキを持ち上げて仲田君を呼んだ。これでおかわりは三回目だった。

「それにさ」

ジョッキを渡して空いた手をテーブルの前で組むと、彼は両肘を卓上にのっける。身を乗り出すようにして顔を霧子に近づけた。大きな瞳が幾分とろんとしている。

「そのみずほさんという人の気持ちが僕には何となく分かるな。だって、彼は彼女のために死のうとしたんだよ。自分のために死んでくれる人なんてこの世に二人といるわけがない。誰でもそういう相手が現われたら、のめり込んでしまうんじゃないかな」

　ずいぶんいい加減なことを言う、と霧子は思う。

「そんなのおかしいですよ。別れたくないからって、死んでやるって脅すのは最低最悪です。単に自分に酔ってるだけでしょう。私なら、そういう馬鹿なことをする人間は百パー信用しませんけど」

「でも、彼は実際にやったんだよ。死ぬ死ぬと喚《わめ》くばかりで何もしなかったわけじゃないし、リスカ少女よろしく手首に模様を描いただけでもない」

「だから怖いんです。また死ぬ死ぬって言い出したらどうするんですか」

「もうそんな真似《まね》はしないよ」

「そんなの分からないじゃないですか」

「じゃあ、そのときは好きなように死なせてあげればいいんじゃない。どうせ人間、一度は死ぬんだから。愛する人のために死ねるのなら本望だと思うよ」

「だったら、そうやって死なれた側はどうなるんですか。好きな人のために死ぬなんて、私にすれば完全なエゴです」

「そうかなあ」

　椿は首をかしげてみせる。

「自分に絶望して死ぬのは駄目だけど、誰かのために死ぬのはありなんじゃないのかなあ」

またいい加減なことを言った。

「好きな人に好きになって貰えなくて死ぬなんて、それこそ絶望の極みです」

「まあ、そう言われればそうだけどね」

「じゃあ、やっぱり駄目じゃないですか」

「でも、好きで好きでしょうがなくて、その好きな気持ちのままに死ねたら、それはそれで人間は幸せなんじゃないかなあ。それって、自分自身の気持ちを完全に肯定してるってことでしょう」

「ふられて死ぬんですよ。絶望以外の何物でもないですよ」

「だけど、自分がその人を好きだって気持ちには絶対の自信があるってことだからね、その気持ちだけで死ねるってことはさ。とても真似ができないけど、その分、羨ましい気もするな」

「死ぬほど好きなのと、現実に死んでしまうのは全然違うと思いますけど」

霧子はしごく当然のことを言った。

「いや、だからさ、自分自身の気持ちを裏切らないのであれば、たとえ死んでも人間は本望なんじゃないかって僕は思うんだよ。何だってそういうものだと思うんだ。家族や恋人のために死ぬのが、国のために死ぬのが、大義や思想のために死ぬのが、そうやって死んでいく自分自身を全面的に受け入れることができれば、その人の死は決して不幸な死ではないんじゃないかってね。さっきも言ったけど、人間はどうせ一度は死ななくてはならないんだからさ」

「じゃあ、吉井先輩はあのとき死んでしまっても不幸じゃなかったって椿さんは言えるんですか」

「さあ、それはどうかなあ。その吉井さんという人は実際には死ななかったわけだからね」

「仮定の話として、どう思うかって訊いているんですけど」

「うーん。そこは何とも言えないなあ。彼はちゃんと生きていて、逆にいまじゃ恋人とやり直せそうな感じになってきてるわけでしょう」

椿の話はなんだかとりとめがない。

どれほど好きだったとしても、その相手が自分を好きになってくれないから死ぬなんて馬鹿みたいだと思う。好きだの嫌いだの、愛するだの愛されるだの、たいがいは何年かしてみれば熱病のようなものだったと気づく。そういう一時の感情のために唯一無二の命を捧《ささ》げるなんて単にどうかしてるだけだ。

などと思いながら、霧子が羊肉のピリ辛炒《いた》めをつまんでいると、

「ところでさ、キリトとかキリヒトだったんじゃない？」

椿がいきなり言ってきた。

「は」

何の話かさっぱり分からない。

「だから、もし男の子だったら御両親が付けようとしていた名前だよ」

「はあ」

この人はなぜ今になってそんな話をふたたび持ち出してくるんだろう？

「霧に人と書いて、キリトないしはそのままキリヒト。さっきからずっと考えていたんだけど、それくらいしか思いつかないんだよね」

椿は真剣な面持ちで言った。

霧子が取り合わずにいると、豆腐とチーズのグラタンが届き、そのあとすぐに〆《しめ》の焼うどんが出てきた。

グラタンは豆腐の下にキムチが敷き詰めてあって美味しかったし、焼うどんには八丁味噌のたれが絡んでいて、これも絶品だった。しかし、頼んだ料理はとうとう一品も来なかった。この店で注文通りに出てくるのはどうやらアルコール類だけのようだ。

「むーちゃんは料理が趣味で、自分の作りたいものを作る主義なんだよ。でも、僕はそういうところが大好きなんだよね」

あなたならきっとそうでしょうね。

椿の顔を見ながら心の内で呟く。

「ねえ、椿さん。一つ訊いていいですか」

焼うどんを小皿によそっている彼に向かって言った。

「何?」

椿が箸を止めてこっちを見る。

「椿さんって、いまみたいに急に別の話題に振ったりして、人の話の腰を平気で折るじゃないですか。それって自分でも気づいています?」

すると、彼は、うどんを取り分けた皿の上に丁寧に箸を置いて、

「ごめん。悪い癖なんだ」

ぺこりと頭を下げてきた。思わぬ反応に霧子の方がちょっと戸惑ってしまう。

「どうしてなんですか? ていうか、よくそれで学校の先生やれてるなあって思っちゃうんですけど」

古市によれば、椿は中学生の頃から教師を目指していたという。しかし、この人はまったく教師向きではないような気がする。

「それ、みんなに言われるんだよね」

かなり不躾《ぶしつけ》な物言いのはずなのだが、椿は頓着する様子もなく、あっさりと認めた。

「でも、実は全然逆なんだよ」

「逆?」

「うん。こんな風だから、絶対に教師になってやろうって思ったんだ」

「どうして?」

つい問い返さずにはいられなかった。

「僕は小さい頃から落ち着きがなくて、じっとしてられない子供だったんだ。勉強も全然できないし、先生からはしょっちゅう怒られるし、クラスの仲間からもつまはじきだった。ひどいいじめはなかったけど、みんな僕のことが全然好きじゃなかったと思うよ。だって、授業中はうろうろ歩き回るし、忘れ物もひどいし、係とかになっても何もしないで一人で家に帰っちゃうしね」

「そうだったんですか」

「うん。とにかく全然集中できないんだよ。九九も漢字もまったく覚えられないし、覚えたと思っていざテストに臨んだら頭ん中、空っぽになってるしね。ひらがなも怪しかったな。『ぬ』と『め』と『ね』の区別がつかなかったりね」

「へぇー」

意外な話に霧子はなんとも返しようがない。さきほど会った古市や武藤の話では、東大進学率で全国有数の実績を誇る彼らの学校でも、椿の秀才ぶりは際立っていたようだった。

「こいつだったら理Ⅲだって現役で楽々だったはずなのに、とにかく教師になることしか頭になかったからね。本当にできる奴《やつ》は案外そんなもんかなっていつも思ってた。勉強ができるのが当たり前すぎて、それを自慢したり、役立てたいと思ったりする気になれないんだろうなってね」

武藤はそんなふうに言っていた気がする。

「とにかくさ、うるさかったんだよ」

また不思議なことを椿は言う。

「うるさい？」

「うん」

両親や先生が口うるさかったという意味なのだろうか？

「ものごころついた頃から、とにかく頭の中がうるさくてうるさくて何にもまともに考えられないし、人の声とかもよく聞き取れなかったんだ」

「頭の中がうるさいんですか？」

「そう。始終、頭の中で音が聞こえてるんだ。音はいろいろで、ドラム缶を叩くような音だったり、空から雨の代わりに砂が降ってきてるみたいなざらざらした音だったり。動物の唸り声みたいなのも時々あったよ。それがひっきりなしで、授業中なんて先生の声もよく聞こえないくらいだった」

椿はそこまで喋ると小皿に盛った焼うどんをぱくついた。あっという間に平らげて、またうどんをよそっている。

「でね、当時は他のみんなも同じだと思い込んでるから、よくこんなにうるさい中でみんなは集中して授業を聞いたり、計算したり、ものを覚えたりしてるなって感心してたんだ。どうして僕だけが努力できないんだろうって、ものすごいコンプレックスだったよ。自分は生まれながらの怠け者で、おそろしく頭も悪いんだと信じ切ってた。だから先生に四六時中叱られるのも当然だし、クラスメートから馬鹿にされたり、のけ者扱いされるのも仕方がないって諦めてたんだ」

「へぇー、そうだったんですか」

霧子の方は椿の話が奇妙過ぎて、いまひとつ理解が追い付かない感じだった。頭の中でずっと音が聞こえているなんて、それも人の話し声が聞けないくらいの音が鳴っているなんて、とてもじゃないが想像もつかない。

「でね、小五のある日、夜中にあんまりうるさいから、さすがにキレちゃったんだよね。もうこんなの金輪際イヤだって心底思ったんだ。このままじゃ自分はそのうち気が狂ってしまうだろうって。特にその夜はうるさくって、眠ろうにも全然眠れなかった。寝床を抜けて、外に飛び出したんだ。明け方で、空が白み始めてた。夏だったよ。人も車もいない住宅街の道を全力疾走しながら『バカヤロー、バカヤロー』って大声で叫んでた。それでも頭の中の音はちっとも消えない。それどころか、どんどん大きくなってくるみたいだった。絶望しちゃってね。もう死んじゃおうかって思ったんだ。このまま電車に飛び込んでしまおうかって。近くをＪＲが走ってて、フェンスを越えれば線路になんて幾らでも入り込めたからね。もう明るいし、そろそろ始発も走り出すだろうって」

そこまで喋って、また椿は焼うどんを頬張る。

霧子は彼の話に引き込まれていたが、このあたりで話題を変えられるのではないかと気が気でない。

「それで、どうしたんですか」

牽制《けんせい》の意味も込めつつ先を促してみる。

「線路に入って、レールの上に寝そべった。すんごい背中が痛かった」

事もなげに言う。

「それで」

「仕方ないからレールとレールとの間に挟まるように姿勢を変えたんだ。こういうふうに仰向けに手を伸ばして……」

彼は万歳するように両手を掲げてみせた。

「電車が近づいてきたら、また線路を横切るような格好になろうって思ってね。その方が確実に死ねるからね」

「それで？」

「なのに、電車がいつまで経《た》っても来ないんだよ。見上げた空もどんどん明るくなって、いつ始発が通過してもおかしくないはずなのに、いくら寝転がってても電車が全然来てくれないんだ」

「どのくらいの時間、そうやってたんですか？」

「時計も何にもないから正確には分からないけど、僕的には一時間以上は寝てたと思う。とにかく長い時間だった気がする。だから、あのときのことはいま思い出しても不思議なんだ。どうして電車が来なかったのかよく分かんないんだよ」

「で、それからどうしたんですか」

「幾ら待っても来ないから、あきらめて立ち上がったんだ」

そこで椿はふっと首をすくめるようにした。

「そしたら、音が消えてた」

ぽつりと言う。

「えーっ」

霧子は思わず感嘆の声を上げた。

「嘘《うそ》みたいな話だから、別に信じなくてもいいんだけど、でも、ほんとのほんとにそうだったんだ。頭の中からあの音が完全に消えてた。最初はそれがどういうことかうまく理解できなかったくらいだよ」

「それからは、もう音はしなくなったんですか？」

「うん。あの朝をさかいにもう二度と音は聞こえなくなったんだ。そしたらね、人の話し声もよく聞こえるようになったし、いろんなこともすいすい記憶できるようになったんだ。勉強が面白くて面白くて仕方がなかったな。だってそれまでは股の切れてないズボンをはいて走ってたようなものだったからね。なあんだって心底思ったよ。他の連中はこんなに静かな世界で暮らしてたんだって。だから、あんなに集中できてたんだって。ホントに、誰か一言でもいいから『ねえ、きみ。頭の中で大きな音が聞こえてるんじゃない？　だから集中できないんじゃない？　他の子たちはそんな音はちっとも聞こえちゃいないんだよ』って教えてくれればよかったのにって思った。そしたら、僕だってこんなコンプレックスを持たずに済んだのにってね。六年のときにはもう学校でも塾でも一番だったよ。だから、あの高校にもあっさりと合格できたんだ」

「それで、小学校の先生になろうと決心したんですね」

「そう。きっと僕のような子供は僕一人じゃないと思ったからね。この世界にはそんなふうに頭の中で音が聞こえたり、どうしても文字が二重に見えてしまったり、右と左の感覚がよくつかめなかったり、そういう見えない障害のせいで落ちこぼれている子供たちが山のようにいるんだよ。だから、僕みたいな人間が教師になって、そういう子たちを見つけて、『大丈夫だよ。ちょこっと工夫すれば、きみだってすぐに何でも理解できるようになるよ』って言ってあげなきゃと思ったんだ」

「そうだったんですか」

霧子はさきほど、なぜ椿が吉井先輩のことを「きっと大丈夫だ」と断言したのか、少し分かったような気がした。

「たぶんなんだけど、本物の時間というのは絶えず伸びたり縮んだりしてるんだよ。だから、あの線路に寝転がっているとき、電車はいつまで経っても来なかった。きっと時間がぐいーんって伸びていたんだ。人間はみんなひとりひとり、持っている時間の長さが違うんだと思う。特に子供はそうだよ。実際に教壇に立って、子供たちをよく観察してればそのことを日々実感できる。なのに学校ってところは、一年生は一年経ったら二年生、もう一年経ったら三年生、もう一年経ったら四年生って全員一律に進級させちゃうし、科目のレベルだって機械的に上げてしまうだろう。僕はね、そうした画一的な教育をつづけている限り、子供たちの落ちこぼれは絶対になくならないし、それぞれ固有の時間の中で生きている子供たちひとりひとりの可能性を十分に引き出すことはできないと思うんだ。落ちこぼれの子たちだけじゃなくて、縮んだ時間の中で生きている勉強のできる子たちにとっても、それは絶対にそうなんだ」

霧子はいつの間にか身を乗り出して椿の話を聞いていた。

人は飛べるとか、時間が伸びたり縮んだりするとか、この人はヘンなことばかり言う。

でも……。

もしかしたら、この人はすごい人なんじゃないのかしら。

それからしばらく、椿の勤める板橋の小学校の話を聞いた。彼が担任する五年生のクラスのエピソードはどれも興味深かった。目下は、とにかく給食をほとんど食べない男の子のことで苦心しているらしかった。

「食物アレルギー？」

訊いてみると、そうではないらしい。結局、下校後、椿が誘って晩御飯を食べさせているという。

「その子、ケイタっていうんだけど、ケイタはあったかいものが食べられないんだよ。無理して食べると吐きそうになるんだ」

「そういう体質なの？」

「小さい頃から親があったかいものを食べさせたことがないんだよ」

「えっ」

「母子家庭なんだけど、母親が料理を一切しないんだ」

「じゃあ、ケイタ君はいっつも何を食べてるの？」

「コンビニ弁当とかパンとかお菓子とか」

「おかあさんの方は？」

「母親もおんなじらしいよ」

「だけど、買って来たものをあたためるくらいできるじゃないですか。電子レンジもあるんだし」

「うーん。要するに母親は台所には立たない人みたいなんだ。きっと包丁も握らないんだと思う」

「まさか」

「ほんとだよ。いまどきそういう母親って結構いるからね。ケイタんちみたいに極端なのは滅多にないけどね」

「じゃあ、椿さんは、ケイタ君とおかあさんと三人で晩御飯を食べたりしてるんですか」

「まさか。母親はアパレル関係の会社に勤めていて仕事が忙しいんだ。ケイタは平日は夜遅くまでずっとひとりぼっちだから、僕のアパートに連れて来たり、外で食べたりしてるんだよ。せめてあったかいご飯と味噌汁くらいはちゃんと食べられるようにならないと生きていけないだろ。担任になってからの八ヵ月で、どうやらこの二つは普通に食べられるようになってきた。といってもまだまだ、ふーふー冷ましながら何十分もかかるんだけどね」

霧子はただただ驚きつつ椿の話を聞いていた。

むーちゃんが顔を見せたのは、料理もあらかた食べ終え、そろそろ出ようかという頃合いだった。時計の針はいつの間にか十二時を回っていた。

てっきり男の人だと思っていたら、むーちゃんは女性だった。小柄で痩《や》せた、ちりちりの白髪頭のおばあちゃんだった。年齢不詳だけれど、もう七十は過ぎているような気がする。しかし、いかにも溌剌《はつらつ》としていた。

「こちらがむーちゃんこと芳川睦子《よしかわむつこ》さん。もう四十年近くここで商売をやってる、中野サンモールの主みたいな人だよ」

椿がそう紹介すると、むーちゃんは身体に似合わぬ大きな手を突き出してくる。その手を握るとものすごい力で握り返してきて、

「キリコちゃんっていうんだね。よろしく」

笑って、さっさと霧子の隣に腰を下ろした。空になった皿を眺め、

「おいしかったかい」

と訊いてくる。

「はい、とっても」

「そうかい」

「むーちゃん、霧子さんは東中野に住んでるんだ」

「そうかい。だったらときどきうちに食べにおいで。林太郎の彼女だったら幾らでも食わしてやるからね」

豪快に笑う。

仲田君が生ビールを三つ持ってくる。むーちゃんがジョッキを持ち上げ、

「じゃあ、かんぱーい」

と言った。霧子も椿も置かれたジョッキを慌てて持ち上げて乾杯した。

「ところで、二人はいつ一緒になるんだい」

ビールを一口飲むと、むーちゃんはジョッキを持ったまま霧子の方へ顔を向けてそう言った。同じ長椅子に座っているので、その目が真剣なのが分かる。

「は」

何のことだか分からない。

「あれ、もう一緒になっちゃったのかい」

むーちゃんの方も意外そうな表情になっている。

「違うよ、むーちゃん。彼女とは今夜会ったばかりなんだから」

椿が笑いながら訂正した。そこでようやく、むーちゃんがめちゃくちゃな勘違いをしていることに霧子は気づいた。

「だけど林太郎」

しかし、むーちゃんはますます訝《いぶか》しげな顔つきになる。

「あんた、今度、この店に女の人を連れて来るときは、絶対結婚する人を連れて来るって言ってたじゃないか」

「僕はそのつもりだよ。だけど、霧子さんの方は、突然そんなこと言われたってびっくりするだけだよ。だって、ホントに僕たち、今日、出会ったばかりなんだから」

すると椿は信じられない言葉を口にしたのだった。

5

赤松俊介《あかまつしゆんすけ》を紹介してくれたのは吉井優也だった。

早稲田鶴巻町の吉井の家にみんなで遊びに行ったら、彼が加入しているフットサルチームの仲間も何人か来ていて、そのうちの一人が赤松だった。

霧子が大学二年の初夏のことだ。

吉井はまだ村野先輩とも付き合ってはいなくて、ちょうどその頃、彼に告白されたことがあった。

当時、霧子には三上《みかみ》君という高校時代からの彼氏がいたので、あっさりと断った。吉

井はさほど落胆した様子でもなく、

「澤村の気持ちは分かった。すっぱり諦める。だけど、友達付き合いはこれまで通りってことで頼むよ」

と笑みを浮かべた。すでに遊び人として聞こえていたので、軽い冗談みたいなものだったのだろうと霧子もさほど気にはしなかった。

その日は、まさしく霧子の一目ぼれだった。

いままでそんな経験は一度もなかったが、赤松のすっとした顔を一目見たその瞬間に恋に落ちていた。

こういうことってほんとにあるんだ、と我ながらびっくりした。

赤松俊介は横浜国大大学院の建築学系コースの一年生だった。年齢は霧子より三つ上の二十三歳。

初対面の日は、吉井家恒例の宴会で、人数も多かったし、二言三言言葉を交わしただけに過ぎなかった。帰り際に何とか最寄りの駅まで一緒に歩いて、そのとき霧子の方から誘い水を向けた。

横浜周辺の主だった建築物はだいたい見終わったから、これからは都内のいろんな建物を見て回るつもりだ――と赤松が別の相手に話しているのをそばで聞いていたので、

「東京案内だったらいつでもどうぞ。実家が両国《りょうごく》で歯科医院をやってて、私もずっと下

町で育ったんです」と思い切って持ちかけてみたのだ。

　赤松が長崎出身で、進学のために横浜に出て来たことは吉井から聞き出していた。

「え、それは助かるなあ」

　赤松は実に素直に反応した。だったら、ということで携帯の番号とアドレスをその場で交換し、翌日にはこれも霧子の方から「まずは江戸東京博物館でも見学しませんか？うちのすぐ近くなんですよ」とメールを送った。

　そうやって二人は付き合い始めた。

　赤松との最初のデートのあとすぐに三上君とは別れた。長年付き合った彼氏をそんなふうにあっさりふってしまえる自分にも霧子は驚かされた。

　一緒にいればいるほど赤松のことが好きになった。どこがどうというのではなくて、彼のすべてが自分にとってしっくりする気がした。

　霧子の家は、母親が小学四年の時に亡くなり、中学一年で父が再婚して、継母がやって来た。継母との関係は比較的良好だったが、霧子が大学に入った年に父の浮気が発覚し、それで家の中がぎすぎすしはじめた。父と継母とのあいだは険悪になり、継母はしきりに霧子に愚痴を言い立てた。それだけ打ち解け、頼りにしてくれているのだと思おうとしたものの、血の繋《つな》がっていない人から実の父親の悪口を言われるのは、意外なほどに不愉快だった。気づけば、表向きは継母に同情しながらも内心は父の側に立っている自分がいて、それも霧子には嫌だった。

そんなじめじめした家の中の話も赤松には洗いざらい打ち明けることができた。

「自分の感情にふたをしない方がいいよ」

彼はよくそう言った。

赤松は綱島《つなしま》の学生マンションに住んでいたので、付き合いだしてしばらくすると霧子はしょっちゅうその部屋に泊まるようになった。最初はあれこれ理由をつけていたが、そのうち面倒になって無断外泊を重ねた。

一度、父親が癇癪《かんしやく》を起こして、そのときばかりはなぜか継母も父と一緒になって霧子を問い詰めてきた。

「あなたたちに、娘を責める資格がどこにあるのよ」

喉元まで出かかった言葉を飲み込んで、霧子は泣きながら赤松のところへ駆け込んだ。事情を話すと、夜更けだったにもかかわらず赤松は霧子を連れて両国の実家へと出向き、

「ご挨拶が遅れてしまい、申し訳ありませんでした」

呆れた表情で玄関に出て来た父に深々と頭を下げた。

それをきっかけに赤松もちょくちょく実家を訪ねて来るようになった。最初は仏頂面だった父も理系同士でウマが合ったのか、やがて一緒に酒を飲むのを楽しみにしはじめた。継母も彼を気に入ったようで、不思議なもので、赤松があいだに入るようになると

いつの間にか父と継母との仲も修復されてしまったのだった。

大学院一年目の終わりに、赤松は大手のゼネコンに就職を決めた。霧子は文学部なので建築学コースの彼のようにすんなり内々定が勝ち取れるはずもなく、交際が一年を超えた頃からは就活に忙殺されるようになった。そんな時期も、自らも修士論文で多忙を極めていたにもかかわらず赤松はよく霧子を支えてくれた。

霧子が会社訪問、OB訪問を本格化させていた一年前の二月、赤松の父親が急逝した。彼の実家は長崎では老舗に数えられるカステラの製造販売元で、亡くなった父親が会社を取り仕切っていた。経営者の突然の退場に会社は立ち往生せざるを得なかった。跡取りになり得るのは長男の赤松だけで、あとは地元の短大に通う妹が一人いるきりだった。

ゆくゆくはこの妹が婿を取って会社を継ぐということで、父親と赤松とのあいだで折り合いがついていたのだ。だからこそ彼は長崎を離れ、横浜で建築を学ぶ道を選ぶことができた。

それ以降、赤松は人が変わったようになった。

こだわり抜いていた修論をさっさと切り上げてしまうと、彼は何度も長崎と横浜とを往復した。帰って来ても難しい顔をするばかりで、家業をこれからどうするかなど大事な話はほとんどしてくれなかった。

「キリはとにかく、自分の就活に集中してればいいよ。ここで気を逸《そ》らしたら一生の不覚になりかねないんだから」

まるで子供扱いに等しかった。

実際、就活は佳境を迎えつつあったので、霧子は元気のない赤松を気遣いながらも目の前の活動に没頭せざるを得なかった。

赤松が長崎に帰ると決めたのは三月の半ば、大学院卒業の直前だった。

第一志望の家電メーカーからそろそろ書類選考の結果が届きそうで、霧子は浮き立っていた。そこへいきなりの赤松の決断だった。正直なところ、冷水を浴びせられたような気分になった。

「建築家になる夢はあきらめるの？　せっかくあんなに勉強してきたのに」

霧子は青ざめた心地で訊ねる。

「ご実家の方はおじさんだっているんでしょう。萌《もえ》ちゃんがお婿さんを取るまで会社はおじさんに任せればいいんじゃないの？」

内情について少しは知っていたので、霧子は食い下がった。父方のおじが専務を務めていると聞いていた。萌ちゃんというのは赤松の妹のことだった。

「僕もそうできればと思って、ずいぶん頑張ったよ。戻ってくれ一点張りのおふくろを何度も説得した。でも、事情が変わったんだ」

「事情が変わった？」

「ああ。長年、経理を見てくれてた税理士とおじが手を組んで、会社の金を横領していた。試しにと思って最近の帳簿を覗いたら、僕の目から見ても奇妙な経理操作のあとがうかがえるから、親父の親友だった会計士の人に頼んで、ここ十年近くの帳簿を全部洗い直してもらったんだ。そしたら、かなりの額の横領があると分かった」

「警察には？」

「そんなことできるわけがないだろう。あんな狭い町なんだ、もし不祥事が表沙汰になったら会社の信用は丸つぶれだよ。それで、会計士の先生にも立ち会ってもらって、おじや税理士と何度も話し合いを持った。横領での告訴を行なわないかわりに、返せるだけは返してもらうように話はつけた。とはいっても、全額ってわけにはまるでいかないんだけどね」

沈鬱な表情で赤松は語り、

「おじは信用できないって、おふくろは前々から言ってたんだ。女の勘はさすがに鋭いよ」

と力ない笑みを浮かべた。

「もう、僕が会社を引き継ぐ以外に手がないんだよ」

そう呟いて天を仰ぐ。

どうしよう。

霧子の胸を占めたのはただただ困惑だった。赤松が長崎に帰ってしまうなんて想像したこともなかった。しかも、実家の仕事を継ぐとなればもう二度と東京に戻ってくることはないだろう。

だとすると私たちは一体どうなるのか？

漠然とというよりははるかにくっきりと、霧子は赤松との将来を思い描いていた。

赤松はいずれ建築家として独立するつもりだった。ゼネコンに入るのは、設計のいろはと巨大プロジェクトの進め方を学ぶこと、そして人脈を作ることが狙いで、三十歳前には独り立ちしたいと夢を語っていた。

来年、就職したら霧子も当分はしっかり働き、キャリアを積むつもりだった。その上で、赤松の独立と共に事務所入りして彼をサポートしてもいいし、場合によっては自分はそのまま働きつづけてもいいと考えていた。

むろんそれまでには結婚しているつもりだった。

赤松の決断はそうした霧子の目算を根底から覆すものだった。

「私たち、どうなるの？」

舌の上に乗りかけた言葉を霧子は飲み込んだ。

そうやって赤松に問う前に、まずは自分なりの結論を出すべきだと思い直した。

数日後、ゼネコンに入社辞退を申し出た直後の赤松と会った。

大学を出たら、自分も長崎についていきたいと霧子は言った。そのために就職先は長崎で探すことにして、とりあえずいまやっている就活は中止すると告げた。

赤松は絶句していた。

その様子を見て、彼が自分との今後に関してあまり考えていなかったのを霧子は察した。ただそれは仕方がないとも思った。父親の急逝を受け、彼自身が人生で最大の岐路に立たされているのだ。

「キリはちゃんと就職しなきゃ駄目だよ。こんなに就活を頑張ってきたんだから。長崎で働くって言ったって、キリが受けてる会社と比べられるような大企業なんて一つだってないよ。ここで就活をやめたら絶対に後悔すると思う」

赤松は真剣な口調で言った。

「でも、シュンが長崎に帰ったら、私がこっちで仕事を見つけても仕方がないでしょう。そんなことしたら私たちがバラバラになっちゃうよ」

「キリ、そんなに深刻に考えなくても大丈夫だよ。別に地球の裏側に行くわけじゃない。遠距離でも、会おうと思えばいつでも会えるんだから」

「だけど……」

赤松は建築家の夢を捨てると同時に、二人の将来まで投げ捨てようとしていると霧子には感じられた。

　赤松のいない人生はもはや考えられなかった。彼を失うくらいなら他の何を失っても惜しくはなかった。

　しかし、だからといっていまの赤松に自分の覚悟を押しつけるのは憚《はばか》られた。

　少年時代からの長年の夢を諦め、決まっていた就職先も蹴って、失意のうちに彼は郷里へ帰ろうとしている。そんなうちひしがれた人に、わがままな感情をそのままぶつけていいはずがない、と考えたのだ。

　それは私のエゴだ。

　相談を持ちかけた何人かの友人たちも「とにかく時間を置きなよ」とアドバイスしてくれた。

「あと一年間は学生でいられるんだし、とりあえず内定は貰っておけばいいよ。一年経って、彼のもとへ行くって決めたら返上すればいいんだから。結婚するって言えば、それじゃあ仕方がないね、おめでとうってなるからさ」

　ただ一人、新垣みずほだけが、「赤松さんとどうしても一緒になりたいなら、卒業なんて考えないですぐに長崎に行った方がいいよ」と忠告してくれた。

「恋愛の力は引力とおんなじで、距離の二乗にきれいに反比例するって、むかしさんまか誰かが言ってたけど、その通りだと思う」

みずほはそう言って、

「優也は、俊介は誠実な男だから遠距離だって心配ないよ、なんて楽観的に言ってたけどね」

と付け加えた。二人はちょうど付き合い始めたばかりだった。

四月の半ばには赤松俊介は綱島のマンションを引き払い、長崎に帰って行った。ゴールデンウィーク前に霧子は無事に内々定を貰った。半年近くに及んだ就活は成功裏に終わった。連休中はもちろん長崎に行った。初めて赤松の実家を訪ね、母の弓枝《ゆみえ》さんや妹の萌ちゃんとも会った。二人とも霧子の訪問を手放しで喜んでくれた。

歴史的な建築物で埋まった長崎の街を二人でそぞろ歩き、車で足をのばして福岡近郊にある九州国立博物館を見学にも行った。

それまでも赤松とはいろいろな建物を巡ってきた。都内だけでなく、安い切符を使って日本中の建造物を見て歩いた。彼は菊竹清訓《きくたけきよのり》が好きで、菊竹の設計したものをよく見に行っていた。松江《まつえ》の島根県立美術館や米子《よなご》の東光園、群馬県館林《たてばやし》市の旧市庁舎などにも二人で出かけた。初めてデートした江戸東京博物館も偶然、菊竹の設計で、

「霧子さんも菊竹先生の作品が好きなの？」

のっけに言われてぽかんとしてしまった。霧子は、菊竹清訓という建築家の名前さえ知らなかったからだ。

九州国立博物館は菊竹の晩年の作品だった。

いつもだったら必ず持参するスケッチブックを抱えていない赤松の姿に、霧子は何だか胸が切なくなった。

博物館の帰りに佐賀の嬉野《うれしの》温泉で一泊した。

その温泉宿で、霧子は意外な話を赤松から聞かされたのだった。

「赤松の家は、曾祖父《そうそふ》も祖父も五十代の前半で亡くなってるんだ。死因は脳溢血《のういっけつ》。当主が早世して、若い長男が後を引き継いでる。親父の親父もそうだし、うちの親父もそうだった。だから、親父は一人息子の僕を無理に跡取りにしなくてもいいと考えてたんだと思う。そういう血のつながりを自分の代で断ちたかったのかもしれない。だけど、結局はその親父も脳溢血で五十三で死んでしまった。そして、どうしても後を継がなきゃいけない状況に僕自身も追い込まれてしまった。これって一体なんだろうって思うよ。このままだと、僕も五十そこそこで死んでしまって、店を息子に継がせることになるのかもしれない。そう考えるとげっそりしてしまうんだ」

だったらそんなお店なんて放り出して、建築家の道に戻ればいいじゃない――霧子はよほどそう言いたかったが、言えなかった。

その後も二ヵ月に一度は赤松と会った。霧子が長崎に行くこともあれば、赤松が時間をやりくりして東京に出てきてくれることもあった。

それは霧子にとって、人の心と心とが次第に離れていくときの物悲しさ、切なさを身を以《もっ》て経験する期間でもあった。

赤松と会い、濃密な時間を共に過ごす。別れがたい気持ちを引きずりながら彼を見送る。言葉にできない思いがあふれ、それが刃物となって心に傷を刻む。最初は癒しがたい深い傷のようにも感じられるが、物悲しさや切なさもそのうち徐々に、まるで雪がゆっくりと解けるように消え去っていく。そして気づけば、目の前の現実に心奪われ、いつもと変わらぬ日常をそれなりに面白おかしく生きている自分がいる。

「要するに、それが若さってことかもね」

そんな不実な心を持て余していると愚痴ったとき、みずほは言った。

若さか……。

妙に納得している自分を見つけて、そのことで霧子はまた気が滅入《めい》ってしまう。

離れ離れになって八ヵ月が過ぎた、クリスマスイブの直前、突然のように赤松から長い手紙が送られてきた。

別れたい、という文面だった。

霧子が就職先を棒に振って長崎に来るのは無謀だと説かれ、自分の方もいまだ仕事は見よう見まねで、とても結婚など考えている余裕がない、と綴《つづ》っていた。

〈この半年、キリと会うたびに、二人の持っている時間がすっかり違ってしまったこと

を痛感させられていました。〉

手紙を読んですぐに霧子は長崎へ飛んだ。羽田《はねだ》から赤松にメールした。彼も霧子がそうやって駆けつけることは十分に分かっているはずだった。

機中で、もはや赤松の気持ちを変えることはかなわないだろうと霧子は思った。そして、そう思う自分の気持ちも変えられないのだと……。

到着ロビーに迎えに来ていた赤松は、空港内のカフェに霧子を誘った。

これが最後だなんて信じられない。

懐かしい顔と面と向かい、霧子はそればかり考えていた。

「僕、ずっと卵アレルギーだったんだ」

赤松が不意に言った。

「卵アレルギー？」

「ああ。高校出るまで。卵をたくさん使っている食品を食べると発疹《ほっしん》が出てかゆくなるんだ」

何が言いたいんだろうと思いつつ霧子は赤松を見る。

「カステラ屋の息子が卵アレルギーじゃ洒落《しゃれ》にならんって親父はいつも本気で嫌な顔してたよ」

赤松が小さく笑った。

「だから、うちのカステラも小さいときから食べたことがなかった。カステラは卵をいっぱい使うからね。ところがさ、不思議なんだけど、横浜に出てきてから、卵アレルギーはきれいさっぱりなくなったんだ。何でも食べられるようになって嬉《うれ》しかったよ。せっかくよくなったんだから、実家に戻ってもカステラだけは口にしなかった。ゲンかつぎみたいなもんだね」

たしかに霧子の知っている赤松は何でも食べていた。ケーキだってラーメンだって平気だったし、マヨネーズが大好物だった。

「親父が死んで、初めて食べたんだ。うちのカステラ」

「そう」

霧子も微笑《ほほえ》んでみせる。心の中で「よかったね」と呟く。

「うまかったよ」

そう言って赤松は霧子の目をじっと見つめた。その瞳がわずかに濡《ぬ》れているのが分かる。

「ほんとにうまかったんだ」

もう一度繰り返して、

「キリ、僕はこの長崎で一生カステラを作りつづけながら生きるよ。それが自分の定めだと分かったからね。でも、キリの定めはきっとそうじゃない。そのことも、この何ヵ月かで僕にはよおく分かったんだ。キリもきっと分かってると思う」

嬉野温泉であの話をしてくれたときから、この人の気持ちはとっくに固まっていたのだろうと霧子は感じていた。

「だから、もう僕の気持ちは変わらない。そしてキリの気持ちもね」

それが赤松の最後の言葉だった。

会社に入り、仕事に追われるようになると、赤松とのことも次第に色あせ、風化していった。要は心の一部に鍵を掛けてしまえばいいのだ。

赤松との別れを経験して、霧子は、いかに幸福な出会いであっても唐突に終わることがあるのだと知った。

そんなとき、人はそれぞれ、抱えきれぬ思いを胸の奥にしまいこんで、その扉に鍵を掛けてしまうしかない。過ぎ去った出来事は思い出すたびに懐かしさとそれに倍する切なさやさみしさを連れて来る。

たとえ忘れなくとも、決して思い出さないこと。それが一番大切だと思うようになった。思い出すことがなければ、過去はおとなしくじっとそこにいてくれる。そして、透明な重りとなって私たちの人生を逆に安定させてくれるのだ。

6

甲本啓太《こうもとけいた》の母親が林太郎の勤務先である志村南小学校を訪ねてきたのは年が明けて半月が過ぎた一月十五日のことだった。

前日は成人の日で、あいにく東京はこの冬一番の大雪だった。翌十五日も路肩のあちこちにシャーベット状の雪が積み上がり、路面は凍り付いてスケートリンクのように滑りやすかった。その凍《い》てついた道を、啓太の母親は白い息を吐き散らし、興奮した面持ちでわざわざ学校に乗り込んできたのだった。

スリップ事故をおそれて首都高は一部通行止めになり、各所で怪我人が続出するような日だった。霧子はそうそうに仕事を切り上げて東中野に帰った。近所のスーパーで食材を買い、今夜は林太郎のためにお鍋を作ることにした。日中もちっとも気温が上がらなかったが、日が落ちてからは北国さながらの冷え込みようだった。気温も零度を切っているに違いない。こういう晩はやはり鍋料理に限る。

林太郎が帰って来たのは六時過ぎだった。

学校の勤務時間は定時だと午後五時までだが、むろんそんなに早く帰れるわけもなく、大体は七時くらいまで居残って仕事をする。ただ、学校は九時には校門を閉じるので、教師たちはいつまでも残業を続けるわけにはいかない。そこが一般企業とは異なる点だった。

初めて渋谷でちゃんと会った晩、林太郎が「個人情報保護が厳しくて、テストの採点も成績表の記入も自宅に持ち帰ってやることが許されず、残業続きでへろへろになってしまう」と言っていたのは、そうした特殊な時間的制約も含めてのことだったようだ。

林太郎が霧子の部屋にやって来るのは大体八時前後だった。

だからその日の林太郎はふだんより二時間近くも早かった。

霧子は急いで支度を整え、小さなダイニングテーブルにカセットコンロと煮上がった鍋を置いて、いつものように差し向かいで椅子に腰掛けた。

鍋はきりたんぽ鍋だった。とり肉、ネギ、ごぼう、セリ、舞茸《まいたけ》、しらたき、それにスーパーで買ってきたきりたんぽを入れるのが定番だが、林太郎のリクエストで二度目からは厚揚げも入れている。

まずはビールで乾杯したあと、

「今日は早かったね」

出汁《だし》がしみたあつあつのきりたんぽを頬張りながら霧子は言った。

「熱っぽいからって言って、早めに出て来たんだ」

「そうだったの？」

霧子は箸を止めて林太郎の顔を注視した。別段、変わりはなさそうだ。

「啓太のおかあさんが学校に怒鳴り込んで来たんだ。それで午後からドタバタしちゃってね」

そこでいきなり林太郎はそのことを打ち明けてきたのだった。

「啓太君のおかあさん？」

啓太とは霧子も何度か会ったことがあった。年が明けてからは林太郎が泊まりに来る回数が増えたが、十二月中は霧子もしばしば志村坂上のアパートを訪ねていた。林太郎は啓太をよく連れてきた。そんな折は、霧子が作った料理を三人で食べた。林太郎が言っていた通り、啓太はあたたかい食べ物が苦手そうだったが、それでも、ごはんやお味噌汁をちゃんと食べられるようになっていた。とてもおとなしい、気立てのよさそうな子供だった。

「五年生にしては、でも、ちょっと幼いよね」

初めて会った晩、霧子が言うと、

「身体が少し小さいからね。ただ、他の子たちもあんな感じだよ。いまの子供たちは僕たちの子供時代と比べてもずいぶん幼いんだ」

林太郎は言った。

それにしても、あの啓太の母親が学校に怒鳴り込んで来たというのだろうか。啓太の風貌からはそういう荒々しい母親の姿はとても想像がつかなかった。

「そろそろ来るかなって思ってたから、別に何でもなかったけどね。でも、校長や教頭は相当面食らってたな」

林太郎はいつも通りの旺盛な食欲を示しながら、いかにも愉快そうに言った。熱っぽいというのは早退するための口実だったのだろう。

「厚揚げまだある？」

霧子は冷蔵庫から小ぶりの厚揚げを一枚取ってきて鍋に入れた。彼はとにかく厚揚げや油揚げが大好物で、味噌汁にもどちらかを入れると一番喜ぶ。

「古市なんて、一度でいいから僕を抜きたいって、厚揚げを必死で食べてたよ。そのせいでもう二度と食えなくなったってよくこぼしてる。厚揚げがトラウマらしいよ」

一度笑いながらそう言っていた。合コンの日、古市や武藤が言っていたように、林太郎はたしかに学校始まって以来の秀才だったようだ。

「で、どうしたの？」

啓太の母親の抗議には一体どうやって収拾をつけたのか。

「校長と教頭立ち会いの場で、行き過ぎた指導を詫《わ》びて、もう二度とそういうプライバシーに介入するような真似はしませんって約束させられたよ」

「啓太君は？」

彼は林太郎をかばってくれなかったのだろうか？

「啓太は黙り込んでたな。何も言わなかった」

「そう……」

「ていうか、母親、彼女の名前はゆかりさんっていうんだけど、そのゆかりさんから『あんたも無理やり食べさせられてつらかったのよね、そうでしょ』って念を押されて、何回か神妙に頷いてたな」

「啓太君、ひどーい」

霧子が半分本気で言うと、

「まったくひどいよな、あいつ。ぜんぜん頼りになんないよ」

林太郎はおかしそうに笑う。

「だけど、ごはんのこと、そのゆかりさんって人はどうして分かったんだろ。啓太君に聞いたのかしら」

「いや、啓太は何も言ってないらしいよ。同級生の母親からタレ込み電話が入ったみたいだった」

「タレ込み？」

「うん。何度か駅前の定食屋で一緒にごはんを食べたりしたからね。どこかで見られたんじゃないかな」

「だけど、だからってどうして啓太君の母親のところに電話なんてするの？」

「平等じゃないってことだろ。啓太ばかりひいきしてると思ったんじゃない。『甲本さんは椿先生と何か特別な関係でもあるんですか』って勘ぐられたって、ゆかりさんが憤慨しながら訴えてたよ」

「何、それ」

林太郎は首をすくめてみせる。

「でも、これからどうするの」

「うーん。いままでみたいに僕の部屋に連れてきて食べさせたりするのは無理だろうな。ゆかりさんにも、しないって約束したからね」

「せっかくあとちょっとで啓太君、ちゃんとあったかいものを食べられるようになったのにね」

「そうだね。最初は嫌がってたけど、最近は頑張ってたもんな。啓太だってみんなと一緒に給食を食べられるようになりたいんだからね」

「私にもそう言ってたよ。みんなと仲良く給食を食べたいんだって」

「だよね」

林太郎は頷くと、

「うーん。どうすればいいのかなあ」

呟くように言った。

啓太のような基礎的な部分で欠落がある子がいたら、その子に特別に手をかけるのはひいきでも何でもないと林太郎はいつも言っている。

「あらゆる子供に最低限の能力や技術を身に着けさせるのが小学校教師の仕事だからね。そうやって本当の平等を作るためには、一律のカリキュラムだけじゃ全然不十分なんだ」

その通りだと霧子も思う。

「まあ、なんとか違う方法を探るしかないよね」

林太郎はそう言って、静かな目で霧子を見た。

すでに何か考えがあるに違いないと霧子は思う。彼がこういう目をするときはいつもそうだった。

十二月の最初の合コンで出会って、まだ一ヵ月半の付き合いだった。だが、あの晩、林太郎をここに泊めて以来、ほとんどべったりの生活がつづいていた。正月一日はさすがに両国の実家に戻ったが、それ以外はずっと一緒に過ごしている。

自分でもどうしてこんな成り行きになったのだろうと霧子はときどき不思議な心地になる。ただ、だからといって無理なこと、不自然なことをしている感じはしなかった。突飛な展開ではあるが、これはこれで必然だったような気がしている。

自分の気持ちよりも、むしろ林太郎の方の気持ちがよく分からなかった。

この人はどうしてこんなに当たり前の顔で、私と一緒にいるんだろう?

たまにまったく見知らぬ他人を見るように霧子は彼を見る。

そういう感覚は赤松俊介と半同棲《どうせい》に近い生活をしているときは感じたことがなかった。赤松は霧子にとって肉親を超える存在だった。彼との間にほんのわずかでも隙間があるのが霧子はいやだった。だから、いつだってその隙間を埋めるのに必死だった気がする。しかし、この椿林太郎は、最も近しい他人のようだった。こんなふうに違和感なく付き合える他人がいるんだ、とほっと安心するところがあった。それは霧子がいままで味わったことのない感覚だった。

次の日は水曜日だったが、その日から三日間、林太郎はインフルエンザに罹《かか》ったと嘘をついて学校を休んだ。

毎朝、先に起きて朝食を用意してくれた。霧子を見送って、それから彼も毎日出かけていた。戻るのはいつも霧子よりあとで、金曜日は深夜十二時近くになって帰って来た。

「どこに行ってたの」

と訊ねると、

「甲本ゆかりさんに会ってきたよ」

と言っていた。

土日も彼は朝早くから出かけて行った。

その五日間の詳しい話を聞いたのは、日曜日の夕方、帰宅した彼と一緒に食卓を囲んだときだった。

7

甲本ゆかりが働いている会社は四谷《よつや》にあった。

昼休みどきを狙っていきなり勤務先を訪ねるのは一種の賭けだったが、しかし、林太郎にはそれ以外の方法が思い浮かばなかった。昨日は、校長や教頭、それに啓太も立ち会っていたので、ゆかりと本音で語り合うなど到底不可能だった。

とにかく、ゆかりと一対一で話す必要があると思っていた。そうなると、啓太が学校に行っている時間帯を利用するのが一番で、職場でゆかりをつかまえるのが最も手っ取り早かった。そもそも、向こうだって授業中の学校へ乗り込んできたのだし、自分が勤務先に出向いたとしても大した罰は当たらないだろう。

新宿通り沿いに建つ本社ビルは古めかしさはあるものの重厚な造りだった。十階建てくらいだろうか。日本を代表するアパレルメーカーの一つだ。大理石を敷き詰めた豪華な玄関をくぐって正面の受付台に近づく。台に置かれていた面会票に自分の名前と肩書を記入し、ゆかりの部署名は定かでないので「甲本ゆかり」という名前だけを書き込んで受付の女性に渡した。約束の有無は「無」を丸で囲んである。

「広報課の甲本でございますね」

記入事項を青鉛筆でチェックしながら受付の女性が言う。

「はい。たぶんそうだったと思います」

曖昧な返事をして、しかしまっすぐに相手の目を見つめた。

「少々お待ちください」

受話器を持ち上げて先方を呼び出している。

「受付です。甲本さんに志村南小学校の椿先生がおみえです」

どうやら受話器の向こうはゆかり本人のようだった。

「はい。椿林太郎先生です」

手元の面会票を見直して、女性が繰り返した。それからしばし、無言の時間が流れた。

「はい、承知しました」

彼女が静かに受話器を戻す。

「いま甲本が降りて参りますので、あちらのソファでお待ちください」

指示された先には壁に沿って大きなソファが五つほど並んだスペースがあった。

「ありがとうございました」

丁寧に頭を下げて、林太郎はその区画へと向かった。

五分ほど待たされたところで、受付台の奥に見えるエレベーターホールから甲本ゆかりが姿をあらわした。林太郎は立ち上がり、近づいてくる彼女に軽く一礼する。

ゆかりは明らかに心外そうな顔をしていた。

「すみません、突然お邪魔しまして」

面と向かってもう一度頭を下げると、

「会社にまで押しかけて来るなんて、一体どういうおつもりなんですか」

最初から喧嘩腰《けんかごし》のようだった。昨日も同じだったから、林太郎にすれば別にどうということもない。

「啓太のことで、どうしても甲本さんと話がしたかったものですから」

こうやって彼女と相対するのは、昨日を除けばゴールデンウィーク明けの家庭訪問のとき以来だった。

「困ります。勤務中なんですよ」

「お忙しいようでしたらもちろん出直します。ただ、さほどお時間を取らせるつもりはありません」

ゆかりは呆れたような表情で林太郎を見つめ、小さなため息をついてみせた。

「じゃあ、十五分だけなら」

「もちろんそれで構いません」

ゆかりは踵を返すとエレベーターホールに向かってさっさと歩き出す。受付で入館用のバッジを貰い、「これ、つけて下さい」とぶっきらぼうに渡してきた。

エレベーターに乗る。階数表示を見ると十二階まであった。

最上階の十二階で降りた。

ぐるりを大きな窓が取り囲む開放感のあるフロアだった。窓に沿って幾つも小部屋が並んでいた。商談やミーティング専用のフロアのようだ。テレビや雑誌でおなじみの有名モデルたちの巨大なポスターが壁のあちこちに飾られている。

小部屋の一つに入ると、甲本ゆかりは「ちょっと待っていて下さい」と言って出て行った。林太郎は小卓を挟んだソファセットの片側に腰を下ろした。部屋の壁にはポスターではなく欧風の街並みを描いた油彩画が掛かっている。窓の向こうには上智大学のキャンパスが広がっていた。

こうして一般企業の奥深くに入ったのはほとんど初めてだった。教職一本槍《いっぽんやり》で企業向けの就職活動はしなかったし、学生時代のアルバイトは「むーちゃん」を除けば、教壇に立ったときの予行演習を兼ねて塾講師だけに絞っていた。彼の働いていた代々木《よよぎ》の学習塾は、教室が詰め込まれた大きなビルがそのまま本部ではあったが、それでも常に子供の声で溢《あふ》れるあそこことここととでは雰囲気が全然違う。

「お～いお茶」のペットボトルを二つ持ってほどなくゆかりが戻ってきた。林太郎の正面に座り、どうぞと一本差し出してくる。

今日も朝から冷え込みが厳しかった。無言で開封したお茶をゆかりがすする。林太郎も一口つけると思いのほか喉が渇いていたことに気づき、一息に半分近く飲み干してしまった。

「このお茶、ホットですね」

と言う。

ゆかりが一瞬表情を緩めたような気がした。

「甲本さん、広報課なんですね。僕の彼女も家電メーカーの広報部で働いてるんですよ」

しかし、彼女は何も反応しない。

「勤務時間も不規則だし、就職したばかりだから毎日てんやわんやしてるみたいです」

相変わらず無表情にこちらを見ている。

「ところで、甲本さんに電話してきたのって久我《くが》昌弘《まさひろ》君のおかあさんですよね」

仕方なく、林太郎は本題に入ることにした。

「ちがいますか」

甲本ゆかりの瞳が微かに揺れている。どうやら図星のようだった。

「そんなこと先生にお話しする必要はありません」

突き放すように言い返してくる。

「そうですか。それならそれで結構です。ただ、僕が電話の主が誰だか知っているということだけ甲本さんに分かっていただければいいんです」

林太郎はゆっくりと言った。

「ところで、ゆかりさん」

名前を呼んで身を乗り出す。持ち時間が十五分となるとさほどのんびりしているわけにもいかなかった。

「啓太にあたたかいものを食べさせることはどうしてもできませんか？」

ゆかりは険しい目つきになって見返してきた。

「椿先生、もうその話はやめてください。人の家庭にそんなふうに首を突っ込むのは、昨日も申し上げましたが、明らかに行き過ぎです」

「そうもいかないんです」

林太郎は相手の目をしっかりと見据える。

「僕には啓太の将来に対する責任があります。啓太がこのままあたたかいものを食べられないで成長するのは、非常に不利益で不幸なことだと僕は思っています。黙って見過ごすわけにはいかないんですよ」

「そんなの余計なおせっかいです。啓太だって本当は嫌だったって泣いてたんですよ」

ゆかりは昨日と同じセリフを繰り返した。

「そんなはずはありません。初めはきつかったと思いますが、最近はすごく頑張ってくれてました。その彼が泣いたりするとはとても思えません」

そこでゆかりはこれみよがしに大きな吐息をついてみせた。

「椿先生、あなた昨日、校長先生の前でもう二度とこういうことはしないって約束したじゃないですか。なのに、私の勤務先にまでこうしてやって来て。一体どういうおつもりなんですか」

「僕が約束したのは、もう啓太と二人で放課後にご飯を食べたりしないということです。ただ、現状でそうしてしまうと、せっかくあたたかいものを口にできるようになってきた啓太が、また逆戻りしてしまう。それでは困るので、こうして、これからもあたたかいものを彼に食べさせてやってほしいとゆかりさんにお願いに来たんです」

「そんなこと、先生にとやかく言われるようなことじゃないと思いますけど。私だって昨日もさんざん申し上げたように、あの子にあたたかいものを食べさせようと努力はしてるんです。でも本人がどうしても口にしないんだから仕方がないでしょう。そのうちちゃんと食べられるようになるって周囲の人たちはみんな言ってくれてるし、もっと長い目で見ようってことなんです。先生みたいな乱暴なやり方は、かえってあの子の心を傷つけてしまう。だから、昨日も思い切って校長先生のところへご相談に伺ったんじゃないですか」

「啓太はそんなふうに言っていませんでしたよ。うちではおかあさんが料理を作らないからだって言っていました」

ゆかりが気色ばんだ様子になる。

「先生、そんな子供の作り話を信用するんですか。その上、母親である私を侮辱されるんですね。聞き捨てならない発言です。すぐに撤回してください」

捲《まく》し立てるように喋る。

「僕は何も、ゆかりさんが料理を作らないことを責めているわけではありません。そうするにはそうするだけのもっともな理由があるのだろうと考えております。侮辱するつもりもさらさらない。ただ、そうやって啓太があたたかいものを食べられない環境に置かれつづけることを強く懸念しているのです。ゆかりさんがあたたかい食事を提供できないのであれば、誰か別の人がそうすればいい。そのうち啓太も大きくなって自分で料理を作れるようになるでしょう。それまでのほんの何年かのあいだだけ、ゆかりさんも上手に工夫してほしいとお願いしているんです」

「その、ゆかりさん、ゆかりさんって気安く呼ぶのやめてください。とっても不愉快です」

「申し訳ありません。では甲本さんに戻します」

　林太郎は相手の表情を窺う。顔色は昨日のように赤くなってはいなかったが、目に涙がうっすらとにじんでいた。

「実は、一度、お宅のキッチンを拝見しました。家庭訪問のときは見られなかったので、啓太に頼んで見せて貰ったんです」

　この一言に、ゆかりは愕然《がくぜん》とした顔つきになる。口を半分開けて、涙ぐんだ瞳がそのまま大きく見開かれた。

「えっ」

　喉を詰まらせたような声を出した。

「お宅のキッチンを拝見して、啓太にはときどき晩御飯を食べさせた方がいいと僕は判断したんです」

　啓太の家にはキッチン用品のたぐいがほとんどなかった。包丁すらなく、果物ナイフが一本あるきりで、冷蔵庫も空っぽだった。冷凍食品さえ入っていなかった。鍋もフライパンも電子レンジもないのだから当然と言えば当然だったが。

「椿さん、それは完全なプライバシー侵害ですよ。いくら担任教師だからって、他人の家に黙って上がり込んで、台所の中を覗くなんてとても信じられません。そんなの立派な犯罪です。私、明日にでもまた学校に伺って、このことはきちんと校長先生に報告させていただきます」

ゆかりの声は震えていた。

「僕は、啓太にあたたかいものを食べられるようになってほしいんです。給食の時間を友達と仲良く過ごせるようにしてやりたい。啓太もこの数ヵ月、本当にがんばっていたんです。もう一歩のところまで来ていたんですよ」

林太郎は穏やかな口調を心がけながら言う。

「もちろん、甲本さんがうちの校長に抗議するのはご自由です。いま、僕が申し上げた通りのことをそのまま伝えていただいても構いません。僕はどんな処分でも甘んじて受ける覚悟ですから。ただその前に、今日はどうしても甲本さんと二人でお話がしたかったんです。繰り返しますが、僕は、啓太にみんなと一緒に楽しく給食を食べてほしいんです。いつも冷たいおかずをちょこっとつまむだけで、さみしそうにしている彼を放っておけないだけなんですよ」

「椿さんのお話はよく分かりました。これ以上一緒にいると頭がパンクしそうです。とにかく、今日はもうお引き取りください」

ゆかりは下を向いたまま押し殺した声で言った。

「分かりました。今週いっぱい休みを取っているので明日もこの同じ時間にこちらをお訪ねするつもりです。会いたくないということでしたら面会を拒否してください。そしたらあきらめて引きあげます。これ以上ご迷惑をかける気はありませんので」

そう言って林太郎は立ち上がった。ゆかりは俯いたまま顔を上げない。

「ゆかりさん、啓太にあたたかいものを食べさせてやってください。これは担任教師としての心からのお願いです。どうかよろしくお願いします」

彼は深々と頭を下げると、卓上のペットボトルを摑み取って、静かな足取りで部屋を出たのだった。

8

「あの人には本当に気の毒なことをしたと思っております」

林太郎が、啓太やゆかりのことを一通り話し終えると、唐川悦子《からかわえつこ》は最初にそう口にした。

あの人とはむろん、甲本ゆかりのことなのだろう。

ゆかりから教えて貰った番号に今朝早くに電話した。土曜日とはいえ今日の今日に会えるかどうか若干危惧したが、啓太の担任だと伝えて、

「啓太君のことでおばあさまに折り入ってお願いしたいことがありまして……」

と告げると、唐川悦子は息を詰めるようにして、「今日、何時でも構いません」と言

ってきたのだった。ゆかりによれば六年前に夫の唐川真治《しんじ》と離婚してのちは、義母の悦子には電話一本していないとのことだった。当然、孫の啓太とも悦子はそれ以来一度も会っていなかった。

悦子の家は目黒《めぐろ》区の鷹番《たかばん》で、最寄駅は東急東横線の「学芸大学」だ。駅の東口を出てすぐにあるという喫茶店で待ち合わせることになった。

その「グレーテル」という名の店で、こうしていま林太郎は唐川悦子と向かい合っている。

時刻はまだ午前十時を少し回ったくらいだ。約束は十時だったが、林太郎は二十分ほど前に店に着いた。悦子はすでに来ていた。目印にした「週刊文春」を持って入店すると、白髪頭の痩せた女性がすぐに手を挙げたのだった。

髪は白かったが、間近にすると悦子はよく光る目をした芯の強そうな人だった。七十半ばくらいだとゆかりから聞いていたが、それよりはずっと若々しく見えた。

「私の方は、もちろん何が何でもそうさせていただきたいと思います。ただ、そんなことをあの人が本当に承知してくれるのでしょうか……」

悦子はいまだ半信半疑の様子だった。

「啓太ももう五年生です。ここにも一人で十分に通えますよ。僕は問題ないと思います」

「そうでしょうか……」

「ゆかりさんとは、週三日くらいで、と話しているんです。とりあえず、そちらの家で啓太が晩御飯を食べる曜日を決めてしまった方がいいかと思うんですが」

「そうですね。それはもう先方の希望通りでうちは全然構いません」

「そうですか」

「はい」

「条件は先ほど申し上げたように、真治さんには内緒にしていただくこと、それとおばあさまの方からは決して啓太の家には行かないということです。この条件を必ず守っていただけますか」

「もちろんです。真治は新しい家庭を持って、去年、二人目の子供も生まれました。このことは黙っておいた方がいいと私も思います。ゆかりさんの部屋に上がり込むような真似は、もちろん金輪際するつもりはありません」

「だったら、これで決まりということで。来週からさっそく始めることにしましょう」

林太郎が請け合うと、いまだに不安そうな面持ちで唐川悦子はこちらを見返してくる。

「あのお、先生。本当にそんなことができるんでしょうか」

何度目かの確認だった。

「担任の僕が責任をもって取り計らいます。ゆかりさんからも昨夜、一任を取り付けてきました。明日、もう一度彼女と啓太と三人で会って、はっきりとさせておきます。何曜日から始めるかは明晩にでも、僕の方から唐川さんに連絡させてもらいますね」

「よろしくお願い申し上げます」

そう言ってお辞儀をし、悦子は初めてテーブルに置かれたコーヒーカップを手にした。皺深い口先をすぼめてコーヒーをすする姿を林太郎はじっと見ている。

そっと胸をなでおろす。

何とかぎりぎり間に合ったという感じがした。

「啓太は大きくなったんでしょうか。背丈は何センチくらいになったのかしら」

カップを皿に戻し、まるで独りごちるように悦子が言った。

「クラスの中では小柄な方ですが、それでも百三十五センチくらいはありますよ」

林太郎が笑みを浮かべながら答える。

悦子は啓太が五歳のときに別れている。来週再会すれば、その成長ぶりに目を瞠《みは》ることだろう。

「そうですか」

百三十五センチですか、と顔をほころばせた。

水曜日に会ったときは取りつく島もなかった甲本ゆかりだったが、翌日の同じ時間にもう一度会社を訪ねてみると、

「先生、明日の夕方、お時間をいただいてもよろしいでしょうか」

態度は前日とは打って変わっていた。時間と場所を記したメモ書きを手渡してきて、

「よろしくお願いします」

と彼女は丁寧に頭を下げて、職場へと戻っていった。

翌金曜日の夕方、林太郎は指定された飯田橋《いいだばし》のレストランに足を運んだ。

五分もしないうちにゆかりも到着した。

それから九時過ぎまでその店で食事をとりながら話し、さらに神楽坂《かぐらざか》の、これもゆかりが行きつけにしているというバーに場所をかえて、終電間際まで二人で話し込んだのだった。

レストランの席で差し向かいになるとすぐに、

「一昨日の夜、啓太に訊いてみたんです」

改まった口調でゆかりは喋り始めた。

「啓太はみんなと一緒に給食が食べたいのって」

林太郎は黙って耳を傾ける。

「そしたらあの子、しばらく私の顔をじっと見て、うんって小さく頷いたんです」

そこでゆかりは一呼吸置いた。

「今度は、こう訊ねてみました。啓太は椿先生のことをどう思うって。そしたら、あの

子、はっきりと言ったんです。ママ、僕は椿先生のことが大好きだよって」

自嘲めいた笑みがゆかりの頰に浮かんだ。

「その言葉を聞いて、私、目が覚めました」

ウエイターがワインを持って来て、双方のグラスに注ぐあいだ甲本ゆかりは口を噤《つぐ》んだ。

彼が去ると、彼女はグラスを取って目くばせした。林太郎もグラスを持ち上げる。

「先生、先日は本当に失礼しました。それに一昨日のことも本当に申し訳ありませんでした。どうかお許しください」

ゆかりはそう言って頭を下げたのだった。

乾杯してからはすっかり気持ちをほどいて、彼女はさまざまな話を林太郎に打ち明けてきた。

夫の真治がゆかりの作った料理を食べなくなったのは結婚して半年ほど過ぎた頃からだった。最初は、外で済ませてきたとか胃の調子が悪いなどと誤魔化《ごまか》していたが、休みの日にも皿に手をつけないので本当の理由を訊いてみると、

「きみの料理がどうしても口に合わないんだ」

真治は真顔でそう言った。驚いたゆかりは、どこがどう口に合わないのか詳しく訊ねたが、「合わないものは合わないんだから、仕方がないだろう」と言うばかりで、あげ

く、

「これからは外で食べて帰るから、きみは自分の分だけ作ればいいよ」

あっさりとそう言い放ったのだった。そして、彼は翌週からそれを実行した。

ほどなく、幸か不幸かゆかりの妊娠が判明した。そうなると真治の外食は吐きづわりのひどかったゆかりには却《かえ》って好都合で、結局、子供が生まれた後もそうした習慣は変わることがなかった。

啓太が一歳の誕生日を迎えた時期、状況はさらに一変した。

その頃には毎晩、真治は外で食事をして帰るようになり、家ではゆかりの作ったインスタントラーメンさえ口にしなくなっていたが、啓太が生まれて以降、週末だけやって来ていた義母の悦子が、やがて平日も手伝いと称して頻繁に出入りしはじめ、晩御飯の支度も彼女がするようになったのだ。

すると、それまで夕食時には決して帰宅しなかった真治が、きっちりと戻って来て、母親の作った料理を食べるようになった。

ゆかりは子供のときに実母を亡くして父子家庭で育っていた。中学に上がる時分には父の分も夕食をこしらえるようになり、料理は決して嫌いな方ではなかった。

兵庫の出だったから、関東風の味に慣れた東京っ子の真治には関西風の薄味が合わないのかとずいぶん工夫もした。しかし、どうしても彼は妻の料理を口にせず、しかし、実母の悦子の手料理はうまそうに食べるのだった。

ある日、口論になった折、真治がこれまでもしばしば目黒の実家に立ち寄って夕食をとっていたことを告白した。

「いまに始まったことじゃない。ずっと目黒で食べて帰ってたんだよ。そうでもしなきゃこづかいがいくらあったって足りやしないだろう」

蔑むような視線で真治はゆかりを見た。

「ゆかりさんは男手一つで育ってるから、おふくろの味って言われてもちんぷんかんぷんよねえ」

かつて姑《しゅうとめ》に言われたその一言が、この真治の言葉と重なって、ゆかりの頭は破裂しそうになった。

翌日から、ゆかりはどうしてもキッチンに立つことができなくなった。包丁を握ったり、鍋の取っ手を摑んだりしただけで気持ちが悪くなった。ガスコンロに火を入れるのも恐ろしくてできなかった。

普段の生活にさしたる支障は出なかった。

啓太が虚弱だったこともあり義母の来訪は常態化し、いつの間にか毎日悦子が料理を作るようになった。啓太の離乳食もゆかりたちの昼も、そして当然夜の献立もすべて彼女が用意した。

ゆかりの台所恐怖症は消えなかった。それどころか次第に昂《こう》じて、電子レンジで何かをあたためたり、電気ポットでお湯を沸かすことさえ億劫《おっくう》で、尻込みするようになっていった。

育休が終わり、会社に復帰すると、悦子の介入はさらに深くなった。保育園のお迎えも、啓太の食事作りもすべて彼女が嬉々《きき》としてこなし、真治だけでなくゆかりまでもが残業や出張に精を出すことができた。

これはこれでいいのかなあ……。

そんなふうに思うこともあった。三十歳を過ぎて、会社の仕事もちょうど忙しくなる時期だったし、責任を持たされるようにもなってきていた。

だが、状況はまたしても大きく一変する。

啓太が五歳になる直前、目黒の実家を建て替える話がいきなりのように持ち上がった。義父がその前の年に軽い脳梗塞を起こし、日常生活に不都合はないものの、悦子もそうそう家を空けっぱなしにしておけなくなっていた。だったら、この際、家を二世帯住宅に建て替えて同居しないかというのだった。

真治は大賛成だった。当時、ゆかりたちは豪徳寺《ごうとくじ》のマンション住まいだったが、部屋も広くなるし、啓太の今後の教育を見据えても、実家に戻った方がずっと便利だと彼は手放しの喜びようだった。

ゆかりの台所恐怖症はまったく改善していなかった。その頃には、キッチンに入ることさえほとんどなくなっていた。飲み物や要冷蔵品を冷蔵庫におさめるのも苦痛だったし、氷を取り出そうとしただけで気分が悪くなるほどだった。

ゆかりは二世帯同居に反対した。そんなことをしてしまえば自分たち夫婦は完全に壊れてしまうだろう。

彼女は思い切って真治に、自分の抱える問題について本気で打ち明けた。

「別にいいじゃないか。食事の支度は全部おふくろがやってくれるんだし、僕たちはかない付きの下宿で暮らしていると思えばいいんだから。お湯くらい僕が沸かすし、氷だって何だって僕が作るし、買ってくるよ」

なんだそんなことか、という顔で真治はゆかりを見た。

結局、ゆかりはどうしても義父母との同居を受け入れることができず、最終的には離婚の道を選ばざるを得なかった。

離婚して悦子の援助があてにならないとなれば、この恐怖症も解消していくのではないかという期待がゆかりにはあった。しかし、現実はまったく違っていた。啓太と二人暮らしを始めても、料理をする気にはなれず、ゆかり自身もあたたかいものをほとんど食べなくなっただけだった。

「啓太もお菓子やお弁当を与えてればそれで文句も言いませんでしたし、そのうち、私も啓太も冷たいものだけ食べてても全然平気になってしまったんです」

そうは言っても、ゆかりは外では普通の食事ができた。

しかし、啓太の方は五歳からの偏った食生活の影響で、小学校に上がるとみんなと一緒に給食を食べることができなくなっていたのだ。

昨晩のゆかりはこれまでのそうした経緯を延々と林太郎に語った。そして、

「先生、私はどうすればいいでしょうか」

と答えを求めてきた。林太郎の方は彼女の話を耳に入れながら、一番の解決策は何かをじっと考えつづけていた。

ゆかりはいまでもキッチンに立つのは無理のようだった。啓太のために彼女があたたかいものを用意するのはむずかしい。外で食事をさせるのも容易ではなかった。啓太がちゃんとご飯や味噌汁を食べ終えるには一時間以上の時間がかかる。それも彼の気持ちをリラックスさせて熱心に励ましつづけないといけない。

そうなると身内や林太郎のような担任がつききりになるほか手はなかった。

「その目黒に住んでいるおばあちゃんに頼むしかないでしょう」

だから彼は、無理を承知でゆかりに提案してみたのだった。

ゆかりは一瞬、絶句した。だが想像に反して、

「目黒の義母にお願いするとしたら、条件があります」

前向きに応じてきたのだった。

その二つの条件というのが、さきほど、唐川悦子に提示したものだった。

林太郎たちは一時間近く話して席を立った。お茶代は折半にしようとしたが、悦子がどうしてもと言ってきかなかったので甘えることにした。

「ゆかりさんは働きながら、子育てと家事に一生懸命でした。私もよかれと思って最初は手伝っていたんですが、そのうち、ゆかりさんの気持ちなんてそっちのけになってしまいました。おふくろの味うんぬんなんて、無神経なことを言ったと思います。本当に申し訳なかった。真治のことも甘やかして育て過ぎて、いつの間にかあんな子にしてしまった。母親として本当に失格です。この六年間、啓太のことを思い出さない日は一日もありませんでした。今回このような話を椿先生に持って来ていただいて、せめてもの罪滅ぼしができるかと思うと、ゆかりさんにも、啓太にも、そして先生にもなんとお礼を申し上げていいか分からない気持ちでいっぱいです」

別れ際、悦子は姿勢を正して、潤んだ瞳でそう林太郎に告げたのだった。

9

林太郎はあの夏の日の明け方を「覚醒の朝」と呼んでいる。あの朝のことは、大人になってからは霧子以外の誰にも話したことはなかったし、ひそかに自分があれを「覚醒の朝」と名付けているとまでは彼女にも明かしていない。

覚醒は小学校五年生の七月に起きた。

覚醒以前と以後とでは、自分は別の人間だと林太郎は思う。同じだけど別の人間。人は一つの身体、一つの人生の中で大きく生まれ変わることができる。その厳粛な事実を身をもって体験したと確信している。人間は別人になれる。身体に受けた大きな傷が本来そなわる回復力によってきれいに治癒していくように、人間は人間そのものを自分の力で幾らでも修復し、正常化し、そして新しくしていくことができる。

医学の力が恒常性と自然治癒力に依拠しているのと同じように、教育の力は、人間そのものの変化の力、成長の力に大きく依存している。だからこそ、教育にはうわべだけでなく、人間を根底から変えていく力がある。林太郎はその信念を疑ったことがない。

しんちゃんと初めて出会ったのは、覚醒の朝から二ヵ月ほど経った九月半ばだった。

学校帰りにたまたま通りかかった公園で、子供たちに囲まれているしんちゃんを見つけた。そこの公園は通学路からは少し逸れていた。普段は経由しないのだが、その日は文房具を買いに駅前の商店街に寄って帰路についたので、家までの近道でもある公園を通り抜けることにしたのだ。

しんちゃんは四人の少年と睨《にら》み合っていた。他の子よりもだいぶ小さかった。しかし、やりとりを聞いていると、どうやら全員同級生のようだった。

一学年下くらいか。隣町の小学校の子供たちだろう。でなければ、四年生とはいえ見知った顔がきっといるに違いない。

体格はひときわ小柄だが、しんちゃんの声は人一倍大きかった。

「出せよ、出せよ」

取り囲んだ子供たちが合唱よろしく囃《はや》し立てている。

近くの滑り台のかげから林太郎は様子を見守っていた。事の是非はともかく、彼らが四人で束になって一人を袋叩きにするような行動に出たらすぐに飛び出していくつもりだった。

「本当はお前が自分で食うんだろう」

一番上背のある半ズボンの少年が、ねばっこい口調でからんでいる。

「そうじゃないんだったら、かばんから出せよ。俺たちに見せろよ」

「なんでお前らにそんなことしなきゃいけねえんだよ。るっせえんだよ」

しんちゃんは大声で言い返していた。

「出せよ、出せよ」

子分たちが合唱をつづけていた。

ランドセルの肩ベルトに背の高い少年が片手を伸ばした瞬間だった。

しんちゃんは身を沈めて、彼の顎のあたりに強烈な頭突きを食らわせた。それはまさしく目にも留まらないようなすばやさだった。ゴキッという大きな音が聞こえ、のっぽの半ズボンはその場に尻餅をついた。そこからがまたすばしこかった。しんちゃんは倒れた少年の上に馬乗りになり、彼の顔を思い切りひっぱたき始めたのだ。

拳固《げんこ》ではなく、平手だった。

その姿を見て、すげえなと林太郎は思った。

あいつは喧嘩慣れしてる。

他の子たちは呆気にとられていたが、さすがに気を取り直してしんちゃんの周りに蝟《い》集《しゅう》し、ランドセルを摑んで、三人がかりで彼をひっぱがそうとした。だが、しんちゃんは梃子《てこ》でも動かず、下敷きにした少年の頬や頭を張りつづけている。

「やめてよ、やめてよ」

殴られている少年はもう半泣きになっていた。

とそのとき、ランドセルのかぶせが外れ、しんちゃんの黒いランドセルの中からばらばらと何かが飛び出して来た。

しんちゃんは慌てて顔を上げた。

「このやろう」

組み敷かれていた少年がその隙をついて全身で小柄なしんちゃんを撥《は》ね飛ばした。

今度はしんちゃんがもんどりうって地面に転げる番だった。それでも彼は急いでランドセルを肩から外し、ちらばったものを拾い集めようとよつんばいになった。

そこへ立ち上がったのっぽや残りの三人が駆け寄り、めいめい大声を上げながら足を振り下ろし始めたのだ。

いまかいまかと見ていた林太郎は、

「きさまらー」

と絶叫しながら、ようやく彼らのもとへと突進した。

林太郎は勉強はからきしだったが、もとから運動神経はよかった。特に跳躍力には自信があって、幅跳びでも高跳びでも、学年中で彼の右に出る者はいなかった。

クラスからすっかり浮いていた彼が級友たちのいじめにあわなかったのは、そのずば抜けた運動神経のおかげもあった。それに、年中、耳の中で奇妙な物音を聞いていた彼は絶えず苛立《いらだ》っていて、何かあるとすぐにキレる性格だった。その性格も周囲に手を出しにくいという印象を与えていた。

しかし、二ヵ月前に覚醒した林太郎は、もうそれまでの林太郎とは違った。意識は清明になり、あらゆる情報が流れるように彼の中に吸い込まれ始めていた。同時に、身体の動きも一段となめらかでスムーズになってきていた。

先週行なわれた学期初めの記録会で、彼は走り幅跳びで学校記録を塗り替えていた。

五年生が六年生も含めたいままでの記録を更新するなどまったく初めてで、体育の教師も目を丸くしていた。

そういうわけで、彼は我が身から突然のように溢れ出てきた大量の新しいエネルギーをいささか持て余していた。頭も身体も内部で生じた爆風を吐き出したくて、その噴出口を探し回っていたのだ。

しかし、他校生の喧嘩の現場にわざわざ飛び込んでいったのは、それとは別にもう一つの特殊な理由があった。

彼自身も初めての経験だったのではっきりと意識化できたわけではない。あのときは、「こいつ、死んじまうんじゃないか」と何となく感じただけだった。しんちゃんの喧嘩っぷりを見てそういう感覚に見舞われたのではなかった。四人の子供たちに囲まれてすっくと立つ、その小さな後ろ姿を目の端に入れた瞬間に、なぜだか彼はそう感じたのだ。「あ、この子、死んじゃう」と。

滑り台の手前でつい足を止めてしまったのも、そのせいだった。

五年生と四年生では体格も違う。相手は四人だったが林太郎は全部まとめてあっという間に蹴散らした。気づいたら「ほう、ほう」と妙な声を出しながら暴れ回っていた。

ずいぶんと経ってからしんちゃんに、

「あんときのりんちゃんは、本物のサルみたいだった」

と言われたものだ。

四人を追い払って、彼はしんちゃんのランドセルから飛び出したものを一緒に拾い集めた。

それは透明なビニールに入ったコッペパンで、七個も八個もあった。

「これ、給食のパンじゃん」

林太郎が言うと、

「えへへ」

しんちゃんはそれぞれの埃《ほこり》を払い、丁寧にランドセルにしまいながら、ちょっと照れ臭そうに笑った。

「どうしたの、これ」

林太郎が訊ねると、

「別に盗んだんじゃないよ。給食のおばさんに頼んで、余った分を貰ってるだけだから」

しんちゃんは幾分息巻いた口調で答える。

「へぇー」

林太郎は感心した声を出しながら、でもこんなにたくさんのパンをこの子は一体どうするんだろうと思っていた。

「俺んち、かあちゃんが病気でさ、あんまり食べるものがないんだよ」

察したしんちゃんが先回りしたようにそう言った。

「そうなんだ……」

頷きながら、先ほどの子供たちが「本当はお前が自分で食うんだろう」と言っていたのを思い出す。おそらく学校では「飼っているペットのえさにしたい」とでも理由をつけて貰っているのだろうと思った。だけど、「あんまり食べるものがない」って本当なのだろうか？

パンをしまい終わってランドセルを背負ったしんちゃんはしゃきっとしている。その当たり前の顔つきを見ながら、きっと本当だと林太郎は感じた。

「七月のあれで、仲良しだった近所のコンビニのおばさんが売れ残った弁当をくれなくなっちゃってさ。だからここんとこ、こんなのばっか」

しんちゃんは、そう言って、背中のランドセルを指差す。

「七月のあれ？」

林太郎が聞き返すと、

「あれだよ、Ｏ１５７」

そんなことも分からないのかという顔でしんちゃんが見返してくる。

そういえば、今年の七月、全国でＯ１５７が大流行して、横浜でも幾つか学校閉鎖になった地域があった。林太郎の学校ではさいわい感染者は出なかったが、あの頃はたしかに日本中が大騒ぎだった。

「そうかあ」

コンビニの余った弁当を貰っているという話にも林太郎はびっくりしていた。ホームレスの人たちが深夜に廃棄処分寸前の弁当をコンビニで受け取っている姿をテレビで見た記憶がある。それを思い出していた。

「おとうさん、いないのか」

林太郎は訊いた。

「親父の顔なんて見たことないよ。俺んち、結構複雑だからね」

しんちゃんが言う。

「たいへんだね」

林太郎はしんちゃんの顔をしっかりと見て言った。

「ま、中学出るまでの辛抱ってことさ」

しんちゃんはやっぱり当たり前の顔でそう言った。

「俺、椿林太郎。椿は花の椿で、林太郎は林の太郎。鷹の森小の五年三組。きみは？」

「俺は上野《うえの》真一郎《しんいちろう》。上野は上野公園の上野で、真一郎は真実の一郎。緑ヶ丘小の四年一組」

やっぱり隣の学校の四年生か、と林太郎は思った。

「真一郎ならしんちゃんだね」

林太郎が言うと、

「ああ」

しんちゃんは頷き、

「林太郎は、だったらりんちゃんだ」

と言った。

「それ、なんかおんなっぽくない？」

林太郎が言うと、

「でもないよ。りんちゃん、喧嘩超つええし」

しんちゃんが笑う。

そうやってその日、二人は友達になったのだった。

友達のいなかった林太郎にとってしんちゃんは初めてできた大切なたった一人の友人だった。

それからはしょっちゅう同じ公園で待ち合わせて、一緒に遊んだ。晴れた日は二人でぶらぶら散歩したり自転車で遠出したたし、雨の日は林太郎の家にしんちゃんを呼んで漫画を読んだり、ゲームをしたりした。

林太郎の両親は歯科医で、二人とも日中は駅前にある歯科医院に出ていて不在だった。五歳違いの兄はすでに高校生で、部活に打ち込んでいたから、彼もほとんど家にいなかった。というわけで、放課後はしんちゃんと二人きりでのびのびと遊ぶことができた。そのうちしんちゃんは父や母とも親しくなった。彼らも林太郎が初めて家に連れて来た友人を大歓迎してくれた。

一度しんちゃんの住むマンションに遊びに行ったことがある。

知り合って二ヵ月くらい経った頃だった。いつものように公園で待ち合わせたら、「俺んち、見る?」と不意にしんちゃんが言った。林太郎は何となく気がすすまなかったが、断るわけにもいかず、「うん、ぜひ」と答えた。

しんちゃんの住むマンションは隣町の駅から歩いて十分くらいの場所にあった。古びた小さなマンションだった。それでも、友達の住んでいる家に行くことなどついぞなかった林太郎には、狭いエントランスをくぐるだけでちょっとした興奮があった。

しんちゃんの家は三階の角だった。ポケットから出した鍵で錆《さび》の浮いたドアを開けると、狭い玄関には女物の靴がまるで積み上がるようにあふれていた。しんちゃんはそのド派手なハイヒールやらサンダルやらを丁寧に脇にどけて、林太郎と自分の靴を脱ぐスペースを作った。

「おじゃましまーす」

湿っぽい空気が籠もった室内に林太郎はしんちゃんのあとについて入って行く。

短い廊下があって、左側にドアが開きっぱなしの洗面所があり、右の扉はトイレのようだった。広い一戸建て住まいの林太郎にすれば、狭い廊下だけでちょっと息が詰まりそうになる。

突き当たりのドアを開けると、八畳ほどのリビングルームがあった。ベランダがあって明るい秋の陽射《ひざ》しが注ぎ込んでいた。

部屋は静かだったが、しかし人の気配がした。

しんちゃんが壁にはまったドアの方へめくばせして、

「かあちゃん、まだ寝てるから」

と言った。

室内は案外きれいに片づいていた。

大きなテレビの正面にカウチソファがあって、そこに林太郎は座らされた。しんちゃんがテレビをつけ、自分は台所に行ってオレンジジュースを二杯入れて戻って来た。

時刻は五時くらいで、人気アニメの再放送が始まっていた。

林太郎はソファの上のリモコンを手に取って、

「どうする？」

隣に座ったしんちゃんに訊ねた。しんちゃんは耳が悪いらしく、林太郎の家でテレビを観《み》るときは決まって音量を大きくしてほしいと頼んできた。だが、ここのテレビは普通の音量のままだった。

「だいじょうぶ」

しんちゃんが言う。母親が隣の部屋で眠っているのだから仕方がないか、と林太郎がリモコンを二人の間に置こうとしたとき、

「今日はあんまりうるさくないんだ」

不意にしんちゃんがそう言ったのだった。

林太郎は急いでリモコンでテレビを消して、しんちゃんの顔をまじまじと見つめた。一つ大きく息を吸ってから、彼は少し声を震わせながら訊いた。

「しんちゃん。今日はあんまりうるさくないって、一体何がうるさくないの？」

10

あのあと部屋から出て来たしんちゃんのおかあさんはひどく顔色が悪かったが、とても優しい感じの人だった。林太郎を見つけると、

「ああ、あなたが椿君ね」

と言って微笑んだ。うちの母親よりずっと若くて、そしてずっときれいな人だと思っ

た。

彼女はそのまま洗面所に行き、するとシャワーの水が流れる音が聞こえてきた。

「店勤めだから、いまから出勤」

しんちゃんは言い、

「うちのかあちゃん、アル中なんだ」

と付け加えた。そして、

「アル中は病気なんだぜ」

なぜかさらに付け加えた。

バスローブを羽織ったおかあさんが再び寝室に入って行き、しばらくすると服を着て出て来た。女優さんか何かのような派手なドレス姿で、真っ白で細い腕や長い足がまぶしいくらいだった。お化粧をしたおかあさんはますます美人だった。

「真一郎、じゃあこれで椿君と何か食べてね」

そう言って彼女は千円札を一枚しんちゃんに手渡した。

「オッケー」

声が跳ね上がり、しんちゃんは大きな笑顔になった。

玄関まで見送りに出たしんちゃんがリビングに帰って来ると、

「かあちゃん、泊まってもいいってさ」

あっさりと言った。

林太郎はガッツポーズを作った。自分がしんちゃんの役に立てることが嬉しかった。それ以上に、自分と同じ悩みを抱えた人間を見つけた喜びが大きかった。

自分だけじゃないんだ。きっと他にもいっぱいいるんだ。

ひとりぼっちじゃなかった、と林太郎は泣きそうなくらいに感動していたのだ。

その週の土曜日、しんちゃんが初めて林太郎の家に泊まった。

日曜日の早朝、同じベッドで一緒に寝ていた林太郎としんちゃんはそろって目を覚ました。というより二人ともろくに眠れずに夜を明かしたのだった。

時刻は五時を回っていた。七月とは違って、十一月半ばのこの時間帯はまだ真っ暗だった。だが、空の明るさよりも時刻を優先しようと二人で決めていた。

ベッドから降りると急いで着替えて、部屋を抜け出し、物音を立てずに階段を下りた。そおっと玄関ドアを開けて二人は戸外に出た。

始発電車が何時くらいに通過するのかは調べていなかった。

いつ始発がやって来るか分からない。その恐怖感、不安感がたぶん大事なのだ。

「こっちだよ」

林太郎が先に立って小走りで目的地を目指す。しんちゃんもぴったりと追走してきた。

二人とも駆けっこは超得意だ。

広い住宅街は静まり返り、人っ子一人いなかった。互いの息遣いだけが聞こえる。十五分ほど走ると目的の場所に着いた。

まだまだ夜が明ける気配は皆無だった。

そこは住宅街の区画からは少し離れたところで、密集していた家並みがふいに途切れて、大きな古い建物が線路の脇に建っていた。かつては地元の鉄工所だったそうだが、林太郎が生まれた頃にはすでに廃業し、いまは建物ごと駐車場になっていて、運送会社のトラックが何台もおさまっている。

この屋根付き駐車場のおかげで線路と住宅街とは隔てられ、電車の騒音も家々までは届かない。誰かが線路に近づいて高いフェンスを越えても見つかることのない死角にもなっていた。

二人は真っ暗な駐車場の中へと入って行く。大きなトラックとトラックの間を抜けて、線路側へと進んだ。街灯の明かりが届かなくなる手前、景色が闇に沈む寸前で、今度は線路側に立った常夜灯の明かりが場内を照らし始める。建物の両サイドの壁は取り払われているから、光はそれなりに射し込んできていた。

無言で建物の向こう側へと出た。

常夜灯に照らされて左右に長く延びる線路際のフェンスが目の前にあった。

「ここだよ」

林太郎は言った。

「うん」

しんちゃんが短く答える。

東の空にいまだ曙光は見えない。常夜灯の強い光だけが遠くの闇へと光の舌先をのばしている。七月のあの朝は、もうすっかり明るくなっていた。フェンスの先の土手にはひまわりが何本も自生していて、開花しかけの巨大な頭花を天に向けていた。だが、いまは枯草が生えているきりで一段高くなった線路をさえぎるものは何もなかった。

「行こう」

林太郎はフェンスに手をかけてよじ登り始めた。隣のフェンスにしんちゃんも取りついた。フェンスのネットがガシャガシャと大きな音を立てる。

線路側に飛び降りた二人は、土手を慎重に上っていった。途中から斜面は土ではなく砕石にかわる。そこまで来れば線路はすぐそこだった。

あっという間に線路上に出た。いま何時くらいだろう？　もう五時半は回っているかもしれない。だとするとじきに一番列車が通るのではないか。

線路上には意外に強い風が吹いていた。暗闇の中、左右にぽつぽつと街の明かりが見える。

「結構見晴らしがいいじゃん」

隣に立ったしんちゃんが呟く。

「ちょうどこのへん」

林太郎は言った。遠くに見える信号機のライトの大きさはあの朝と同じくらいだった。数ヵ月前、ここに寝転がり、電車が通るのを待っていた。耳の中といわず頭全体にものすごい唸り声のようなものが響きわたって、あまりの辛《つら》さにひと思いに死んでしまおうと本気で思っていた。そんな自分自身がいたことが今となっては信じられない。

「聴こえる？」

林太郎が訊ねる。

「うん。昨日の夜からずっと扇風機がグングン回ってるような音が聴こえてる」

しんちゃんは言った。

「もうすぐ、そのイヤな音ともおさらばだよ」

林太郎はグーサインを作った。しんちゃんも右手の親指を立てて返す。

最初に林太郎が見本を見せて、しんちゃんはそれにならって線路と線路との隙間に身体を横たえた。

林太郎は土手の方へと戻り、首だけ出して、

「しんちゃん、どう？」

声をかける。

「まだ聴こえる」

しんちゃんが言う。

そうやって十五分近くしんちゃんは線路に横たわっていた。

「どう、消えた？」

「まだ」

何度か同じやり取りを繰り返し、ふたたび林太郎はしんちゃんのそばに近づいた。

ようやく東の空が白み始めている。

「寒くない？」

訊くと、

「大丈夫」

しんちゃんが笑みを浮かべる。

「おかしいなあ」

呟きながら林太郎は、寝そべっているしんちゃんを見下ろした。視線が足元へと移動して、

「そうだ。しんちゃん、裸足《はだし》、裸足」

ようやく気づいたのだ。あの朝、林太郎は裸足のまま外に飛び出したのだった。

上体を起こして、しんちゃんは履いていたスニーカーと靴下を脱いだ。靴の中に靴下を突っ込み、それを枕木の上に丁寧に揃えて置いた。

「きっとこれで大丈夫」

映画のシーンの撮り直しのような感じで、監督役の林太郎は土手際まで戻った。

空はようよう明るみを帯び始めている。吹いていた風もいまはすっかり止《や》んで、まるで時間が止まったかのようだった。

徹夜に近い状態だったので、林太郎はだんだん眠たくなってきた。

しんちゃんが寝そべっている様子を眺めながらも目がとろんとしてくる。もぞもぞしていたしんちゃんの方もいつの間にか動かなくなった。明けていく空をじっと見上げて、頭の中で逆巻く異音に耳をそばだてているのだろうか。

はっと目を覚ましたとたん、ものすごい轟音《ごうおん》が耳に突き刺さってきた。

林太郎は一瞬、状況が摑めなかった。頭を二、三度振ってようやく意識が鮮明になる。あたりはうっすらと全体が明るくなり、線路の向こうから電車が近づいて来ているのが見えた。それもほんのすぐそこまでやって来ているではないか。

慌ててしんちゃんの方へと視線を転じた。しんちゃんは相変わらず線路に寝ていた。

「しんちゃん！」

林太郎は線路に上がり、一目散にしんちゃんのところへと駆けつけた。

「しんちゃん、電車、電車」

自分の声が裏返っているのが分かる。大声を出しながら、寝入っているしんちゃんの両肩をゆさぶった。

「えっ」

さすがにしんちゃんもハッとした顔で目を開けた。ばね仕掛けの人形のように身体を起こす。

「うわっ」

電車は百メートルくらい先に迫っている。

二人で転がり込むように線路脇に身を隠した。

ところが、その直後、

「俺の靴っ」

しんちゃんはそう叫ぶと、ふたたび線路の方へと飛び出していったのだ。林太郎は呆気に取られてその背中を見送った。

しんちゃんが、ひょいとかがんで二つの靴を胸に抱いて立ち上がったのと、電車が突っ込んできたのとはほとんど同時だった。電車は急ブレーキをかけたわけでもなかった。身体の小さなしんちゃんがいきなり出現したのが、運転士にはきっと見えなかったのだろう。

「うわー」

林太郎は絶叫した。だが、その声も轟音に呑《の》み込まれて林太郎自身の耳にさえ届かなかった。

電車が通り過ぎると再び、薄闇と静寂が戻ってきた。

林太郎はいま目の前で起きたことが信じられずにただ、呆然と立ち尽くしていた。

数秒の間があったと思う。線路の反対側からしんちゃんが姿をあらわした。両手に靴を片方ずつ持って、大きく腕を振っていた。

「りんちゃん、消えたぞー。ほんとにりんちゃんの言った通りだ」

林太郎は線路を踏み越えて脇目も振らずにしんちゃんのそばへ行く。

「ほんと？　ほんと？」

さきほどまでの恐怖感は雲散霧消し、強烈な興奮が胸の内から沸き起こってきていた。

「しんちゃん、ほんとに音が消えたの」

「うん。もうなんにも聴こえない。嘘じゃない」

「やったー」

林太郎が快哉《かいさい》を叫ぶ。

「やったー。しんちゃん、ばんざーい」

しんちゃんも靴を持った手をさらに派手に振り回しながら、

「ばんざーい、ばんざーい」

と繰り返した。

しんちゃんが死んだのは、二人が知り合ってちょうど一年後のことだ。

林太郎の両親が人づてに聞いた話では、その日、登校してきたしんちゃんは給食を食べた直後から「お腹《なか》が痛い」と急に苦しみだしたのだという。あんまり痛がるので、担任は心配して保健室に連れて行った。保健の先生がしんちゃんのシャツをめくって、腫れあがったお腹にびっくり仰天し、慌てて救急車を呼んだのだそうだ。

しんちゃんは大学病院に担ぎ込まれて緊急手術を受けた。

だが、その頃には内臓からの出血は大量で、結局、輸血の甲斐《かい》もなくしんちゃんは出血性ショックで死んでしまった。

警察による母親からの事情聴取で、内臓破裂の原因が特定された。

前の晩の深夜、酔っ払って帰宅した母親は、一緒に戻って来た若い男に殴る蹴るの暴行を受けた。それまでも男は彼女をしょっちゅう殴っていたようだった。

しんちゃんはいつもそうするように、泣きながら男に立ち向かっていったのだという。

そして、これもいつものように、男はしんちゃんを弾《はじ》き飛ばして母親への暴力をエスカレートさせた。

だが、その夜のしんちゃんは怯《ひる》まなかった。何度も何度も男に突進していった。

逆上した男は、手加減するのも忘れて、しんちゃんの下腹部を思い切り蹴り上げた。しんちゃんは壁に叩きつけられるほどの衝撃を受けたという。そして気を失ってしまった。

男はさすがに気が引けたのか部屋を出て行った。悶絶《もんぜつ》している息子を放置して、泥酔状態の母親はそのまま寝入ってしまったのだった。

朝、気がついたしんちゃんは痛むお腹を抱えたまま登校した。母親は寝室のベッドで眠りつづけていたが、しんちゃんの家ではそれは当たり前の朝の風景だった。

しんちゃんの訃報はその日のうちに林太郎の耳に入った。夕方になって両親が二人で彼の前にやって来て伝えてくれたのだ。

葬儀は翌々日で、林太郎は出席しなかった。あまりの衝撃に立ち上がることさえできなかった。父親が代わりに参列してくれた。母親はずっと林太郎のそばに付き添っていてくれた。

林太郎は数時間おきに半狂乱のように泣き叫んだ。

分かっていたんだ、と思っていた。自分にはしんちゃんがもうすぐ死んでしまうってことが分かっていたんだと……。

葬儀の日の午後、母と一緒にテレビニュースを観た。その日、インドの聖女が天に召されたのだとアナウンサーが伝えていた。世界中の人たちが彼女の死を悼み、悲しんでいるようだった。

「おかあさん、このおばあさんは誰？」

しんちゃんの死を耳にして以来、林太郎がまともに口をきいたのはそれが最初だった。

「マザー・テレサっていう人よ。とっても立派な人だったの。神様みたいな人」

林太郎はその日、マザー・テレサという存在を生まれて初めて知ったのだった。

いつもお腹を空かせていたしんちゃん。

覚醒後は、しばしば一緒に勉強し、一緒に林太郎の家でご飯を食べていた。

「ねえ、しんちゃん。うちのおとうさんとおかあさんに頼んで、うちの子にならない」

林太郎は何度かそうすすめた。でもその度に、

「そんなことしたら、かあちゃん、ひとりぼっちになっちまうよ。アル中は病気なんだからさ」

しんちゃんは言った。そして必ずこう付け加えるのだった。

「中学を出たら、俺、働くんだ。それまでの辛抱だからね」

11

杉並《すぎなみ》区の小学校に異動して四ヵ月後の七月末、林太郎は学校を辞めた。

退職当日の夜になって、彼はいきなりそのことを霧子に打ち明けてきたのだった。挙式を九月に控えての決断で、しかも、事前に何の相談もなかった。

校長とそりが合わないのは知っていた。もともと前任校でもその個性的な指導法は他の教員たちや校長、教頭の顰蹙《ひんしゅく》を買っていて、それもあって杉並の学校に転出させられたのだった。

新しい学校は、中学受験に邁進《まいしん》する子供たちがほとんどというエリート校だった。ただ、林太郎はそういう学校に赴くのを嫌っていたわけではなかった。

「遅れのある子供たちは大きな問題を抱えているけど、でも、彼らの問題は案外見えやすい。むしろ、勉強もできて、何にも問題がないように見える優秀な子供たちの方が、こじれた悩みを抱えて孤立しているんだ」

異動が決まった当座は残念がっていたが、赴任直前は大いにやる気を見せていたのだ。その晩、林太郎から聞かされた退職事由は次のようなものだった。

四月の着任と同時に彼は二年生の担任になった。

隣のクラスに嚙《か》みつき癖のある徹哉《てつや》という男の子がいて、一年生から持ち上がりの女性教諭はその扱いに頭を抱えているふうだった。

ベテランということもあってしばらく黙っていたが、授業中も騒がしい声が響いてくるし、しょっちゅう徹哉が教室を飛び出して、林太郎のクラスまでやって来る。彼のパニック癖のせいもあり、隣のクラス全体が落ち着きをなくし、ちゃんとした授業ができなくなっているように見えた。他にも教員資格を持った若い女性が介助員として入っていたのだが、彼女はもう一人の、こちらはアスペルガー症候群と診断されている子供の世話で精一杯で、とても徹哉にまでは手が回らない様子だった。

半月が経過したところで、林太郎は女性教諭にアドバイスを行なったという。

徹哉がどんな問題を内心に抱えているかを知るために、クラス全員と交換日記を始めてみること、そして、彼のパニックを未然に防ぐために、教室の後ろの窓際に机と椅子を置いて、気持ちがぐらぐらしてきたときはその椅子に座って景色を眺めてクールダウンできるようにすること――などを勧めたのだった。

林太郎は前の学校でもそうした指導法をとることで感情のコントロールに課題を抱えている子供たちをクラスに馴染《なじ》ませることに成功していた。

しかし、ベテランの女性教諭は彼の提案を一蹴した。

「あの子にだけ、そんな特別待遇をするわけにいきません」

というのが理由だった。

算数のテストで思わぬ失敗をしてしまった徹哉が、掃除中にふざけている級友にキレて大喧嘩となり、相手の腕に嚙みついて裂傷を負わせてしまったのはそれから二週間後のことだった。

当然、双方の親が呼び出されて校長室で話し合いが持たれた。教頭、担任の女性教諭、そして林太郎も志願して立ち会ったという。その際の校長の態度がすごかった。相手の親や先生たちに平謝りする徹哉の母親に向かって、

「だから最初から無理だって言ったんですよ。うちは特別支援の態勢も整っていないし、徹哉君みたいな子は頑張って普通学級に通ってもね、三年生の壁というのがあって、三年になった頃には、結局は不登校になってしまうんです。来るなとは言えないから去年は受け入れたけどね、もうこうなった以上は、よそに行って貰う方がお互いのためだと思いますよ。うちは資格のある支援員もいないし、学力向上に力を入れている学校ですから、他の子の邪魔をするおたくのお子さんのような子は、正直なところ非常に迷惑なんですよ」

はっきりとそう言い放ったのだった。

この校長の物言いに母親は何も言えずにただ悔し涙を流していたという。

その日、林太郎は帰ろうとする母親に声をかけて、放課後に家庭訪問を行ない、じっくりと相談に乗ったようだ。特別支援に力を入れる新しい学校を一緒に探すだけでなく、それが見つかるまでのあいだ、「僕が家庭教師をしましょう」と自ら買って出たらしい。

連休明けから、林太郎は週に二回、徹哉の家を訪ねて勉強を教えるようになった。

この時点では、霧子はそんなことは何一つ聞かされておらず、帰りが遅くなる日が増

えたのも単に仕事が忙しくなっているからだろうと思っていたのだった。

家庭教師の件が担任教師に露見したのは七月に入ってすぐだった。

授業態度が格段に良くなってきたことに驚いた彼女が、徹哉にその理由を訊ねたところ、

「椿先生に勉強を教えて貰っているから」

と彼が答えてしまったのだ。

聞きつけた担任は本人に確認する前に校長室に飛び込み、校長が林太郎を呼び出して直々に真偽を問い質《ただ》すという事態になった。

「どうやら、彼女と校長はグルだったみたいで、僕のあらさがしに躍起だったんだな。もしかしたら二人はできてるのかもしれない。彼女、年齢は四十近いけど、独身でなかなかきれいな人だからね」

事の顛末《てんまつ》を説明しているとき、林太郎はいかにもせいせいしたという口ぶりでそんなことを言った。

彼は「家庭教師」の事実は認めたものの、「無報酬ですから地方公務員法の兼職禁止規定には抵触していませんよ」と突っぱねたようだ。だが、校長は、文科省からの通達を持ち出して来て、

「きみのやっていることは塾講師と同じで教員としてあるまじき行為であり、同時に、

他の父母や地域住民の信頼を著しく損ねかねない行為でもある」

と厳しく叱責し、徹哉への個人指導はただちに取りやめるようにと強く求めてきたのだという。

「だったら、居残り勉強をさせてください。うちのクラスにも発達的に気になる子が何人かいるので、ちょうどよい機会だと思います。徹哉君だけでなく、よそのクラスの子供たちも集めて週に二、三回、僕の教室で補習授業をさせてもらえませんか」

この林太郎の提案にも、校長は「断じて許可しない」とにべもなかったそうだ。

「こりゃあ、どうしようもないなと思ってね」

林太郎は呆れたような表情を作り、

「次の日に辞表を書いて校長に渡したよ」

と言った。

ここ一ヵ月近くは来学期からの担任への引き継ぎや、幾度かにわたる校長や教頭、教務主任との面談で時間が過ぎていったのだという。

「慰留はされなかったの？」

啞然とした心地で霧子は質問した。

「そりゃ、されたよ。辞表出したら校長を筆頭にみんな鳩《はと》が豆鉄砲食ったような顔してたしね。こんな形で僕が辞めたら明らかに減点だからね。僕は、これでもこの業界じゃ結構有名人だったしね」

林太郎は笑っていた。

霧子は、何の相談もなく勝手に退職してきた彼の気持ちを推し量りかねていた。私に心配をかけたくなかったのだろうか？　それとも結婚を控えた婚約者から退職を思い止《とど》まるよう求められるのがイヤだったのだろうか？　もしくは端《はな》から私のことなど相談相手として力不足だと見做《みな》していたのか……。

どれも違うような気がした。

林太郎はひじょうに緻密な頭脳の持ち主だった。一時の感情で重大な決定を下してしまうような軽率なタイプではなかった。冷静で慎重で、思慮深い人間だ。だとすると、今回の件も最初から頭の中にあったことなのではないか？

中学生の頃からずっと教師を志してきた彼が、こんなに簡単に教職を捨てるというのはにわかには信じがたかった。まるでバイトでも辞めたかのような軽い感じで告げられると、逆に何かとんでもない裏があるような気にさせられる。

「どうして私に相談してくれなかったの」

霧子は率直に訊いてみた。

「絶対に辞めると決めていたからね。相談する必要がなかったんだ」

事もなげに言う。

「だけど、こんな大事なこと、相談云々《うんぬん》は別にしても決める前に私に教えてくれるべきだったと思う」

「伝えるんなら、ちゃんと決めたあとの方がいいだろう」

「辞めると決めたのと本当に辞めたのは違うわ」

「まあね」

「だったら、本当に辞める前に言って欲しかった」

「だけど、そんなことをしてきみが切り札を出してきたら困る」

「切り札？」

「仕事を辞めるなら僕とはもう結婚しないとかね」

　そう言って林太郎はにやりとしてみせた。

「そんなふうに言われたら、やっぱり辞めづらいからね。それでも辞めてしまうわけだから、結果的にきみの願いを踏みにじったことになるしね」

「それでも、私は話して欲しかった」

「そっか」

　林太郎は意外そうな表情になる。

「でも、もういまさら学校に戻るわけにもいかないし。もしもきみがこの退職を受け入れられないのなら、結婚のことも考え直してくれていいよ。式の案内状だって出していないし、いまだったらまだ間に合うからね」

その一言を耳にして、彼がぎりぎりのタイミングを選んで退職に踏み切ったのを霧子は察したのだった。

「先生を辞めて、林太郎さんはこれからどうするつもりなの？」

「とりあえずは、徹哉にいい学校が見つかるまで家庭教師をつづけようと思ってる。と言っても徹哉の家もさほど裕福な感じじゃないから、お金を貰うわけにはいかないけど。それが一段落したら、塾の先生か何かやるつもりだよ」

淡々と語る林太郎を見ながら、最初に「辞めた」と聞いたときに覚えた違和感はますます募るばかりだった。要するに、と霧子は思った。この人は、教職を取るか、徹哉君を取るかの二者択一を校長に迫られ、あっさりと後者を選んだのだ。

「林太郎さんにとっては、学校での仕事よりも徹哉君の方が大事だったってこと？」

霧子はためしに訊いてみた。

この問いにはさすがに林太郎もしばらく考え込むそぶりを見せた。そして、

「大勢の人の命を救うために大事故の現場に駆けつけようとしてて、途中で溺れかけている人を見つけたとしたら、やっぱりその溺れている人を救うしかないからね。大のために小を犠牲にするという間違った考え方が、いまの教育をめちゃくちゃにしているのは確かなんだからさ」

と言ったのだった。

12

八月二十九日に中野に引っ越した。

九月半ばの挙式を前に、手狭になった東中野のマンションから隣町の少し広めのマンションへと移ったのだ。林太郎は四月の異動とともに板橋のアパートを引き払い、霧子の部屋で同居を始めていたから、彼の荷物も持ち込まれて東中野のマンションはぎゅうぎゅう詰めの状態だった。

学校を辞めたのだからいまさら杉並近辺にこだわる必要もなかったのだが、当初の予定通りに中野の物件を選んだのは、林太郎が「やっぱり、『むーちゃん』の近くがいいよ」としきりに言ったからだった。

彼は、夏休み中もつききりで徹哉君の家庭教師をしていた。勉強だけでなく、ボール投げや縄跳び、水泳なども教えているようで、霧子も何度か徹哉君やおかあさんと会ったが、二人とも林太郎に全幅の信頼を寄せている感じだった。引っ越し当日は、徹哉君のおかあさんがいなりずしをたくさん作って夕方訪ねてきてくれた。玄関先で受け取った林太郎は、

「せっかく今夜は『むーちゃん』でお祝いしようと思っていたのに……」

いかにも残念そうだったが、お茶を淹《い》れて段ボール箱だらけの新居でそのいなりずしをつまんでみると、びっくりするほどおいしかった。

林太郎は教師仲間のつてを頼って、浜田山《はまだやま》にある小学校に徹哉君を転校させることにした。その学校には特別支援教育のスペシャリストが何人かいるらしかった。

「学習障害だのアスペルガーだのとラベリングしたって、認知に偏りがある子供たちのための具体的な教育プログラムを用意できなければ、単なるレッテル貼りでしかないし、子供本人だって『どうせ自分は障害者なんだから、できないのが当たり前なんだ』とさっさと諦めるだけの話だよ。現状では、僕は安易な診断は百害あって一利なしだと思ってる。大切なことは、従来の学校教育に馴染めずに困っているたくさんの子供たちに、彼らひとりひとりに適した教育を施すことなんだからね」

林太郎はそう言っていた。

九月十五日日曜日、横浜のホテルで結婚式と披露宴を行なった。山下公園のそばにある古いホテルだったが、敷地内に立派なチャペルがあった。椿の家は熱心なクリスチャンだった。

林太郎は二人兄弟で、自動車メーカーに勤める五つ違いの兄はアメリカ法人に出向していた。その兄夫妻も一時帰国し、式の当日に霧子は彼らと初めて対面した。

義兄の宏一《こういち》は、初恋の人のお姉さんと結婚していた。最初に知り合ったのはいまの夫人の妹で、彼はその妹のことが好きで好きでたまらなかったらしい。あまりにも好き過ぎて何もできず、そのうちたまたま姉を紹介されてそちらと一緒になったのだった。この話を林太郎から聞いたとき、

「どうして？」

霧子は不思議でならなかった。

「案外そういうものなんじゃないの」

林太郎はさほど疑問でもないようで、

「うちの兄貴は、きっと初恋の人のそばにずっといたかったんだよ」

と言ったのだった。

披露宴には大勢の人が駆けつけてくれた。

吉井先輩とみずほも連れ立って来たし、十ヵ月ほど前のあの合コンのメンバーも揃って参加してくれた。飯田光代や浅岡すみれ、それに林太郎の同級生の柴崎、古市、武藤もタキシードでびしっと決めてやって来た。

「まさか私より先に霧子が結婚するなんて信じらんない」

会うたびに一度は口にするセリフを、その日のみずほは何度も繰り返した。彼女と吉井もすでに婚約を済ませ、来年早々には挙式することになっていた。

むーちゃんは式から列席してくれた。チャペルでの挙式は近親者に限ったのだが、むーちゃんだけは別格だった。

そのむーちゃんが、披露宴で「アメイジング・グレイス」を独唱した。

素人離れした声量と美声に出席者の全員が聞き惚《ほ》れて、なかには落涙する人もいたほどだった。

霧子もまさか彼女がそんなすごいことをするとは夢にも思わず、呆気に取られていた。

「むーちゃんは、若い頃はオペラ歌手だったんだ。亡くなった旦那さんと一緒になったときに歌を捨てたんだけど、今日のために一生懸命練習してくれたんだと思う。僕もむーちゃんの歌声を聴くのはこれが初めてだから」

林太郎が横で耳打ちしてくれた。

去年の十二月一日に「むーちゃん」を初めて訪ねたとき、林太郎は霧子と結婚するつもりだと突然言い出し、むーちゃんはむーちゃんでそれが当たり前のような顔をしていた。霧子の方は呆れるばかりだったが、結果的には二人の予想したとおりに事は進んでいった。二度目に「むーちゃん」に顔を出した折、

「林太郎は他の人間とはちょっと違うからね」

本人の目の前でむーちゃんは言い、

「あんたはたいへんな男と一緒になるんだね。ちゃんと覚悟しておくんだよ」

真顔でそう付け加えた。ただ、林太郎がどんなふうに「たいへん」なのかは何一つ説明してくれなかった。

披露宴には学生時代の友人たちだけでなく、林太郎が学習塾の講師をしていた頃の教え子たちも十人以上が集まった。全員すでに大学生になっていたが、誰もが林太郎のことを「師匠」と呼んで激しく慕っているふうだった。

彼らはマイクの前に一列に並ぶと、

「師匠の晴れの門出を祝福して万歳三唱します」

と言って大声で万歳を唱え、あげく新郎席の林太郎を担ぎ出して、そのまま胴上げしたのだった。これには出席者一同、度胆《どぎも》を抜かれた。

新婚旅行には行かず、そのまま日常生活に戻った。

二日だけ休んで霧子は出社した。林太郎の方は徹哉の家庭教師もすでに終わり、何もすることがなくなっていた。式の直前までは新居の片づけなどを率先してやってくれていたが、それもあらかた整理がついてしまった。

いつもの時間にマンションを出て、大手町の東京本社へと向かう電車の中で、霧子は小さなため息をついた。

これからの私たちの暮らしは一体どうなっていくのだろう？

退職からこの方、林太郎は職探しのたぐいは一切していなかった。辞めた当初は塾の講師の口でも探すような物言いだったが、しばらく眺めているとそんな気はさらさらなさそうだった。

正式に結婚したとなれば、互いの財布も一つの家計にまとめなくてはならない。いままで曖昧にしてきたものをはっきりさせる必要があった。

たとえば、新しく借りた新井《あらい》一丁目のマンションの家賃は月に十三万五千円で、別に管理費が五千円かかる。引っ越し費用から敷金、礼金まで全額を林太郎が支払ってくれた。

「それくらいの貯金はあるよ」

と言っていたが、五年余りの教員生活で一体どれくらいの蓄えをしていたのか？　それどころか、教員時代の収入も霧子はちゃんと教えて貰ったことがなかった。

退職金といってもスズメの涙程度であろうし、となると、林太郎はこれからの生活をどうやって賄《まかな》っていくつもりなのだろうか。

学校を辞めて来た日、

「でも、もういまさら学校に戻るわけにもいかないし。もしもきみがこの退職を受け入れられないのなら、結婚のことも考え直してくれていいよ。式の案内状だって出していないし、いまだったらまだ間に合うからね」

と彼は言った。

いまになって思い返せば、あの退職の決断を受け入れて結婚するということは、つまるところ生活の主たる収入源を自分が引き受けるという意味ではなかったのか。だからこそ、林太郎はそれが不可能ならば「結婚のことも考え直してくれていい」と言ってきたのではないか。そうやって逆に開き直ってみせることで彼はこちらの退路を巧みに断ったのではないか。

不思議だったのは、林太郎が勤めを辞めたと報告しても顔色一つ変えなかった椿の両親の態度だった。

結婚間近の息子が失業したとなれば、霧子の手前からして叱責とは言わぬまでも困惑の色くらいは浮かべるのが普通だろう。しかし、彼らは別段驚いた様子も見せずにただ頷いているだけだった。「早く新しい仕事を見つけて霧子さんを安心させなくちゃね」の一言くらいはあるだろうと予想していただけに、霧子は内心唖然とした。

もともと初めて結婚の挨拶に出向いたときから林太郎の両親は一風変わっていた。

あれは二月の寒い日だったが、横浜郊外の広い実家を訪ねて、さっそく義母と二人で台所に立っていると、

「霧子さん」

子供時代の林太郎の話をしていた彼女がふと包丁を握る手を止めて、真剣な眼差《まなざ》しで霧子を見つめてきた。そして、

「霧子さん、あの子は神様の子なの」

と言ったのだ。

熱心なクリスチャンだとは聞いていたから、そのニュアンスで言っているのだろうと察したが、さすがに返す言葉がすぐには見つけられなかった。すると義母は、

「実はね、あの子は死んで産まれてきたのよ」

さらに驚くようなことを口にしたのだった。

話によると、林太郎は本当に死んで産まれてきたらしかった。臨月での死産ほど両親を打ちのめすものはないだろうが、その究極の悲劇が椿家を襲ったのだ。

「林太郎に産着を着せて、産院が用意してくれた個室で一晩過ごすことになったの。私も主人も何が起きたのか、もうわけが分からなくて……。でも、林太郎は産声を上げることもないままに死んでしまった。何度口元に耳を近づけても息をしてなかったわ。難産だったから二人ともふらふらで、涙を流し過ぎて、生きるエネルギーを全部使い切ったみたいだった。情けない話なんだけど、主人も私もベッドに横になっているうちに寝込んでしまったの。あまりに辛い現実をもうそれ以上受け止められなかったのかもしれない。冷たくなっていく林太郎を二人の間にはさんで、主人が林太郎を抱いた私を両腕でくるむようにして眠った。何時間くらい経ったのかしら。部屋には小さな窓があって、そこから春の日が射し込み始めていた。私と主人は同時に目を覚ましたの。小さな寝息

が聞こえたから……。最初は二人とも空耳だと思った。顔を見合わせて、そして、自分たちの間に横たわる赤ちゃんを見たの。信じられなかったわ。まるで何事もなかったかのように、その子はつやつやした赤い頬を小さくふくらませて、本当に気持ちよさそうに眠っていたのよ。ついさっきまで心臓も止まり、瞳孔も開いていたはずの赤ん坊がいつの間にか息を吹き返していたの」

駆けつけた医師や看護婦たちもすやすやと眠る赤ん坊を見て最初は声が出ないほどだったという。

「それから先生も看護婦さんたちも口々に、これは奇跡だって言い出したの。私たちの方はただぽかんとしていた。昨夜の出来事の方が間違いなんじゃないかって思ってたわ。きっと悪い夢を見ていたんだって」

結婚式から一週間ほどが過ぎると、林太郎は外出するようになった。

いつも霧子を見送ってしばらくしてから出ているようだったが、帰宅は霧子より遅いこともしばしばだった。そんなときは携帯にメールが入るので、霧子が夕飯の支度をして彼の帰りを待っていた。

「ねえ、最近出かけてるけど、どこに行ってるの」

四日目の晩に初めて訊ねた。

「次の仕事の準備をしてるんだ。はっきり決まったら詳しく話すよ」

林太郎は「準備」という言葉を使った。

「何か始めるの？」

「できればね」

そう言って林太郎は、

「まだ全然分からないんだけどね」

とつづけた。

「どんな仕事？」

「学習塾みたいなものかな。僕には教えることしかできないし、他に興味もないからね」

なるほど、と霧子は思ったが、しかし自前の学習塾を開くとなると先立つものはまずはお金だ。

「とにかく、見込みがついてきたらきみにも相談するよ」

林太郎はそれだけ言って話を打ち切った。

13

十二月一日日曜日、午前十一時。

「椿体育教室」がオープンした。

最初の応募者は小学校一年生の男の子と女の子から中学校三年生の男子までの総勢二十二名。チラシ配りや地域版への新聞広告などで募集をかけるだけでなく、林太郎や上《う》杉《すぎ》千《ち》沙《さ》の学校人脈で集めた少年少女たちも半数近くまざっていた。

オープン当日は、むろん霧子も手伝いに行った。事務は亀山《かめやま》さんというパートの女性を採用していたが、月謝の徴収やパンフレットの配布、教室への案内など、初日とあって生徒の方も教師の方も勝手が分からず右往左往するだろうと予想はついた。

案の定、日曜日だったこともあり、二十二名の生徒だけでなく、その親たちもかなりの人数が詰めかけた。林太郎や千沙と顔見知りの親もいれば、まったく初対面の親たちもいる。二人が知り合いとやりとりしているあいだ、霧子はそうではない親たちの接遇に努めた。

「うちに来る子の親たちは、発達に課題を抱えた我が子をどうすればいいのか分からなくて途方に暮れているんだ。藁《わら》にもすがる思いで来てくれるんだから、とにかく具体的な解決策を提示してあげないと。そうじゃないと、それこそ彼らまで子供と一緒に燃え尽きてしまう」

林太郎は常々そう言っているが、実際に面談してみると、彼の言っていたことが霧子にもよく理解できた。二言三言、言葉を交わしただけで親たちの深い苦悩が察せられる。

広い方の学習室で三十分ほど、生徒、保護者合同のミーティングがあり、林太郎と千沙がかわるがわる「椿体育教室」の理念、目標、具体的な指導方法などについて説明した。

〈体育が苦手な子、九九がおぼえられない子、漢字が苦手な子、じっとしているのが不得意な子、そういう子たちのためのまったく新しい体育教室が12月1日に中野駅前にオープンします！〉

ポスティングしたチラシの冒頭には、大きな活字でそう刷り込まれ、そのあとに「椿体育教室」の設立目的やカリキュラムが細かく説明されていた。林太郎や千沙が話したのはおおむねそこに記されていることと同じだった。

チラシの末尾には林太郎の経歴が紹介されている。

〈トランポリン元オリンピック代表候補　全日本選手権2連覇（2004年、2005年）　世界選手権2位（2005年）〉

という記述が異彩を放っていた。

ミーティングが終わると、さっそく林太郎のチームと千沙のチームに分かれて、それぞれの授業が始まった。林太郎は体育室で体育の授業を行ない、千沙は小さい方の学習室に七人ほどの子供たちを呼んで、さまざまな道具や知育玩具の使い方を一人一人に教えていた。

親たちはそれぞれの部屋の近くに行き、我が子の様子を窓越しに観察している。

霧子も彼らと一緒になって授業風景を見学した。

初めて、林太郎が子供たちと接している姿を見た。ほとんどの子供が林太郎から教わるのは今日が最初のはずだが、年齢も性別もまちまちの彼らはとてもよく反応していた。

霧子がまず注目したのは、

「今日からみんなに守ってもらいたい大事なことが一つだけあります。この椿体育教室ではお友達同士でお喋りすることは禁止です。授業中だけでなく、ここに来た瞬間から、みんなは誰とも話してはいけません。同じ通級指導教室で仲良くしているお友達もいたりするかもしれないけれど、ここでは決して話しかけないでください。もちろん先生たちと話すのはOKです。分からないことがあったらどしどし質問してください。いいですね。このお喋り禁止のルールだけは必ず守ってください」

開口一番、林太郎が宣言したことだった。

互いに顔見知りでもない子供たちだから、逆にお喋りしろと言われてもできない相談だろうが、しかし、授業中はともかくあらゆる場面で私語禁止というのは通常の学校とは大きく異なる点だった。

教育ジャーナリストの品川裕香《しながわゆか》氏の著書を霧子はここ数ヵ月で何冊か読んでいた。品川氏は発達性ディスレクシア研究会の副理事長で教育再生会議のメンバーも務めた発達障害教育の第一人者だった。「椿体育教室」を始めるにあたって、霧子にも教室の設立趣旨を理解してもらいたいと林太郎が自分の持っている本を渡してくれたのだ。

ディスレクシアというのはLD（学習障害）の中心症状で、知的発達には遅れがないにもかかわらず文字を読んだり、書いたり、記憶したりするのに特異的な困難を生じる機能障害を指す言葉だった。その原因は、中枢神経系に何らかの機能不全があり、文字という「記号」と言葉の「音」との結びつきが円滑にいかないためと推測されるが、まだ医学的な解明が完全になされているわけではなかった。

そして、この品川氏の著書の一冊に次のような文章があった。

〈情報を理解できなかったり定着させられなかったりする子どもたちの取材をしていると、目の機能訓練や視覚的・聴覚的な情報処理などの訓練ばかり、あるいはひたすら書かせるとか読ませるといった訓練ばかりやっているケースに遭遇することが多々あります。

しかし、子どもたちが示す特性を考えると、脳がどういうふうに発達していくかという視点を踏まえることが重要であるとわかります。これは赤ちゃんの成長を考えるとわかることなのですが、最初に基礎的な感覚が育ち、次に首が座ってハイハイするなど、肩やひじなど大きな関節や大きな筋肉を動かす粗大運動ができるようになり、あわせて指先を握るなど小さな関節や小さな筋肉を動かす微細運動ができるようになり、その次に巧緻性（目で見たように手や体を動かすこと・目と手の協応動作）が発達し、言語の発達はそのあとにきます。つまり、脳の発達には階層性があり、土台に基礎的な感覚が育ち、次に粗大運動、その次に巧緻性（目と手の協応動作）が発達し、最後に認知、つまり言語理解がくるのです。

発達になんらかの偏りがある場合、この基礎感覚―粗大運動・微細運動―巧緻性といった、学習レディネス（＝学習を行うための土台・準備）が十分に鍛えられていない可能性があります。〉

林太郎がこれから始めようとしている体育教室は、〈最後に認知、つまり言語理解〉でつまずいている子供たちに、その前提となる〈学習レディネス（＝学習を行うための土台・準備）〉を鍛えさせるための教室なのだった。

私語厳禁の方針にしても、まずは言語統制によって非言語の力を伸ばし、集中力を高めさせるためのもので、徐々に子供たちの参加度合を上げげて言語力を身につけさせていくのが最終的な狙いだった。

十月に入ってすぐ、「実は、体育の教室を開こうと思うんだ」と打ち明けられた際、どうして体育？　と霧子は不可解だった。以前「学習塾みたいなもの」と言っていたので、まさか進学塾とは思わないものの、てっきり勉強に遅れのある子供たちを対象にした個人指導教室のようなものを念頭に置いているのだろうと思っていたのだ。

「いまの日本だと、学習障害のある子供たちは通常学級に在籍しながら、週に一回か二回、通級指導教室で彼らの特性にマッチした個別指導を受けるのが最善なんだ。でも、実際はそうした通級指導教室の整備は遅れているし、たとえあったとしても最先端の指導スキルを持った専門性の高い指導員が配置されている教室は少ないんだ。結局、学習障害の子供たちは、自分に適した教育を受けられずに、〝勉強も運動もできないどうしようもない子〟として放っておかれているのが日本の実態なんだよ」

林太郎はそう言い、

「国や自治体がもっと本気になるのをいくら待っていたって埒が明かないのは確かだ。だから、僕は自分でそういう教室を作ることにしたんだよ。そのためにまず何を中心に据えるべきかをこの数ヵ月ずっと考えてきた。そして、体育にしようって決めたんだ。認知に偏りのある子供たちというのは、たとえば五分間グラグラしないで真っ直ぐ立つとか、両手を交互に振ってちゃんと歩くとか、そういうことがうまくできないんだ。だから、文字を読んだり書いたり、計算ができるようになったりするためには、まずはそうした自分自身の身体の使い方をみっちり教え込んでいく必要がある。さいわい、僕にはオリンピック候補だったというキャリアもあるからね。体育教室だって十分やっていると思うんだ」

と説明していた。

さっそく、林太郎の号令のもと、子供たちは「じっと立つ」から始めていた。

「身体をふにゃふにゃさせないで、はい、真っ直ぐに立つ。そのまま五分間、じっと立っているように。さあ、みんな頑張って」

子供たちは無言で、その場その場で佇立《ちょりつ》していた。だが、一分も経つと何人かの身体がゆらゆらと揺れ始める。教室の外からガラス越しに見ている親たちからため息がこぼれた。三分もすると十数人いた生徒の半分以上がじっとしていられずに、手をぶらぶらさせたり、足を開いたり、身体をねじったり、首を回したりしだした。中にはしゃがみこんでしまう子もいる。

霧子はその光景を見ながら、品川氏が書いていたことは本当だったのだと驚きを込めて納得する思いだった。

「じっと立つ」から「その場で足踏み」に移行したところで体育室を離れた。

玄関正面の受付カウンターの奥にある狭い事務室に戻る。亀山さんがパソコンの前に陣取って会計ソフトを使って数字を入力していた。彼女は来年五十歳だと言っていたが、見た目は四十過ぎくらいにしか見えない。

「亀山さんって美魔女ですね」

初めて会ったとき、つい霧子はそう言ってしまった。

「そんなことないですよぅ」

亀山さんは笑っていたがまんざらでもない感じだった。もともとは小さな病院で医療事務をやっていたそうだが、その病院が経営難で潰れ、この教室の求人に応募してきたのだ。数年前に離婚して、いまは阿佐ヶ谷《あさがや》で独り暮らしをしているらしかった。実家が新潟とあって、色白で目鼻立ちのくっきりしたきれいな人だ。

事務室の奥にはロッカーが六つ並んでいた。正職員の林太郎と千沙、パートの亀山さんの分が三つ。あとの三つは週に何度かサポート役として入る予定の仲田君たちのロッカーだった。仲田君というのは「むーちゃん」でバイトをしているあのトランポリン選手のことだ。林太郎は、仲田君のほかにも何人か自分がかつて所属していたトランポリンクラブの後輩たちを教室のサポーターとして手配していた。むろん彼らはアルバイト扱いだ。

上杉千沙は林太郎が教員研修会で知り合った教員仲間の一人だった。年齢は林太郎より二つ上の三十歳。学生時代から発達障害教育を専攻し、教職に就いてのちは特別支援教育士の資格も取得した学習障害児教育のプロフェッショナルだった。今回、林太郎の熱心な誘いに応じて勤務していた世田谷《せたがや》の小学校を退職し、「椿体育教室」の設立に参加してくれた。

授業も始まり、霧子は別段やることがない。教室の方からも人の声は聞こえず、亀山さんが叩くキーボードの音だけが響いていた。

林太郎用の真新しいデスクの前に腰掛けて、ほっと一息ついた。

広報部の仕事も二年目に入り、日々の業務も忙しくなってきていた。先月は、不具合が発覚して全品回収に発展してしまった古い二槽式洗濯機の問題できりきり舞いさせられた。脱水槽に手を突っ込んだ子供が小指を骨折するという事故も香川県で起き、それもあってメディアからはずいぶん叩かれた。さいわい、現在の洗濯機事業部の事業部長がしっかりした人で、先手先手で問題処理に当たってくれたため、会社としてはさほど深手を負わずに済んだが、事故発生から半月近くは広報対策で休日抜きの残業がつづいた。疲れが溜まっていないと言えば嘘になる。今月は日頃付き合いのある記者たちとの忘年会も目白押しだから、今日のような久し振りの休日はゆっくり休みたいのが本音ではあった。

「椿体育教室」は年末年始以外は無休だった。

林太郎は「いずれスタッフも増やして、僕や上杉先生も休暇を取れるようにする」と言っているが、開業して一年や二年はそうもいかないだろうと思う。だとすると、自分たちの結婚生活は一体どうなるのだろうか。せっかくの休日さえ一緒に過ごすことができなくては何のための結婚生活かという気がする。

ちょうど一年前の今日、霧子は林太郎と出会った。あれからたった一年しか経っていないというのがにわかには信じられなかった。いつの間に、自分はこんな遠いところまで来てしまったのだろう?

吐いた息がため息に変わる。

霧子は俯けていた顔を上げて、自分を取り囲む空間に目をやった。

受付カウンターの正面には大きなガラス製の玄関ドアがあった。タッチ式の自動ドアで、一枚板の強化ガラスには「椿体育教室」という青いロゴが刷り込まれている。そのドアを入って右手が三十畳ほどの広さの体育室で、さらに奥に大小二つの学習室が並んでいる。通路を挟んで反対側には六畳ほどの会議室が一つ。林太郎たちはここで生徒や親たちの面談をするのだそうだ。会議室の並びにシャワールームやトイレが設けられていた。

このビルは中野駅北口のすぐそばだった。築三十年の古いビルで、お世辞にも立派とは言えない。ただ、「椿体育教室」は七階建ての細長いビルの四階全部を借り切っている。ここは半年前まではスポーツジムだったフロアで、それを十一月いっぱいで改装して教室に仕立てた。突貫工事だったので、体育室はマシンを取り外してそのまま使っているし、トイレやシャワールームも以前のままだった。

結婚式のあとから、林太郎は、体育教室開業のための資金集めに奔走し始めた。知人やそのつてを頼って、各方面に出資の打診を行ない、十月半ばには資金繰りの見通しをつけたという。その素早さに、あとから聞かされた霧子はずいぶんと感心したのだった。

集めた資金は五千万円を超えていた。二十八歳の若者がそれだけのお金を一ヵ月足らずで調達するなんてまるで手品みたいだと思った。

一番大口の出資者は、彼が学生時代にアルバイト講師をやっていた代々木の学習塾のオーナーだった。この今川《いまがわ》さんという人はむかしから林太郎にたいそう目をかけてくれていたらしく、話を持ち込むと、その場で二千万円の小切手を書いて渡してくれたのだそうだ。

「さすが今川さんだと思ったよ」

林太郎は小切手を霧子に示しながら嬉しそうに言った。霧子の方は見たこともないような高額の小切手を目の前でひらひらされて、驚くと同時に何やら薄気味悪いものを感じていた。世の中にそんなうまい話があるとはとても思えなかった。

むーちゃんも一千万円の出資に応じてくれたそうだ。それだけでなく、馴染みの不動産屋に交渉してくれて、駅前の物件を破格の家賃で斡旋《あっせん》してくれたのだという。

しかも、二人とも借用書さえ求めなかったらしい。

「そういうのは駄目だよ。お金を借りたときはちゃんと一筆入れておかないと、逆にあとあとトラブルになったりするし、借りたお金というのは『必ず返します！』って誓約してこそ、生きたお金になるんだと思うよ」

さすがに霧子は忠告した。

「そうかなあ」

林太郎はあまりピンときたふうでもなかったが、

「じゃあ、林太郎さんはそんな大金、どうやって返済していくつもりなの？　しっかりした返済計画はあるの？　そもそも体育教室は会社組織にするんでしょう？　出資者の今川さんやむーちゃんを役員に入れる予定なの？」

霧子が呆れた口調で質問を重ねると、

「そういう細かいことはまだ何にも決めてないよ。ただ、二人とも、お金は返せるときに返してくれればいいって言ってただけだし……」

彼は、呟くように言って、

「でも、霧子がそう言うんだったら、明日にでも古市に連絡してちゃんとした借用書は作ってもらうよ。そうだ。やっぱりこういうことはあいつにあれこれ相談しといた方がいいよね」

まるで名案でも思いついたかのように暢気《のんき》な笑みを浮かべたのだった。

残りの二千万円超は、知り合いや友達から掻《か》き集めたのが半分、横浜の両親が拠出してくれたのが半分だった。結局、林太郎も霧子も一銭も出さなかった。霧子はせめて両国の両親に相談してみようかと言ったのだが、林太郎が「全然必要ないよ」と取り合わなかった。

体育教室の月謝は、週に二回から三回、好きな時間帯に授業に参加できて、月額五千円。二十二名からのスタートなので月の売上は十一万円。これでは、亀山さんのパート代や仲田君たちのアルバイト代さえ賄えない金額だった。

そのうえ、幾ら破格の家賃だといっても、賃料だけで三十五万円、光熱費その他を入れれば四十万円以上が毎月必ず出ていく。教室の広さを考えると、最大限生徒を受け入れたとしても百名が限界だった。月に五千円の月謝では五十万円が売上の上限ということになる。

霧子にすれば、「椿体育教室」は、やればやるほど赤字を積み重ねていく、初めから破綻が目に見えている無謀な事業でしかなかった。

しかし、林太郎はまったくそうは考えていないのだった。

「たしかに、ここだけで採算を取ろうとすれば、幾らやっても赤字だと思うよ。でも、そのうち評判が評判を呼んで、第二、第三の教室を作れるようになってくる。そうなればスケールメリットも出て来るし、それより何より、やがては自治体からの資金援助や一般からの寄付もあてにできるようになる。しばらく辛抱していれば、結果は必ずついてくるよ」

彼は例によって呆れるほどに楽観的だった。

霧子が経営問題についてきちんと話そうと決めたのは、林太郎がビルのオーナー会社と賃貸借契約の話をつけて意気揚々と戻って来た、ちょうど一ヵ月前の十一月一日の晩のことだ。

「こんな無茶な低価格路線で突っ走ったら、最初は準備資金で回していけても、二年もしないうちに経営破綻してしまうと私は思う。林太郎さんや上杉さんのお給料だってあっという間に払えなくなってしまうわ」

ろくに事業計画書さえ用意していない林太郎に向かって、霧子はしごく当たり前の理屈を突き付けてみた。

すると、林太郎は驚愕するようなセリフを口にしたのだ。

「僕も上杉さんも、もともと給料なんて貰う気はないよ」

その一言に声を失う。

「それ、どういうこと?」

しばらく黙り込んだあとで、彼女は、おそるおそる問い返した。

「うちの生活は霧子が面倒を見てくれるんだし、上杉さんも日暮里《にっぽり》で大きな輸入家具の店をやっている旦那さんがいるから経済的な不安はないんだよ。だから、教室の経営が十分に軌道に乗るまでは僕たちは無給でもちっとも構わないと思うんだ」

まるでそれが当たり前だと言わんばかりの顔と口調で林太郎は言った。

霧子は一瞬、返す言葉を思いつかないくらいだった。

「だけど、いずれ子供だってできるんだし、家族が増えたら、私一人の力で生活を支えていくなんてとてもじゃないけど無理だと思う」

「そんなの心配する必要ないさ。霧子はまだ若いんだし、当分子供なんて作らなくてもいいじゃないか。そのうち教室の経営だってうまくいくようになる。それまでのあいだ、霧子が頑張ってくれればいいだけの話なんだからね」

林太郎の態度に悪びれた様子は微塵もなかった。

「だけど……」

「霧子も、まだまだ会社を辞める気なんてないんだろう。仕事が面白くなるのはこれからだしね。僕は僕でこの体育教室に全身全霊を傾けるつもりだよ。いまは学習障害だのなんだのレッテルだけ貼られて落ちこぼれ扱いを受けている子供たちがたくさんいるけれど、実は彼らにはものすごい可能性があると僕は思っている。小さい頃から何でもそつなくこなして、一流高校、名門大学へと進む子供たちよりも、むしろ発達に偏りのある彼らの方によほど未来を感じるくらいなんだ。この国は、そういう可能性に満ちた子供たちを、旧態依然とした教育システムのせいでどんどん駄目にしてしまっている。もうこれ以上、そんなことをつづけさせるわけにはいかないんだよ。だからこそ、みんなで協力して新しい一歩を踏み出して行きたいし、生活のことはとりあえず一番のパートナーである霧子に全部任せたいって僕は思ってるんだよ」

林太郎はいつものようにいきいきとした表情でそう言い、

「だから、霧子、どうかよろしく頼みます」

ぺこりと頭を下げてきたのだった。

14

突然の内示だった。

霧子の会社では異動は四月と十月と決まっていた。毎年、年が明けると部署の出入りをめぐって部員たちはあれこれ憶測し始め、三月に入ると誰々がどこそこへ行くらしい、誰それという上司が着任するらしいとみんなが浮き足立ってくる。東京広報部の部員の場合は、大阪本社もしくは全国の支社、工場、または海外支店とどこへでも異動があるし、各事業部への転出も頻繁だった。

ただ、入社してまだ二年目の自分が異動の内示を受けるとは霧子は夢にも思っていなかった。そういう噂も耳にしたことはないし、仕事でミスをしたおぼえもなかった。女子社員でも、霧子より三年、四年先輩の広報部員が何人もいたのだ。

だから三月半ばの月曜日、直属の上司である本間《ほんま》部長から会議室に呼び出されたときもてっきり今、手がけている仕事の話だろうと思っていた。だが、部長と向き合う形で席に腰を下ろしたとたん、

「実は、澤村君には、この四月からAVネットワークカンパニーに行って貰うことになった」

と告げられたのだ。

最初は、どういう意味だかよく分からなかった。

AVネットワークカンパニーは、去年までテレビ事業部と呼ばれていた組織が一月の機構改革で改組されたもので、それまで独立していたビデオ・オーディオ事業部やパーソナルコンピューター事業部を吸収して、社内最大規模の〝カンパニー〟となっていた。

「AVネットワークカンパニー？」

思わず聞き返すと、

「きみには向こうでも広報の仕事をやって貰うことになると思う。この二年間の実績を存分に生かせる職場だ。どうか頑張ってくれたまえ」

本間部長は励ますように言った。

しかし、AVネットワークカンパニーの本社は、たしか大阪本社内にあるはずだった。

「AVネットワークの広報ということは、私は、この東京広報部で引きつづき仕事をす

ればいいのでしょうか?」

入社二年で大阪転勤というのは常識では考えられなかった。しかも霧子は去年結婚したばかりだ。そうした場合は、内々で上司から打診されるのが一般的だと聞いている。

「いや、それはないよ」

本間は苦笑した。

「カンパニーの広報宣伝活動は、あくまで自前でやってもらうことになってる。所帯が大きくなったこともあって、向こうの広報体制もより一層拡充していくみたいだ。きみの今回の異動もその一環だと受け止めてほしい」

「だとすると、私は大阪に転勤なんですか」

「当然そうなるね」

そこで彼は、ちょっと顔つきを変えた。

「いや、新婚早々のきみにこの話はどうかな、と聞いたときは思ったんだが、とにかく新しくカンパニーのトップになる辻井《つじい》常務がどうしてもきみを欲しいと言ってきかなかったらしい。これは先週、本部長から直々に聞いた話だから間違いない。というわけで、こちらサイドで押し返すのも難しい状況なんだ。ご主人ともしっかり相談して、何とか受け入れて貰えないかな。たしかだんなさんはいま教員を辞めてフリーだったよね。それだったら何とかなるんじゃないかと思うんだけどね」

多少言いにくそうになっている。林太郎が体育教室を開いたことは、親しい同僚以外には伝えていなかった。

「辻井常務がAVネットワークのプレジデントになるんですか？」

「そうみたいだ」

「そうなんですか……」

辻井幸子《ゆきこ》は洗濯機事業部の事業部長を兼ねていて、昨秋の旧式洗濯機の欠陥問題の際に矢面に立って見事にトラブル処理をしてくれた人だった。東京での記者会見に何度も足を運んでくれ、そのときの水際立った対応ぶりは広報部内でも評判になった。

霧子はずっとつききりで辻井常務のアテンドをした。最初の謝罪会見のときだったと思う。洗濯機事業部長が女性だと知った霧子は、辻井を交えた対策会議で、最高責任者として会見に出席する事業部担当副社長ではなく、陪席の辻井常務が冒頭の謝罪、説明から質疑応答まですべてをこなした方がいいのではないか、と進言した。

「なぜ？」

辻井が訊いてきた。

「やはりこういうお詫びは、女性である辻井常務が行なった方が説得力があると思うからです」

霧子が答えると、彼女はひじょうに感心したふうで、

「澤村さんの言うとおりだと思うわ。じゃあ、今夜の会見は私が仕切らせてもらいます。副社長には私の方からそのように念押ししておきますから」

即断即決したのだった。

あの辻井さんが私を呼んでくれたのか……。

意外なようでもあり、そうでないような気もする。大阪転勤をいまの自分が受け入れられるとはとても思えないが、霧子はまんざらでもない心地になっていた。

「とにかく、主人にも話さなくてはいけないので、明日まで待っていただいてよろしいでしょうか？」

霧子が言うと、

「もちろん。今週中に返事を貰えればいいから。ただこの異動は澤村君にとって決してマイナスではないと僕は考えているよ」

そう言って本間は先に椅子から立ち上がった。

その晩、さっそく林太郎に相談した。

教室が終わった彼と中野駅で待ち合わせて、よく二人で行く焼肉屋に入った。冷たいビールで乾杯したあと、さっそく内示の話を持ち出した。

「いいじゃないか」

聞き終えると、林太郎はさして考えるふうもなくあっさりとそう言った。

「大阪なのよ。教室はどうするの？」

まさか開いたばかりの教室をたたんで、大阪に移すわけにもいかないだろう。

すると、林太郎は不思議そうな顔になった。

「だから、体育教室はどうするの？　上杉先生に任せるの？」

そう重ねると、なおさら怪訝そうな表情になる。もしかして、と半分思いつつ霧子は言葉をつないだ。

「いいじゃない、って、私だけ大阪に行けばいいじゃないってことなの？」

「だって何年もずっと大阪ってわけじゃないんだろう？」

林太郎はジョッキを持ち上げてビールを飲む。

「定期異動なのよ。一度赴任したら二年や三年は大阪だと思うし、そのあとだって東京に戻れるかどうか分からない」

「じゃあ、霧子は大阪には行かないってこと？　だったら異動を断るしかないじゃない」

「新人の私が内示を拒否するなんて難しいんだよ」

「じゃあどうするの？　ていうか、僕はどうすればいい？」

そんなふうに言われると、霧子も何と答えていいか分からなくなってくる。午後はずっとそのことばかり考えていた。最も親しい先輩に内緒で相談してみると、内示を断って東京に居残るという手もないわけではないようだった。

「澤村ちゃんは結婚したばっかりなんだし、旦那さんが塾を始めたんなら、そのことをちゃんと部長に伝えて、この異動は受けられないってはっきり断ればいいと思うよ」

彼女はそう言ってくれた。

ただ、そうやって内示を断った人は過去にいるのかと訊ねてみると、

「うーん。そういえばあんまり聞いたことないなあ」

いかにも心もとない返事だったのだ。

「霧子は本当に大阪に行きたくないの?」

林太郎が少し身を乗り出して霧子の顔を覗き込むようにした。面と向かって、しかもよりによって彼にそんなふうに言われると困惑してしまう。

「その辻井さんって人のこと、すごい人だって言ってたじゃない。そんな人がわざわざ霧子に来てほしいって言ってるんだろう。だったら大阪に行ってみるのも手なんじゃないの」

林太郎の言葉に、霧子はしばし沈黙してしまう。

開業から三ヵ月半が経ち、「椿体育教室」の生徒数は順調に増えていた。口コミで噂が広がり、中央線沿線だけでなく都内各所から子供たちが集まり始めている。すでに生徒数は七十人に達していた。といっても月謝は相変わらず据え置きの五千円だから、毎

月赤字が累積している状況に変わりはない。

しかも二月から新しく「研究生制度」というのを設け、月謝が払えない家庭の子供たちのための無料授業も始めていた。この研究生の数も十数人にのぼり、いまや定員上限の百人に届くのは時間の問題だった。

「私が大阪に行ったら、私たちばらばらになっちゃうんだよ」

それでもあなたはいいの、という目で霧子は林太郎を見る。

「それはたしかにさみしいけどね」

「でしょう」

今度は林太郎が黙る番だった。どうせだったら、最初にこういう反応を見せて欲しいと霧子は思う。

話しながら二人ともジョッキを空けて、中生を追加注文した。

「でも、たしかに内示を蹴るってのはなかなか難しいんじゃないかな」

林太郎が言った。

「分からないけど、でも、断ったからってクビになるわけじゃないでしょ」

「それはそうだろうけど……」

「新婚早々の女子社員に単身赴任を強いる会社の方が非常識だと思うよ。林太郎さんが教室を始めていて一緒に大阪に行くのは難しいって伝えれば、会社もきっと考え直してくれると思う。部長も、林太郎さんがフリーだと思って、異動を了承したみたいだったし」

「そうか……」

しかし、林太郎の口調は妙に歯切れが悪かった。

「ねえ、林太郎さん。林太郎さんは私が大阪に行った方がいいと思っているの？」

そこまで話したところで、注文していた肉やスープ、キムチなどが運ばれてきた。

林太郎の好物のたん塩を最初に網にのせる。すぐにビールのおかわりも届いた。

「そりゃあ、東京と大阪で別々に暮らすなんて、僕だって賛成じゃないよ。でも、だからといって霧子にばかり犠牲を強いるのも心苦しいんだ。霧子が本当は辻井さんの下で働きたいのに僕のせいで諦めざるを得ないんだったら、それは僕にとっても不本意なことだしね。こういう言い方は無責任のように聞こえるかもしれないけど、霧子がやりたいようにやるのが一番だと思うよ」

林太郎は淡々とした口調でそう言った。

それから二日間じっくりと考えて、霧子は今回の内示を断ることにした。

「そうか。だんなさんが塾を始めたんじゃ、単身赴任しか手がないなあ」

本間部長は渋い顔をしたものの、霧子の説明には理解を示してくれた。

「分かった。この件は、俺が預かる。だから、とりあえず内示のことは忘れてもらって構わないよ」

彼はきっぱりと言った。

それから数日のあいだ何の音沙汰もなかった。各部署での内示もすっかり終わり、四月一日付の異動にそなえて部員の何人かは引き継ぎ資料の作成や机の片づけを始めていた。

週明けの三月二十四日月曜日。

午前中の会議が終わって自席に戻ったとたんに内線電話が鳴った。受話器を耳に当てると、意外な人の声が聞こえてくる。

「いま五階にいるんだけど、ちょっと来てくれない？」

辻井幸子だった。

「はい」

返事をした拍子に霧子は椅子から立ち上がっていた。

エレベーターで役員フロアへと降りながら、そういえば今日は月に一度の東京本社での役員会だったのだと思っていた。それで辻井もこちらに出てきているのだろう。

AVネットワークカンパニーとして再編される以前のテレビ事業部は、まさしく社の屋台骨と呼んでもいい事業部だった。歴代社長はほぼ全員が、このテレビ事業部の事業部長経験者だ。むろん現在の社長の北川俊喜《きたがわとしき》も副社長に昇格する前はテレビ事業部長だった。辻井の前任の藤田次郎《ふじたじろう》常務もこの六月に五人の先輩役員を飛び越えて副社長に昇格することが内定している。藤田は次期社長の最有力候補だった。したがって、今回の辻井常務のAVネットワークカンパニーのプレジデント就任は、ある意味で、次々期の社長候補へと彼女が名乗りを上げたという人事だった。もともと辻井は現社長の懐刀と言われている。

不振をかこつテレビ事業を立て直すための最後の切り札として北川が選んだのが彼女だったわけだ。それゆえの機構改革だったというのがいまや社内の一般的な見方だった。役員たちが集う大部屋へ顔を出すと、辻井はパソコンを開いて何やら作業をしていた。

「辻井常務」

後ろから声をかけると、手を止めて振り返る。

「いらっしゃい」

大きな笑顔を作って霧子を見る。辻井は五十半ば。髪はショートでちょっと小太りだが、顔立ちは整っている。いかにも精力的な印象の人物だった。007のM役で知られるジュディ・デンチにどことなく似ていなくもない。

「本間さんには言ってあるから、出かける支度をして一階の車寄せで待ってて。私もこのメールを打ち終えたらすぐに行くから」

それだけ言うと、辻井はふたたびパソコン画面の方を向いた。

広報部に引き返し、かばんとコートを持って正面玄関に行った。

黒いレクサスがすでに横づけされている。一分もしないうちに辻井も降りてきた。グレーの上等そうなコートを羽織っている。あと一週間もすれば四月だったが、ここ数日の風はコート無しだと寒すぎる。

運転手が降りてきてドアを開けてくれた。辻井、霧子の順に乗る。

車は神田橋《かんだばし》のインターチェンジから高速に上がった。比較的空いている道を滑るように走っていく。風は冷たいが、今日の東京の空は快晴だ。

「昼ごはん抜きにしちゃってごめんなさいね」

辻井が言う。

「とんでもありません」

「向こうについたら食堂で何か一緒に食べましょう」

運転手はすでに行き先を知らされているようだった。どこに向かっているのですか、とよほど訊ねようかと思ったが、霧子は黙っていることにした。

「ご主人、塾を始めたんだって？」

いきなり辻井が訊いてくる。

「学習塾？」

「主人の苗字《みようじ》を取った椿体育教室っていう、まあ、体操教室みたいなものです。うちの主人はむかしトランポリンをやっていて、世界選手権にも出たことがあって」

「トランポリン？　世界選手権？」

辻井がこっちを見てびっくりしたような声を出す。

「はい。ただ、トランポリンを教えるわけではなくて、発達に偏りのある子供たちの感覚統合教育の一環として体育を教えたいってことなんです。だから、教室では九九だとか読み書きなんかの訓練もやっているんです」

「発達に偏りって、ＬＤとかアスペルガーとかそういうの？」

「そうです。さすがに辻井常務は何でもご存じなんですね」

霧子が緊張した声で言うと、

「何言ってるのよ。いまから私たちが行こうとしてるところなんて、それこそそういう異才たちの牙城みたいなところよ」

そう言って辻井は面白そうに笑い、

「だけど、澤村さんのご主人は、立派なことをやろうとしてるのね。私もいままでのように受験秀才ばっかりを幾ら集めたって、これからの会社はとても生き残っていけないと思ってるの。北川さんともよくそういう話をしてるのよ」

辻井はいかにも気軽に北川社長の名前を口にした。

車は高井戸《たかいど》から中央高速に入っている。霧子もようやく行き先がどこなのか分かってきた。「食堂」があって、「異才たちの牙城」で、この高速道路を使って目指す場所となれば一つだった。だが、どうしてそんなところへ辻井が自分を連れて行くのかはさっぱり分からない。


四十分ほどで目的地に到着した。

先端技術総合研究所。

デジタル信号処理や新型ディスプレイの開発など、AVネットワークカンパニーのコアテクノロジーを担当する研究所だった。車を降りると、辻井は勝手知ったるという様子で網膜スキャンのゲートを抜けて、研究所の中央棟に入っていく。

「一月の経営方針発表会の直前に北川さんに呼ばれてね、テレビをやってほしいって言われたの。それからは東京に来るたびにしょっちゅうここには足を運んでるのよ。今日で五回目くらいなんじゃないかしら」

先に立って歩きながら、辻井は気さくな口調で話しかけてくる。

受付も案内看板も何もないから、どこをどう歩いているのか霧子にはまったく摑めない。早足で進んでいく辻井の後ろを遅れないようについていくしかなかった。

入社研修のときに一度だけ、この研究所を見学したことがあった。

エレベーターで四階に上がると無人の細長い廊下を辻井はぐんぐん進んでいく。突き当たりの大きな扉の前で立ち止まった。ここにも網膜認証装置がついていた。辻井がレンズに向かって右目をかざすとガチャリと大きな開錠音が響いた。研究所の中は物音ひとつ聞こえない。

ドアを開けて中に入っていく。

ここまで来て、初めて、目の前に人の姿が現われた。出迎えたのは二人の男性だった。

「中山《なかやま》さん、茂木《もぎ》君、こんにちは」

辻井は親しげに相手の名前を呼び、

「彼女は東京広報部の澤村霧子さん」

霧子を紹介してくれた。

「四月からうちにどうしても来てほしいんだけど、首を縦に振ってくれないのよ。だから今日はアレを見せて、彼女に翻意して貰おうと思って連れて来たの」

「そうなんですか」

中山さんと呼ばれた四十半ばくらいの男性が霧子に顔を向けてにこっと笑った。

「この前来られたときよりさらに精度が上がっているから、辻井さんもきっとびっくりすると思いますよ」

茂木君と呼ばれた、こちらはまだ二十代と思われる青年がいかにも嬉しそうに辻井に言う。中山も茂木も見るからに理系男子の典型という感じだった。痩せていて、メタルフレームの眼鏡をかけ、手足や両手の指がやけに長い。

「それは楽しみだわ。じゃあ、さっそく見せて貰おうかしら」

辻井は張りのある声で言った。

15

今日のデモンストレーションも反応は上々だった。

鹿児島に来るのは二度目だったが、前回お世話になった羽藤《はとう》電器の羽藤社長が、今回は前回をはるかに超える数の小売店主たちを集めてくれていた。社長が目指している県内小売店のグループ化も着々と進んでいるようだった。

大型家電量販店が津々浦々に進出してきている昨今、町の電器屋さんたちが単独で生き残るのは至難の業に近い。たしかに羽藤社長が説くように、これからは中小の小売店が共同で、メーカーに対して仕入れ価格の交渉をしたり、販売協力金の増額を求めたりすることが不可欠だろう。

霧子の会社でも、系列ショップだけでなく、そうした電器屋さんたちの自発的なグループ化にも積極的に手を貸す方向へと動き始めていた。

「値付けから、仕入れ数、販売員の派遣、あげくは製品開発と、ここまで大型量販店の言いなりになってしまっている現状は大問題よ。いまからでも遅くないから、私は系列ショップを再生させるべきだと思ってるの。そのための切り札としても、今回のプロジェクトは絶対に成功させなきゃいけないの」

辻井はことあるごとにそう言って霧子たちにはっぱをかける。

AVネットワークカンパニーに異動して四ヵ月余り。新型4Kプロジェクターのデモンストレーション・チームが結成されてからは、こうして全国を飛び回っての売り込みに励んでいるが、チームの面々も霧子自身も徐々に手応えを感じ始めていた。

あの日、先端技術総合研究所で中山さんたちが見せてくれた4Kプロジェクターの映像はまさしく驚嘆に値するものだった。

大型のスクリーンに映し出されたのは「アラビアのロレンス」の一シーンだったが、画面いっぱいに広がるアラビアの砂漠は、大げさではなく、その砂の一粒一粒まではっきりと見分けがつき、かつてロレンスを魅了したように光り輝いていた。

「すごいでしょう」

隣にいた辻井がうっとりした声で言った。霧子はその映像のあまりの美しさに声を失い、ただ黙って頷いただけだった。

「私は、この4Kプロジェクターにカンパニーの命運を賭けようと決意してるの」

辻井は低い声で呟き、

「まずはこのプロジェクターをホームシアターやパブリックビューアーとして売り出し

たいの。そのための独立の営業宣伝部隊を編成するつもり。あなたには是非、そのメンバーの一員になって貰いたいのよ」

と付け加えた。

「まるで本物みたい……」

霧子の目は映像に釘付《くぎづ》けになっていた。ほんの数メートル先に、本当にラクダに乗ったロレンスがいるようだった。

映像を見た後、中央棟の最上階にある食堂で辻井と二人で遅い昼食をとった。

「私があなたを買ったのはね、その優れたセンスを見込んだからだけど、でも、それだけじゃないのよ」

コロッケ定食に箸をつけながら、辻井は言った。

「どうしてだか分かる？」

霧子も同じ定食だった。箸を取ったまま手を止めて首を振る。

「あなたが結婚していたからよ」

「結婚？」

霧子はつい辻井を見返してしまった。

「そう。その若さで既婚者なんていまどきめずらしいでしょう」

「それはそうですけど……」

「実はね、私もそうだったの。学生結婚だったからあなたよりさらに早かった」

「そうだったんですか」

「ええ。女性でも優秀な人はたくさんいるけど、でもね、若い時期は結婚のことが頭から離れないでしょう。それはビジネスをやるうえではやっぱり邪魔なのよ。でも、あなたみたいにもう結婚している人だったら、仕事に集中できる。自分もそうだったからよく分かってるの」

辻井は話しながら、もりもり食べている。

「夫はエジプト学者でね、カイロ大学に留学していた二年半は私たちも別居してたのよ。そうね、ちょうどいまのあなたくらいの頃だったわ。子供は彼が戻ってから作ったの。上の男の子が三十のときで、下の女の子は三十三のときに産んだわ。いまは長男が大学院生。娘は今年大学四年生。すっかり手はかからなくなった。当時は別に計画してそういうふうにしたわけじゃなかったけど、仕事とプライベートを両立させるという意味では結果的に上手な選択をしたと自分でも思ってるの」

辻井は、それからしばらく食事に専念した。霧子も箸をすすめる。

「去年、あなたと話したとき、ぴんときたのよ。この人を呼ぼうって。私のそういう勘は滅多に外れないし、若いときからずっとその勘を大事にしてきたの」

食べ終わって、辻井はふたたび口を開く。

「だからどうしてもあなたには大阪に来てほしい。できるだけの配慮はさせて貰うわ。澤村さん、あなたの時間を二年だけでいいから私にくれない？　これは、あなたを見込んでのお願いなのよ」

と言ったのだった。

新型4Kプロジェクターの見本が完成したのはゴールデンウィーク直前だった。特別編成の営業宣伝部隊は課長の遠山圭吾《とおやまけいご》を筆頭に八人で編成され、霧子もその一員となった。そして二人一組の四班に分けられ、北海道・東北、関東、中部・近畿、中国・四国・九州の四つのエリアをそれぞれが受け持つことになったのだった。最年少の霧子は営業経験の長い榊原《さかきばら》課長代理と一緒に中国・四国・九州エリアの担当と決められた。

ゴールデンウィークからはさっそく見本を抱えての営業行脚が始まった。

大阪本社の自席を温めるいとまもないような出張につぐ出張で、連休中はもちろん、土日もほとんどが旅先だった。霧子は関東エリアの担当をやらせてほしかった。そうすれば頻繁に東京にも出張し、林太郎と会うこともできる。だが、遠山課長は知ってか知らずかそういう割り振りはしてくれなかったし、まさかそんなことをプレジデントの辻井に直訴するわけにもいかなかった。いくら配慮すると言われたところで所詮は口約束に過ぎない。営業の初動時期に部下の私的な都合が優先されるはずもなかった。

とはいえ、異動を受け入れた時点で十分に覚悟していたつもりだったが、さすがに一ヵ月に一度の再会もままならないとなると、精神的に落ち込んでしまう。メールや電話で頻繁にやりとりするしかなかった。

林太郎の方も、秋にもう一つ新しい教室を開くことになって多忙を極めていた。

「椿体育教室」は、当初の予想を遥《はる》かに上回るペースで生徒数を増やしていた。すでにいまの教室は定員オーバーの百三十名に達し、アルバイトだった仲田君を職員として正式に採用していた。相変わらず月謝は据え置きの五千円だったが、別途募った寄付金が、これも想像以上に集まって、教室の運営は何とかうまく回り始めているようだった。

霧子には一事が万事、信じられないような展開だった。

林太郎からそうした話を聞くたびに、最近の彼女は、

「あんたはたいへんな男と一緒になるんだね」

というむーちゃんのセリフや、

「霧子さん、あの子は神様の子なの」

という横浜の義母のセリフが脳裏をよぎるのだった。

ただ、こんなに会えないという状況は、林太郎も想像していなかったようだ。

「なんだか、霧子が地球の裏側にでも行ってしまったみたいだよ」

と彼にすればめずらしい言葉を、笑いながら口にすることもあった。

「ごめんなさい。いまやっている仕事が軌道に乗ったら、ときどき休みも取れるように

なると思うから」

結局、いつも謝るのは霧子の方だった。林太郎が取れない休暇を無理に取って大阪まで来てくれたとしても、当の自分が地方出張に出ているというありさまでは、こちらから先に詫びを言うしかなかった。

小売店の店主たちと天文館で食事をして、午後九時過ぎにホテルに戻って来た。

相棒の榊原や鹿児島支店の面々は羽藤社長たちと二次会に繰り出していった。霧子も誘われたのだが、今夜は遠慮した。

夏場に入って疲れが溜まっている。

明日は早朝に宮崎に向けて出発し、宮崎市内の三ヵ所でデモをやって、深夜に博多《はかた》に入る。博多には三泊して、福岡県内の系列ショップの店主たちを掻き集めて連日、デモを繰り返す。大阪に戻れるのは金曜日の夕方の予定だった。

来週からお盆とあって、いつにない強行スケジュールになっている。

お盆休みは休暇を取って東京に帰ることにしていた。せっかく二ヵ月ぶりに林太郎と会うのだ、疲れた顔は絶対に見せたくない。休めるときに休んでおくに越したことはなかった。

シャワーを浴びて、持参のバスローブに袖を通す。ビジネスホテルの狭い部屋だが、ベッドは大きくて寝心地もいい。その広いベッドに倒れ込むように仰向けになった。

すべすべした生地の感触が心地よかった。このバスローブだけは必ず持って歩くようにしている。目下のお気に入りのアイテムだった。

両手両足を思いっきりのばして横になったまま深呼吸をする。

防音はゆきとどいているので、部屋はひどく静かだった。

林太郎は今頃、何をしているのだろうか？

教室が終わるのは夜の八時過ぎだが、最近はそのあと親子面談をしたり、研究生のための個人指導などもやっているようだった。先々月に戻った折も週末とあって新入生の面接が立て込んでいて、夫婦水入らずの時間はほとんど持てなかった。帰りの遅い彼を待って、せめて手料理を振る舞うくらいが関の山だった。

夕食はたいがい「むーちゃん」で食べているようだ。今夜も、あの混み合った居酒屋でビールでも飲みながら何かつまんでいるのだろう。

同じマンションの１ＬＤＫの部屋に林太郎は移っていた。その家賃や光熱費は霧子の負担だ。ただ、食費やこまごまとした出費は林太郎が自分で賄っている。教師時代の貯金を取り崩し、あとはおそらく横浜の実家から援助を得ているのだろう。

一方、霧子の方は借り上げの社宅住まいで、家賃は月に五千円程度だし、出張つづきの現在の生活だとまったくと言っていいほど生活費はかからない。

彼女の少ない給料でも何とか当面の二重生活は維持できそうだった。

だけど……。

式を挙げてまだ一年も経たないというのに、すでに夫婦別々の暮らしが始まっている。辻井の熱心な勧誘にほだされて二年限りの単身赴任を受け入れてしまったが、本当にその決断は正しかったのだろうか？　これが果たして辻井の言う「仕事とプライベートを両立させる上手な選択」なのであろうか？

社宅としてあてがわれた豊中《とよなか》市の古いマンションに引っ越してきた当日から、霧子はずっとその疑問にさいなまれている。

ふだんは多忙さにかまけて考えないようになっているが、こうしてふっと孤独な空気の中に身を沈めると、いつもの疑念が頭をもたげてくる。

林太郎の方はどうなのだろう？　彼は本当に平気なのだろうか？

もとから感情をあまり表に出さない人だが、まれに霧子が帰ってくるとさすがに嬉しそうにはしている。しかし、だからと言って彼女が大阪に戻る日、不機嫌になったり愚痴をこぼしたりしたことは一度だってない。待ちきれなかったような態度で迎えてくれても、送り出すときは至極淡々としている。気を遣ってくれているのかもしれないが、新妻の霧子にすれば、どちらが夫の本物の気持ちなのか、ときどき分からなくなってしまう。

ただ、霧子にはそんなことよりもはるかに大きな謎があった。

林太郎と離れて暮らすようになって、最初からあったその謎が尚更《なおさら》に胸中で重みを増してきているのは事実だ。自分たち夫婦の現状を考える場合、まずはそこをしっかり見据えなければ何も始まらないという気にさえ、いまの霧子はなっている。

林太郎はどうして私と結婚したんだろう？

彼女が一番不思議なのは、まさにそれだった。

「むーちゃん」に初めて行った日、彼は霧子と結婚するつもりだとはっきり言った。なぜそんな荒唐無稽なことを口にしたのか。人となりを次第に知っていくにつれて霧子はますますその発言が不可解で仕方なくなっていった。たとえどんなに深酔いしていたとしても、林太郎はそういう軽はずみなことを言う人ではなかったからだ。

深夜、二人で「むーちゃん」を出て、結局、霧子は東中野のマンションに林太郎を連れて帰った。それからは互いの部屋を行き来するようになり、やがて林太郎が霧子の部屋に入り浸るようになり、あとはもう男と女のごく自然な流れで二人は一緒になった。

だが、なぜあの晩、初めて口をきいたような霧子に対して結婚したいなどと彼は口走ったのか？

「一目見た瞬間に、この人と結婚しようと思ったんだ。合コンなんて一度だって行ったことのない僕が、あの日に限ってなぜ行く気になったのか、きみを一目見た瞬間に分かった気がしたよ」

訊ねれば、林太郎はいつもそんなふうに言う。それはそれで納得できるような気もするが、子細に反芻してみると、初めて顔を合わせた瞬間に彼の方が一目ぼれしたなんて、霧子にはとても信じられなかった。というより、霧子は「死神」とのいきなりの再会に驚きを禁じ得なかったが、彼の方は素知らぬ態で顔色一つ変えなかったのではなかったか。

よく分からない……。

結婚したのだからもはや穿鑿《せんさく》する必要はないのかもしれないが、それにしても林太郎の存念が分からない。

いつものようにそうやって頭の中で堂々巡りをしているうちに、霧子は知らぬ間にうとうとしてしまった。

うっすらとした寒気を感じて、ふと目を覚ます。

バスローブの前がはだけ、エアコンの冷気が直接肌に当たっている。ゆっくりと上体を起こす。ぼんやりとした意識の中で小さな音が響いている。

ライティングデスクの上に置いた携帯が鳴っていた。

急いでベッドを降りて携帯を取り上げる。

ディスプレイには継母の登美子《とみこ》さんの名前が表示されていた。目の前の鏡に映る髪の乱れた自分の姿をちらっと視界に入れてから、通話ボタンを押した。

登美子さんからはたまに電話がある。大体が、食材などを詰めた宅配便を送ったという連絡か、もしくはとりとめのない父の愚痴だった。

「キリちゃん、おとうさんが倒れたの」

しかし、今夜の霧子の耳に飛び込んできたのは、その一言だった。

16

澤村霧子には、あの室山《むろやま》あすかと同じにおいがした。

それはいつも感じるようなうすぼんやりとした影や固有の微弱な振動、相手の発する淡い光などではなくて、「におい」とでも表現するしかないようなものだった。さながら渇きの極みに達した人だけが嗅ぎ分けられる遠い河のほんのわずかな水のにおい。そういうものだった。

だが、林太郎はそのにおいを決して逃さなかった。

それを感じたのは渋谷で再会したときではない。その一週間前、早稲田鶴巻町の路上で、彼女のそばを通りすがった瞬間だった。

思わず足を止め、吸い寄せられるように彼女の近くへと歩み寄った。つられて林太郎も彼女は顔を上に向けて、ひどく思い詰めたような表情をしていた。

上を見た。細長いビルの屋上に人影があった。ひょろりとした、どうやら若い男のようで、フェンスを越えて屋上のへりにゆらゆらと立っていた。

林太郎は目を凝らして、その姿をしっかりと見定めた。

人騒がせな男だなと思う。

そう思ったせつな、彼女がふいに振り向いてこちらを見た。かすかだったあのにおいが、うわっと濃厚に押し寄せてきた。

正確には、その瞬間に、ああやっぱりこれはあの室山あすかと同じにおいだと確信したのだった。

譬えるのはむずかしいが、あえて言えば、赤ん坊の乳臭さのようなにおいだ。

ビルの屋上で女性の悲鳴が上がった。

男がフェンスの金網に掛けていた手を外して、両手を水平に広げてためらう様子もなく飛び降りた。しかし、林太郎は男には興味がなかった。

彼はたとえ真っ逆さまに地面に激突したとしても、軽い怪我程度で済んでしまうだろう。命を失うような事態には絶対にならない。

案の定、男は林太郎たちの背後にある低い生垣の中へと墜落した。派手な音が立って、彼女が「先輩！」と大声で叫びながら走り寄って行く。

「うーん」

という間の抜けた唸り声が聞こえた。

林太郎はその隙に、細長いビルの隣に建っているずんぐりとした半分くらいの高さのビルへと向かった。

ビルの陰から彼女の姿を観察する。

見ず知らずの相手だったが、やはり放っておけない気がした。

細長いビルからもう一人の女性が飛び出してきて、間もなく救急車が到着し、その女性と男とが救急車に乗って走り去って行った。彼女はその場に残り、やがて駅の方角へと歩き始めた。

よほど尾行しようかと考え、それは踏みとどまった。

さきほどのにおいが錯覚だとは思えなかった。だが、人の運命にみだりに介入するのは慎まなくてはならない。室山あすかの一件のせいで心乱れてしまったが、冷静になれば、あすかのような人間はこの世界にたくさんいるのだろう。二人目だったとはいえ、その大勢のうちの一人を自分は今日たまたま見つけたに過ぎない。

林太郎はそう思い切ることに決めたのだった。

一週間後、その彼女が目の前に現われたときは、へぇと思った。しかし、さほどの驚きはなかった。何となくそうやって再会しそうな気がずっとしていたからだった。

室山あすかは塾の講師をやっているときの同僚だった。

林太郎もあすかもアルバイト講師だった。林太郎は小学生相手に国語を教えていた。あすかは中学生に英語を教えていた。

林太郎が本格的に塾講師を始めたのは、トランポリン競技を引退してからだった。それまでは競技会や海外遠征を優先せざるを得なかったので、時間が取れる時期のみの臨時講師に過ぎなかった。

室山あすかの方はアルバイトとはいえベテランだった。大学院で英文学を専攻する院生で、年齢も林太郎より三つ年長だった。

小学生の教室と中学生の教室は階が異なったが、職員室は一つだった。林太郎たちのようなアルバイト講師には専用の机や椅子はむろん用意されていなかったので、小中どちらの講師も広い職員室の隅に置かれた大きなテーブルと非常勤講師用のロッカーを使っていた。

その大テーブルで林太郎とあすかはたまに一緒になることがあった。顔を合わせると会釈くらいしたが、言葉を交わすことはなかった。

口をきくようになったのは、小さな出来事が起きてからだ。

あれは夏休み中のことだった。夏期講習期間とあって溢れんばかりの生徒たちが塾の大きなビルの中に詰め込まれていた。

国語の授業中に火災報知機が鳴り始めた。最初は誤作動だろうと思い、黒板の前で話

すのをやめて訂正の館内放送が入るのを待った。が、三十秒もしたところで、

「隣のビルで火災が発生したため、ただちに避難を開始してください。授業中の生徒は教師の誘導に従って冷静に行動するように。エレベーターは決して使わないでください。教師の指示に従って非常階段を使用して避難してください」

という声が天井のスピーカーから聞こえてきたのだった。

そのときは小六のクラスだったが、さすがに二十数名いた子供たちはざわめき始め、中には席を立ってしまう子もいた。

隣のクラスからも子供たちの騒ぎ声が聞こえてくる。

「はーい。みんな落ち着いて。いまから先生と一緒に非常階段で一階まで降ります。カバンを持って、慌てず焦らず、私語をつつしんで、しっかりついて来てください。急ぎ過ぎて階段で転んだりすると大怪我につながります。足元をよおく確かめながら慎重に降りてください」

避難の手順はあらかじめ指示されていたし、避難訓練にも参加していたので要領は心得ていた。

十五階建ての学習塾の両脇には小さなビルが建っていた。片方はさまざまな事業所が入居した雑居ビルで、もう片方は三階建ての中華料理店のビルだった。こんな昼日中の火災となれば、おそらく中華屋の厨房《ちゅうぼう》から火でも出てしまったのか。

林太郎は教え子たちの顔をひとわたり眺める。

今日、この火事でいのちを失うような子は一人もいなかった。どの子の生命もまだまだ遠い未来へとつづいていた。

教室を出て、全員で非常階段へ向かう。消防車やパトカーのサイレンなども聞こえ始め、さすがに騒然とした雰囲気になっていた。狭い階段を安全に降りるために、上の階の子供たちから優先して避難すると定められている。階段の入り口付近は待機している各クラスの講師と生徒たちでごった返していた。ここは四階なのでまだしばらく時間がかかりそうだった。子供たちの隊列が無言で、整然と目の前の階段を下って行く。待っている側の子供たちも落ち着かなそうな素振りは見せても無駄口をきいたりはしていない。静かな興奮があたりを占めていた。

隣のビルが見えるような窓はどこにもないので、状況はまるきり分からなかった。当然ながら煙も焦げ臭いにおいも感じない。

四階組の順番が来て、「さあ、急がずにゆっくり降りよう」と各講師が子供たちに声を掛け、次々に階段を降りていく。踊り場にはすでに職員が配置され、誘導の任にあたっていた。

何事もなく子供たちと共に一階のロビーに到着した。

上の階から降りてきた中学生でロビーは大混雑している。ガラス製の玄関ドアが開いたままの状態になり、その方向へと行列ができていた。

「今日はこのまま下校にしまーす。外には警察と消防の人たちがいますから、その人たちの指示に従って、みなさん気をつけて最寄りの駅まで行ってくださーい」

事務の人たちが口々にそう言っていた。

玄関の外は物々しい雰囲気で、遠目にも行き交う消防隊員や警察官、通りの向こうの野次馬たち、そして、消防車の赤い車体が何台も横づけされているのが見えた。

どうやらかなり本格的な火事のようだ。そういえば、ロビーに降り立ってみると焦げ臭いにおいがうっすらと嗅ぎ取れる。

カバンを手にして教室を出た子供たちはそのまま帰宅可能だったが、林太郎の私物は一階の職員室のロッカーにあった。

ごった返す人の波をかき分けて彼は職員室へと向かった。

室内には誰もいなかった。正職員や常勤講師のデスクのあいだを抜けて、ロッカーの並んだ大テーブルの方へと進んだ。

すると、テーブルの前に座っている女性の姿が見えた。

「どうしたんですか？」

近づいて林太郎は声をかける。

「授業が終わったら食べようと思って午前中に買っておいたんです」

室山あすかは椅子に座ってパンを頬張っていたのだ。

「一応、全員退避だと思うんですけど……」

ロッカーからリュックを取り出しながら林太郎は言った。

「さっき外に出てみたら、もう鎮火してましたよ」

「そうなんですか？　火元はやっぱり中華料理店ですか？」

「じゃなくて、右隣の雑居ビルの三階から出火したみたいですよ」

「そっか」

予想が外れて、

「怪我人はいなかったのかな」

林太郎は呟く。

「救急車は来てましたけど、乗せられてる人は見ませんでしたね」

「そうですか」

鎮火していると聞いて、さすがにほっとした。知らずに緊張していた気持ちがほぐれていくのが分かる。

「食べませんか？」

卓上の袋からあすかがパンを一つ取り出した。

「買い過ぎちゃいました」

手にしているのはどうやらクリームパンのようだった。林太郎はクリームパンには目がなかった。クリームパンは死んだしんちゃんの大好物だったことを思い出す。

「いいんですか？」

そういえば、今日はまだ何も口にしていなかった。

「ええ。他にもありますよ」

あすかが頷いて、袋の口を開いて見せる。

林太郎が向かいに腰を下ろすと同時に、彼女は立ち上がった。給茶機から紙コップを二つ抜いて戻ってくる。

隣の椅子に置いていた大きなバッグからステンレス製のボトルを取り出した。キャップを開けて紙コップにボトルの中の液体を注いだ。コーヒーの香りが一気に広がる。

「ホットですけど……」

そう言いながら、一つ差し出してくる。

「ありがとうございます」

受け取って一口すすると、こくと香りが素晴らしい。

「美味しいでしょ」

あすかの方から訊いてくる。

「すごく」

「私、コーヒー淹れるの得意なんです」

彼女は小さな笑みを浮かべた。

奥まったこの場所にいると表の喧騒はほとんど聞こえてこない。職員室には相変わらず誰の姿もなく、二人きりだった。

「椿先生って有名なトランポリンの選手だそうですね」

クリームパンを齧《かじ》っていると、ふいにあすかが言った。

「もう引退したんですけどね」

「そうなんですか？」

「はい」

「怪我ですか？」

一個食べ終わったあすかがピザパンを取り出しながら言った。

「そうじゃないんですけど」

「いつまでも飛び跳ねてるわけにもいかないってことですか」

「えっ」

「冗談ですよ。椿先生」

面白そうにあすかが笑う。

林太郎がクリームパンを腹におさめると、今度はカレーパンを差し出してきた。

「このカレーパンもどうぞ」

「ずいぶんいっぱい買ったんですね」

「ええ。むしゃくしゃすることがあったんで、やけ食いしてやろうと思って」

あすかは普通の表情で言った。林太郎が何も返さないと、

「でも、この火事騒動で何だかスッとしちゃいました」

と言葉を重ねる。

「それにしてもみんなどこに行っちゃったんだろ」

カレーパンを食べながら林太郎は言った。

「きっと外に出て、見物してるんだわ。何しろ火事だから」

林太郎はこうして室山あすかと二人だけで面と向かっているうちに、次第に奇妙な感覚に見舞われてきていた。当時の林太郎は、その人の残された生命の長さが分かるという能力が、うまくコントロールできていない時期だった。寿命と死のイメージが、相手に特段の注意を向けない限りは把握できなかったし、そもそも人の寿命が分かったとしても誰の得になるのかと思い、苦悶していた。その状態は、能力が日常的なものとして受け入れられるようになるまで数年間続いた。

素早く、確実に寿命を摑むことができるようになった今の林太郎からしても、あすかから汲《く》み取れるものは、他の人々のそれとは明らかに質の違うものだった。彼女の顔や

姿、声、醸し出す雰囲気は、彼女くらいの年齢の人たちがそうであるように若々しい生命力に彩られていた。

だがそうしたいのちの輝きとはまったく種類を異にする、何か、彼女特有のにおいのようなものがその生命力にまとわりついているのだった。

これは何だろう？

初めての感覚に林太郎は強く惹《ひ》きつけられていた。

「一度、私にも教えてくれませんか？」

無意識にあすかをじっと見つめていたのだろう。見返すような瞳で彼女が言った。

「何をですか？」

言葉の意味を摑みかねて問い返す。

「トランポリン」

あすかは茶目っ気のある表情になって答えた。

17

霧子からの留守録を聞いたのは深夜だった。

切迫した口調で、義父の澤村弘之《ひろゆき》が脳溢血で倒れたらしいこと、いま自分は鹿児島に出張で来ていて明朝にならないと病院に駆けつけられないこと、何時でもいいのでこの留守録を聞いたらすぐに連絡がほしいことなどが吹き込まれていた。

林太郎は録音を消去すると、腕時計を見た。午前二時を回っている。

履歴には何度も霧子からの着信が入っていた。

一つため息をついて、霧子の番号を呼び出し、発信ボタンを押した。

今夜は心底疲れていた。いまから義父の見舞いに駆けつけるのは勘弁して貰いたい。

三度呼び出し音が鳴ったところで、霧子の声が聴こえた。おそらくずっと待っていたのだろう。声もしっかりしている。

「遅くなってごめん」

と言う。

「一体、何をしてたのよ。もう二時だよ」

「ずっと教室で生徒たちの資料を整理してた。携帯はロッカーに置いてたから気づかなかったんだ」

「教室にも電話したよ」

霧子の声が尖る。下手な嘘をついてしまったと林太郎は後悔した。

「何時頃？」

メッセージが入っていたのは九時過ぎだったと思い出し、なんとか言い逃れられると気を取り直す。

「九時過ぎ」

「そっか。その頃は食事に出てたんだと思うよ」

教室の電話に留守録はつけていない。

「携帯、何で持っていかないの？」

頭の回転の速い人だけに、細かいところをついてくる。

「忘れてたよ。ごめん」

「いまどこ？」

「教室を出たところ」

そこで霧子はしばし沈黙する。ロッカーから携帯を取り出したときになぜ着信や留守録をすぐに確かめなかったのか怪訝に思っているのだろう。訊かれたら、カバンに入れたままだったとでも言うしかない。

「おとうさんの容態は？」

自分から話を変える。

「今夜が峠だって。かなり出血してたみたい」

霧子の声が曇った。

義父は死んだりはしない。初めて会ったときの印象からすれば、後遺症も残らないだろう。彼は八十過ぎまで生きて、おそらくは肺の病気で亡くなる。それが肺がんなのか肺炎なのかまでは分からないが、いまだに喫煙している点からすれば、がんかもしれない。とにかく、年老いた彼の姿をイメージしたとき、右胸に薄い影があったのは確かだった。

「そうか。病院はどこ?」

霧子が錦糸町《きんしちよう》駅の近くにある大きな都立病院の名前を挙げた。そこのICUに入っているのだという。

「おかあさんは?」

霧子にとっては継母にあたる登美子は付き添っているのだろうか?

「一度、両国に戻ったみたい。休診の連絡とかもあるから」

義父は横浜の両親と同じく今も現役の歯科医だった。診療は一人でやっているから、倒れたとなると歯科医院をしばらく休むほかに手はないだろう。

「そっか」

「私は朝一の飛行機でそっちに帰る。羽田で待ち合わせにする?」

さすがにいまから病院へ行けとは言われなかった。

「うーん。教室があるしね。面談も入ってるから、僕は明日の夕方にならないとちょっと抜けられないかもしれない」

電話の向こうで霧子が絶句するのが分かった。しまったと思う。

「だけど、父がどうなるか分からない状況なのよ。取るものもとりあえず駆けつけるのが家族なんじゃないの。何かあったとき、私と登美子さんだけじゃ心もとないよ」

「おとうさんは大丈夫だよ。今夜で山を越えて、少し時間はかかるかもしれないけど必ず全快するよ。あんまり心配しなくたって平気だと思うよ」

亀山幸枝《さちえ》とのことで今夜もへとへとだった。いまも彼女のアパートからの帰り道だった。

疲れもあって、林太郎はついぞんざいな口のきき方をしてしまった。

「どうしてそんな無責任なことが言えるの。病院にも行ってないくせに」

霧子の声つきが一変した。不安な心地のままに数時間を過ごし、連絡さえ取れない夫に業を煮やしていたのだろう。

「ごめん」

大声で謝った。霧子にすれば父親が死線をさまよっている状況なのだ。

「とにかく、明日できるだけ急いで病院に行くよ。何かあったらいつでも電話をくれ。携帯は肌身離さず持っておくから」

それだけ言うと、

「でも、おとうさんは絶対に大丈夫。僕のそういう勘は外れないんだ。だから霧子もあんまり思い詰めちゃ駄目だよ」

最後に付け加えて自分から電話を切った。

終電はとっくに過ぎた時間だ。いつものように阿佐ケ谷駅まで出てタクシーを拾うしかないだろう。駅に通ずる暗い道をとぼとぼと歩き始める。人通りはすっかり絶え、生ぬるい夜風が吹いていた。しばらく歩くうちに汗が噴き出してくる。

新しい教室のオープンまですでに一ヵ月を切っていた。

同じ中野駅前に手頃な物件も見つかり、上杉千沙の紹介で発達障害を専門とする臨床心理士の女性を正職員として迎える手筈《てはず》もつけた。「椿体育教室」の運営は表向きはひじょうに順調に推移している。

だが、実際は亀山幸枝のせいですべてが滅茶苦茶になろうとしていた。

とても想像できないような事態が出来《しゅったい》しているのだ。

林太郎はさきほどまで角突き合わせていた幸枝の尖った表情を思い出す。

今夜も懇々と説得はした。しかし、幸枝が納得したとはとても思えない。どうすれば彼女の気持ちをなだめることができるのか？　林太郎には皆目見当がつかなかった。

しかも、この問題が厄介なのは、誰か一人が悪いわけではないという点だ。目下は幸枝が一番いきり立っているが、決して彼女だけが悪者ではない。責任を追及するなら、当事者である仲田夏生《なつお》にだって上杉千沙にだって相応の責任がある。彼らのいざこざに最近まで気づけなかった自分にだって責任の一端はあった。

まあ、一番だらしがないのは仲田ということだろうが、彼の若さを考えればそれもある程度やむを得ない気もする。

男と女のことだけは本当に分からないとつくづく思う。

こういうトラブルは一番苦手だった。林太郎には色恋に溺れる男女の気持ちがいまひとつ摑めない。そんなことにうつつを抜かし、本来やるべきことを一時中断できるほどに人生は長くない。なのに亀山幸枝も仲田夏生も、そして上杉千沙さえもが仕事を棒に振ってまで一時の感情に溺れきっている。そんな彼らの心模様がどうにも理解できない。

そもそも霧子と一緒になるまで、林太郎には女性経験がほとんどなかった。

大学時代は、高校のときから付き合っていた一つ下の彼女がいたが、その彼女ともトランポリン競技に本格的に取り組み始めた時点で別れた。練習や競技会、海外遠征でろくに会えない状態が長々とつづき、彼女の方から別れを告げてきた。新しい彼氏ができたせいだと人づてに耳にしたが、当然だろうなと林太郎自身が納得したくらいだった。

二人目の恋人が室山あすかだった。

火事騒ぎがあった週の週末、林太郎はかつてよく練習していた東雲《しののめ》の体育館にあすかを連れて行った。公式競技用のラージサイズのトランポリンに彼女を上げて一番簡単な垂直跳びの手ほどきを行なった。誰でもそうだが、あすかも最初はベッドの上に立つことさえままならなかった。しばらく練習しているうちに案外上手に跳躍できるようになった。

「あすかさん、結構筋がいいですね」

褒めると、

「私、すっごい運動音痴なんですよー」

まんざらでもなさそうに彼女が言った。ときどきバランスを崩しそうになるので、そばについて身体を支えてやらなくてはならない。トランポリンは傍で見ているより体力を消耗するスポーツだし、危険も伴っている。補助者なしで跳ぶのは厳禁だった。

彼女の身体に触れているうちに、あのにおいの正体が徐々にはっきりしてくるのを感じた。

その日をさかいに林太郎とあすかは付き合うようになった。

あすかの卒業が間近に迫ってきた翌年の一月。

「実は、私、婚約者がいるの」

いきなり告白された。林太郎は最初、彼女が何を言っているのか分からなかった。自分とは別に付き合っている人がいるなどとは予想だにしていなかったのだ。

「もともとは大学の同じゼミの先輩だったんだけど、その人は、二年前から高知の大学で教えていて、私が大学院を卒業したら一緒になろうって言われているの」

林太郎には返す言葉がなかった。

「でもね、本当にそれでいいのかなってときどき思うの。私の人生、それでいいのかなって」

例のにおいの正体を完全につかめたと感じたのは、まさしくその瞬間だった。

「結婚なんてしちゃ駄目だ！」という叫びが喉元までせり上がってきた。だが、そんなセリフを安易に口にするわけにはいかなかった。その頃の林太郎は、自分は絶対に結婚しないと固く決めていた。

それに、においの正体をつかんだという確信はあっても、一方では、そんな未来まで自分が察知できるとはとても信じがたかった。

ふつうに見る限りでいえば、彼女は長いいのちを授けられた人だったのだ。

「全然知らなかったよ」

林太郎は通り一遍の言葉を口にした。

「ごめんなさい、ずっと黙ってて。でも、この半年、その人とは一度も会ってないの」

あすかは言った。

「自分でも、ずうずうしいことをしてるなって思ってた。だけど、椿君と一緒にいると、何だかすごくほっとするの。言おう言おうと思っててもどうしてもその場になると言えなくて……」

「僕と一緒にいるとほっとする?」

そんなことを言われたのは初めてだった。

「うん。あなたって見てるだけで人をほっとさせてくれる人だと思う。私もそうだったから。子供たちもみんなあなたのことが大好きでしょう。きっとそういうあなたの雰囲気が、受験、受験で追いまくられてるあの子たちにとって救いなのよ」

結局、その日、室山あすかと別れた。

彼女の死を知ったのは、二年後の春のことだ。

嫁ぎ先の高知で最初の出産にのぞみ、出血がひどくて亡くなったのだった。生まれた子供は命に別状なかったという。

この訃報に接したとき、林太郎は茫然自失《ぼうぜんじしつ》となった。

やっぱり、自分が感じ取ったものは真実だったのだ。取り返しのつかないことをしてしまったと思った。

どうしてあのとき、彼女を止めなかったのか?

少なくとも、出産は数年控えるようにとなぜ忠告しなかったのか?

林太郎は以来ずっと後悔の念にさいなまれつづけた。親しかった人と死別するほどにかなしいことはこの世界に存在しない。しんちゃんを失ったあの日から、林太郎はそのかなしみのとてつもなさに絶えず怯《おび》えながら生きてきたのだった。

そして、さらに数年後、死んだあすかとまったく同じにおいのする女性と彼は偶然に出会ったのである。

18

九月に入ってすぐの火曜日、突然上杉千沙から電話が入った。教室がオープンしたときに互いの携帯番号を交換してはいたが、千沙から直接連絡が来るなど初めてのことだった。ディスプレイにその名前が表示された瞬間に脳裏をよぎったのは、林太郎の身に何事か起きたのではないかという危惧だった。

「お久しぶりです。上杉です」

明るい調子の第一声に胸を撫で下ろした。

「実は、いま所用で大阪に来てるんですけど、霧子さんにお目にかかれないかと思って」

千沙はそう言い、

「ぜひ霧子さんのお耳に入れておきたい話もあるものですから」

と言葉を重ねた。

「はあ」

ぼんやりとした声を返す。

あと五分で会議が始まるという午後の時間帯で、霧子の方は気もそぞろだった。意外すぎる相手からの電話に少々戸惑ってもいた。

「霧子さん、お仕事のあとで時間をいただけませんか。私は今夜は大阪に泊まるつもりなんで何時でも構わないんですけど」

妙に馴れ馴れしい口ぶりで、千沙は畳みかけるように言ってきた。「ぜひお耳に入れておきたい話」「何時でも構わない」の二語には有無を言わせぬ響きが籠もっていた。

「今夜は取引先との会食が入っているので、九時過ぎくらいになってしまうんですが、それでもよろしいですか？」

自分より年長でもあり、夫の仕事上のパートナーでもある千沙の誘いを断るわけにもいかない。大阪で用事があったとはいえ、わざわざ連絡してきたとなれば、どうしても話しておきたいことがあるのだろう。

「全然大丈夫です。じゃあ、私の泊まっているホテルにいらっしゃいませんか。梅田《うめだ》駅のすぐそばだし、きっと霧子さんにも便利だと思うんで」

千沙は嬉しそうな声になり、ホテルの名前をあげ、「じゃあ、九時半にロビーに降りておきますから」と言った。

「分かりました。ではのちほど」

霧子はそう答えて、相手が電話を切るのを待った。

九時半ちょうどにロビーに着くと、すでに千沙はフロントの前に置かれたソファに座っていた。霧子を見つけて手を振りながら立ち上がる。細身のジーンズにTシャツというラフないでたちだった。九月に入ったとはいえ、日中は猛暑日に迫る暑さがつづいている。霧子はワンピースの上に薄手の上着を羽織っていた。

「最上階に素敵なバーがあるみたいなの。そこにしませんか？」

千沙が言う。

教室外で、しかもこうした服装の千沙を見ると、別人のように若々しく感ずる。林太郎より二つ年上といっても彼女だってまだ三十を超えたばかりだ。当然といえば当然だろう。

勧めに従って三十六階にあるスカイラウンジに行くことにした。

広いラウンジは空いていた。

一昨年に政権が交代して景気はだいぶ回復してきている。霧子たちが販売に注力する4Kプロジェクターもビジネスユースよりもむしろ個人向けの予約数の方が多くなり始めていた。ホームシアター用で一セット二百万から二百五十万円の高額商品だが、それが都会でも地方でも、富裕層を中心に予想以上に売れている。

ただ、そうは言っても、平日の夜のこうした場所が依然これほどの空席ぶりでは、日本経済の完全復活がまだまだ先の話だろうことはよく分かる。

窓際のソファ席に案内された。テーブルを挟んで霧子が大きな窓を背負って座る。

千沙は生ビール、霧子はジントニックを注文する。すぐに飲み物が届き、まずはグラスを軽くぶつけて乾杯した。

「ごめんなさいね。お仕事で疲れてるときに急に呼び出したりして」

千沙がビールを半分ほど一気に飲んでからそう言った。

「とんでもありません。こちらこそお待たせしてしまって申し訳ありませんでした」

霧子は頭を下げる。

「実はね」

グラスを置いて千沙が真剣な顔になった。

「私、椿体育教室を辞めたの」

えっ、と霧子の口から声が出た。

「辞めたというより、くびになったというべきかな」

千沙は口元を小さくゆがめ、まるで照れ笑いのような微笑を頬に浮かべた。

それから二時間ほど話して霧子は千沙と別れた。

帰りの阪急電車に揺られながら、さきほど千沙が打ち明けてきた話の一部始終をじっくりと反芻し、吟味する。にわかには信じられない内容だったが、かといって千沙がわざわざそんな作り話をするために訪ねて来たとも思えなかった。枚方《ひらかた》に住んでいる大学時代の親友が入院したのでお見舞いのためだと言っていたが、おそらくは霧子に会うのが目的で来阪したのだろう。事の重大性からしてそうに違いない。

だが、林太郎という人がそんなことをするだろうか？

微に入り細をうがった千沙の話を耳にしながらも、その一点がどうしても腑《ふ》に落ちなかった。林太郎とて男には違いない。結婚したばかりの妻と離れ離れの暮らしになり、ついふらふらっと別の女性に気持ちを傾ける可能性は皆無ではないだろう。

だが、そうはいってもよりによってあの亀山幸枝と関係を持つというのはにわかには信じがたかった。上杉千沙は、最初は言いにくそうな様子を滲《にじ》ませていたものの、話が深くなってくると熱に浮かされたように、林太郎と幸枝、さらには仲田夏生まで絡んだ生々しい三角関係の実情を語りつづけた。

「椿先生には何度も意見したんです。こんな状態じゃあとても新しい教室なんてオープンできないし、椿体育教室そのものが早晩行き詰まってしまいますよって。せっかくたくさんの生徒がこの教室を信頼して集まって来てくれているのに、先生は本当にそれでいいんですかって」

呆れた口調で千沙は言い、

「そしたら、なんと私の方が解雇されてしまったんです。椿先生はあの亀山って女のせいで、すっかりおかしくなってしまっています」

かくなるうえは妻である霧子に洗いざらいぶちまけるしかないと決めて今夜こうしてお目にかかることにした、と彼女は言った。

霧子には耳を塞ぎたくなるような中身の話だったが、比較的冷静に聞くことができたのは、何とも知れぬ千沙への違和感と、やはり一番は、あの林太郎がそんなことをするはずがないという強い確信のゆえだった。

ただ、真偽は別にしても現在の「椿体育教室」が大きな内紛の火種を抱え、創業期のメンバーだった上杉千沙を放逐するという異常事態に陥ってしまっているのは事実だろう。あげく、林太郎本人はそれほど深刻な状況を妻である霧子に何一つ知らせてはこない。父の入院で急ぎ帰京し、三日間一緒に過ごしているあいだも彼はそんなことはおくびにも出さなかった。八月末付で上杉千沙を解雇したことも知らせてはこなかった。

父のことでそれどころではないと遠慮したのかもしれないが、それにしても林太郎の予言通り、父の容態はみるまに改善し、霧子が大阪に戻る頃には意識もきれいに戻って、食事もふつうに食べられるようになっていたのだ。その後、電話やメールで相談するくらいできないはずはなかった。

どうして林太郎は何も教えてくれないのだろう?

霧子の最たる疑問はそこにあった。

その週末、九月六日土曜日。

霧子は早朝の新幹線に乗って東京に帰った。仕事は相変わらず忙しかったが、父の見舞いと申告すれば、鬼の遠山課長といえども渋々ながら休暇を認めざるを得ない。

すでに退院している弘之を両国の実家に訪ねた。脳溢血の発作からちょうど一ヵ月が過ぎ、さいわい後遺症も出ず、すっかり元気を取り戻していた。歯科医師会に依頼して臨時の歯科医を派遣してもらい、医院は一週間休診しただけで再開していた。来週からは、弘之も診療に復帰するという。ただ、まだ当分は応援の歯科医師の力を借りての〝慣らし運転〟だと笑っていた。

父や登美子に引き止められて夕方まで一緒に過ごし、林太郎とは中野駅前のいつもの焼肉屋で待ち合わせることにして午後七時前に実家を出た。

店に入ると、林太郎はすでに席についていた。

お盆直前になって大阪近郊でのデモがバタバタと決まり、応援に駆り出されて、結局お盆休みは取れなかった。彼と会うのはほぼ一ヵ月ぶりだ。

ビールで乾杯し、食事の注文をすませてから、

「火曜日に上杉さんが大阪まで訪ねて来たよ」

そのことを初めて口にした。林太郎の目が大きく見開かれる。かなり驚いているようだった。

「あの人、霧子のところまで行ったのか」

啞然とした顔で呟くように言う。

「林太郎さんと亀山さんが関係して、仲田君とも亀山さんはできていて、それで教室はめちゃくちゃになってるって言ってたよ。あげく、亀山さんを辞めさせるようにってあなたに進言したら、逆に自分の方がくびになってしまったって……」

「はあ」

林太郎の重いため息が聞こえる。

「しかし、どうしてそんなすぐばれる噓をつくためにわざわざきみのところまで行くのかな……」

その一言を聞いて、やっぱり真相は別にあるのだと霧子は理解した。そうに違いないと信じてはいたが、心の奥深くでほっとしている自分がいる。

「どうして、話してくれなかったの？」

一番の疑問を霧子は率直に口にする。

「だって、あんまり格好悪い話だし、僕自身、まさかこんなことに巻き込まれるなんて思ってもみなかったんだ。とにかく、どうすればいいか分からなかったし、いまだってこれでよかったのかどうかなんて全然分からない。ただ、何とか新しい教室のオープンにはこぎ着けられたんだから、それでよしとするしかないと思ってるよ」

林太郎は弱り切った顔で言う。そういう林太郎を見るのは初めてだった。

「一体何があったの？」

あらためて霧子は訊いた。

「あったも何も、もう信じられない話なんだよ。とてもきみに相談できるようなことじゃなかった」

ぼやくように林太郎は事の真相を話し始めた。

仲田夏生を正職員として採用したいと提案したところで、初めて彼は仲田と亀山と上杉千沙とがこの数ヵ月にわたってずぶずぶの三角関係に陥っていた事実を知ったのだそうだ。

「仲田を採用しようって言ったら、上杉先生が、だったら亀山さんを辞めさせて欲しいって言い出したんだ。亀山さんが仲田にちょっかいを出してるみたいで、目に余るって言うんだよ。僕なんてそんなこと全然気づいてなかったから、仰天しちゃってさ」

悩んだあげく、林太郎は後輩の仲田を呼んで、事の真偽を確認することにしたのだという。すると、仲田がさらに驚くようなことを口にしたのだ。上杉千沙に誘われて何度か関係を持ったところ、そのことを亀山幸枝に知られてしまい、いまでは亀山と上杉の二人が自分をあいだに挟んで険悪な状態になってしまっている。「先輩、俺はどうすればいいんですかね」と仲田は頭を下げるどころか林太郎に泣きついてくる始末だったという。

「だけど、亀山さんってもう五十歳だよ。二十歳を過ぎたばかりの仲田君とじゃあ、親子ほどの年の差じゃない」

林太郎の話に呆気に取られて霧子は言った。まだ上杉千沙と仲田とがそうなったという方が自然に思える。

「僕にも仲田と亀山さんがどうしてそうなったのか、正直、いまでもよく分からないよ」

「それで、どうしたの？」

「僕とのやり取りを、仲田の奴が亀山さんに全部話しちゃったんだよ。上杉先生が亀山さんを教室から追い払おうとしてるみたいだって……」

「えーっ」

霧子は甲高い声を上げた。

「それで？」

「亀山さんが反撃に出た」

「反撃？」

「上杉先生のだんなさんに手紙を書いたんだよ。あなたの奥さんが勤務先の教師と不倫してるってね。もちろん匿名だけど」

霧子は次第に開いた口が塞がらなくなってきた。

「それで、どうなったの？」

「ここがまた不思議なんだけど、だんなは、そのことを直接上杉先生に確かめたらしいんだ。受け取った手紙まで見せてね」

「何、それ」

林太郎がまたため息をつく。

「それで今度は当然ながら、上杉先生が激怒しちゃったんだよ」

「で、どうしたの？」

「仲田をラブホテルに呼び出して、裸の写真を撮った」

林太郎の一言の意味が霧子にはぴんとこない。

「裸？　誰の？」

思わず訊いてしまう。

「だから、仲田のだよ」

「どうして！」

「そんなの分からないよ。仲田によると、これで最後だって言われたって言うんだ。写真を撮らせてくれたらもう何も言わずにきれいさっぱり別れてあげるからって」

「仲田君、それを真に受けたんだ」

「どうもそうらしい」

ふたたび林太郎は深いため息をつく。

「で、その写真を僕のところへ持って来て、亀山さんを辞めさせないなら、これを教室の生徒たちの家に送りつけるって言うんだよ」

「誰が？」

また訊いてしまった。

「だから上杉先生だよ」

さすがにうんざりした声になっていた。

「それでどうしたの？」

「そんなことされたら大変だからね。亀山さんのところへ行って、とりあえず教室を辞めて欲しいって何度もお願いしたんだ」

「そしたら？」

「すごい剣幕で、だったら逆に上杉先生を辞めさせろって言い出して、そんなのれっきとした恐喝だから警察に相談するって言うんだよ。知り合いに警察官がいるからって。どうやら、彼女の前のだんなさんが警察官だったみたいなんだ」

それは、亀山幸枝の言い分の方が筋が通っていると霧子は思う。

「で、結局どうしたの」

「どうしようもないから、上杉先生のだんなのところへ行って、彼女を止めてくれるように説得したよ」

「そうなんだ。だんなさんは何て？」

「これもびっくりだったんだけど、平謝りに謝ってくれて、千沙にはむかしからそういうエキセントリックなところがあるからって言い訳するんだ。何となくだけど、こういうことは初めてじゃないって感じの口ぶりだった」

そこまで話して、林太郎は残っていたビールを飲み干した。すでに届いている肉の皿には彼も霧子も手をつけていなかった。

「それで、上杉先生に辞めて貰ったんだね」

「ああ。最終的には、亀山さんが言ってたみたいに警察に届けるっていうのがきいたみたいだったけどね。でも、今頃になってきみのところに行くようじゃ、まだ、全然吹っ切れてなんかいないんだろうな」

林太郎は言い、

「あー、本当に憂鬱だな」

とこぼした。思い出してみれば、上杉千沙のたたずまいには一種異様なものがあった。まだまだ安心できないというのは確かだろう。

「仲田君は？」

「あいつは新しい教室に回したよ。上杉先生が紹介してくれた臨床心理の先生と一緒にあっちを切り盛りしてくれてる」

「亀山さんは？」

「彼女はいままで通りだよ。向こうの事務はバイトの子を一人入れたし、こっちはとりあえずいまは僕一人で回してるんだ。そのうちいい先生を見つけて補充しなきゃいけないと思ってるけど」

「じゃあ、仲田君と亀山さんはいまはどうしてるの？」

「さあ……」

林太郎は覚束《おぼつか》ない表情になった。

「上杉先生は人妻だったけど、二人はどっちもフリーだからね。僕がとやかく言うことじゃないだろ」

明らかに、これ以上この件に関わるのはごめんだという雰囲気だった。

「そっか……」

「でも、あの二人、たぶんまだつづいてるんだと思うよ」

林太郎はぽつりと言った。

19

営業行脚に乗り出して半年を過ぎたあたりから、それまでの漠然とした手応えが数字という確実な結果となって目の前に積み上がり始めた。

十月後半からの販売予約数は週ごとに着実な伸びを示すようになり、十一月に入るとその勢いは爆発的になった。それまで冷ややかな視線を注いでいたテレビ事業部生え抜きの幹部たちも新しいプレジデントである辻井幸子の手腕に一目置くようになり、旧来の営業部の面々も新型4Kプロジェクターの売り込みに協力してくれるようになった。誰もが、ようやく4KプロジェクターこそがAVネットワークカンパニー復活の切り札になり得ると予感し始めたのだった。

この新製品は、他の製品と比べて利益率が桁違いだった。全盛期の大型液晶テレビと比較しても利幅はその十倍ではきかないだろう。セット価格二百万円超の商品が予約生産で飛ぶように売れるとなれば、これはもう高級車をヒットさせるのと変わらないほどの利潤を生む。

しかも辻井の戦略は、そうやって手始めにパブリックビューアーやホームシアターとして圧倒的な4K画像を世間に周知させ、最終的には4K大型液晶テレビに作りかえて、大々的に市場に投入しようというものだった。

「これはね、白黒テレビからカラーテレビに変わったときのようなパラダイムの転換なの。わが社独自の画期的な画像創出技術であるフューチャー・ビジョン（FV）を搭載した新型テレビには、これまでのテレビをお茶の間から完全に駆逐するだけの力がある。そのためにもまずは4Kプロジェクターを全力で売って行かなくちゃいけないのよ」

辻井はことあるごとにそう言って部下たちを叱咤《しった》激励している。彼女の事業戦略は「未来テレビ・プロジェクト」と命名され、すでに次年度以降の事業計画が詳細に検討され始めていた。

霧子は十一月の初めに辻井の部屋に呼ばれ、十二月からは現在のデモンストレーション・チームを外れて、辻井直下の新設部署である戦略企画室で働くように命じられた。

「これからは、プロジェクターもそうだけど、本命である未来テレビの宣伝・広報戦略を練り上げていかなくちゃいけないの。プロジェクターを出荷しはじめて一年以内には未来テレビを発売するつもり。できれば来年のクリスマス商戦にぶつけたいと思ってるの。だから時間がないの。製品を知り尽くしているあなたの斬新なアイデアがどうしても必要なのよ」

自分をデモチーム入りさせたのも、ゆくゆくはこういう形で手元に置くための布石だったのだと、一時間近く辻井と話していて霧子は感じた。そうやって一方ならぬ期待を寄せてくれている辻井の存在が、しかし、いまの霧子にとっては次第に重荷になってきていた。

　林太郎の体育教室は、相変わらず順調のようだった。仲田と新任の先生に任せた新しい教室もあっという間に定員がいっぱいになったそうだ。いまのところ上杉千沙によるいやがらせめいたものもないらしい。

　あれ以来、林太郎もこまめに教室の話をしてくれるようになったし、霧子もできるだけ時間を見つけて東京に戻るように努めている。そんなふうに幾分かでも夫婦らしさを取り戻してみると、やはり目下のような別居生活はあまりに不自然だとあらためて気づかされる思いだった。

　十月に入ってすぐ、久しぶりに新垣みずほと会った。かねてから「東京に来るときがあったら、ぜひ会って話したいことがあるから」と言われていたので、霧子の方から連絡して自宅を訪ねたのだ。

　みずほと吉井優也はこの一月に挙式し、いまは飯田橋のマンションに住んでいた。結婚と同時に彼女は仕事を辞めて家庭に入った。

　例の飛び降り事件のあと、みずほはデップとあっさり縁を切って、吉井優也が立ち直るまで献身的に面倒を見た。向こうの両親の信頼も勝ち得て、優也が職場に復帰したのを機に正式に婚約し、ちゃっかりオーナー企業の次期社長夫人の座におさまったのだ。

ホテルオークラでの結婚式はそれは盛大だった。

挙式の時の二人の姿が大きな写真立てにおさまった広いリビングで、霧子は、みずほが妊娠していることを知らされたのだった。

会って話したいことがある、と言われていたのに、妊娠の報告だとは露ほども思っていなかった。反対に、吉井先輩との間に何かあって、その相談だろうかと少し気を揉《も》みながら親友の部屋を訪ねたのだ。

「実はね、赤ちゃんができたのよ。いま四ヵ月」

紅茶を淹れてくれたみずほが、自分のカップに一口つけてからそう言ったとき、霧子はそのことを予想もしていなかった自分自身にショックを受けた。とっさにおめでとうを言い、お互いの近況報告を中心に一時間ほど話したあと、霧子はみずほの身体を気遣って早めに帰ることにした。

飯田橋からの帰り道、出産祝いの品についてあれこれ考えをめぐらせながら、霧子はふと深刻な思いにとらわれた。

自分たちだって去年の九月に式を挙げたばかりの夫婦のはずだった。それがこんな不規則な生活をつづけているうちに、すっかり新婚家庭の初々しさは失われ、いまとなっては結婚しているのかどうかさえ覚束ないようなありさまになってしまった。

幸せそうなみずほの顔を思い浮かべながら、霧子は大げさではなく打ちのめされたような気分に陥っていた。

そういえば、と思い出す。

仕事の都合で二年間だけ林太郎と別居することにした、と大阪赴任の直前にみずほに知らせた折、

「霧子、あんたそんなの駄目だよ。いまからでも断りなよ」

みずほは本気で止めにかかってきた。

男好きで惚れっぽくて飽きやすくて、一見すると彼女はいい加減な女のようだが、よくよく知ってみれば、重大な場面では一歩も引かず、決して他人や環境に流されない、したたかな決断力の持ち主だった。だからこそ、何かと振り回されながらも長年付き合ってきたのだ。

あのときのみずほの忠告を私はどうして聞き流してしまったんだろう?

自分自身の問題というだけでなく、夫である林太郎に対しても申し訳ない気がした。秀才の名をほしいままにし、冷静沈着を絵に描いたような男だと周囲から見做されている林太郎だったが、突然持ち上がった不倫問題への対処ぶりなどを見れば、彼とて完全無欠でないのは明らかだった。

欲望や嫉妬、虚飾や嘘にまみれた大人の現実は、純粋な林太郎にはうまく理解できないふうにも見える。社会に出て間もない自分だって決して大人とは言えないが、それで

もそんな一途《いちず》な夫を守ってやれるのはこの私しかいないのではないか、と霧子は思うのだった。

戦略企画室への異動が決まったのは、十一月十四日金曜日だ。

辻井から内々に聞いてはいたが、この日、上司の遠山から正式に辞令を渡された。

その辞令を社宅に持ち帰って、夜中じっくりと眺めた。戦略企画室に移れば、これまでよりは休暇も取りやすくなるだろう。

「その分、たくさん旦那さんにも会えるじゃない」

辻井にもそう言われたのを思い出した。

でも、私たち夫婦にとって本当に大切なのはそういうことではあるまい。

――十二月一日をもって戦略企画室勤務を命ず。

たった一行だけの文言を何度も読み返しながら、霧子は、この数ヵ月ずっと考えつづけてきたことを明日こそはきちんと林太郎に話さなくては、と覚悟を決めた。

翌土曜日、彼女は東京に帰った。日曜日は仕事だったが、一泊して早朝の新幹線で大阪に戻れば十分に間に合うはずだった。

自宅マンションに戻り、メールで到着を知らせると、授業中のはずの林太郎からめずらしく電話が入った。

「どうしたの？　今週は帰れないって言ってたのに」

意外そうにしているとはいえ、その声は明るい。

「一泊してとんぼ返りなんだけど、どうしても林太郎さんに相談したいことがあるの」

「何？　困ったことでも起きたの？」

途端に心配声になる。

「そうじゃないんだけど、でも大事な話。ご飯を作って待ってるから、教室が終わったら早く帰って来てね」

「分かった」

林太郎はそれ以上は訊かずに電話を切った。

晩は奮発してすき焼きにした。新宿のデパートまで足をのばして、美味しい肉をたくさん仕入れてきた。

林太郎は七時過ぎには帰って来た。1LDKの狭い部屋だが、一緒に小さな卓を囲むとやっぱり気持ちが落ち着いた。こうして毎日、自分の手で作ったものを、仕事から戻ってきた夫と分けあって食べていれば、林太郎と家族になったことをいつでも実感していられるのに、としみじみ思う。二人でいる時間が温かければ温かいほど、大阪でのひとり暮らしの生活が侘《わび》しいものに感じられた。

食事を終えて洗い物を済ませ、コーヒーと一緒に大阪土産のクッキーをつまんだ。

「大事な相談って何？」

林太郎の方から訊ねてきた。

「それがね……」

いざ口にするとなると、なんだか照れくさかった。

「どうしたの？　もったいぶって」

林太郎が怪訝な顔になる。

「ねえ、そろそろ私たちも赤ちゃんを作らない？」

みずほのことがふと頭に浮かんで、「私たちも」と言ってしまった。みずほの妊娠は林太郎にはむろん伝えてある。

「赤ちゃんって……」

今度は林太郎の方が何とも言えない表情になった。

「子供を作るってこと？」

当然のことを確かめてくる。

「そう」

霧子は頷く。

「どうして？」

不思議そうに訊いてくる。

「林太郎さん、怒らないで聞いてね」

霧子はずっと考えてきたことをちゃんと伝えるつもりだった。この人の前では絶対に嘘をつかず、言い逃れはせず、隠し事はしないと決めていた。

「私、いまみたいな生活をやめたいの。ずっとあなたのそばにいたいし、妻としてあなたを支えてあげたいの。でも、大阪に行ってまだ一年にもならないし、実はね、昨日辞令が下りて、十二月から私一人だけ別の部署に移ることになったの。辻井さんの肝煎りで作られた戦略企画室っていう部署で、いまの会社にとってとても大事な仕事をしているところ。だけど、そうなったら最低でもあと一年は大阪で働かなくちゃいけないと思う。もちろん最初から二年はいるつもりだったんだから、当たり前といえば当たり前なんだけどね。辻井さんは私のことを買ってくれているし、彼女の期待に応えたい気持ちは強いの。キャリアを積むためにももっともっと頑張らなきゃいけないんだとも思う。だけど、それでも私はやっぱりあなたのそばにいたいの。辻井さんの期待にそむかないで、そのうえであなたと一緒に暮らすにはどうしたらいいのか、私、この数ヵ月ずっと考えてきた。そしたらね、やっぱり赤ちゃんを作るしか方法がないって気づいたのよ。来月から新しい部署に移って、一生懸命に働いて、そうやっているうちにいつの間にか妊娠してたって辻井さんに言うしかないと思う。それだったら、ある程度は納得してくれるような気がする。もちろんどうしてこんな時期にって思うだろうけど、でも、本気で失望したりはしないと思うの。彼女にしても一度は通って来た道なんだもの。完全に否定はできないでしょう。私たちもいつかは子供を持つんだし、だったら、今この時期でも問題はないと思う。さいわい、教室の経営もうまくいき始めているから、私が一年くらい職場を離れても経済的に困ることもないし、前からあなたが気にしていたような生活の不安はもう解消されてるんじゃないかしら。いろんなことを考えたら、赤ちゃんを作って産休と育休を貰うのが、私には一番やりやすい方法のような気がするのよ」

霧子の長々とした話を、林太郎は真剣な面持ちで聞いていた。途中で口を挟むことは一度もなかった。

話し終えたあとも、考えを煎じ詰めるようにしばらく黙り込んでいた。そして、

「霧子の言っていることはよく分かるよ」

と彼は静かに言った。

「たしかに、結婚してわずか半年余りで夫婦が別居生活をするのは不自然だと思うし、僕にしたって実際にやってみるまで、正直なところ、こんなにさみしいものだとは思わなかった。あのときは大阪行きを勧めたみたいになったけど、いまにしてみれば我ながら浅はかだったという気がしてるよ」

林太郎は淡々と話す。

「だけど、霧子」

そこで彼は小さく息を吸った。

「だからといって、僕たちが一緒に暮らすために、その手段として子供を作るっていうのは、ちょっと違うんじゃないかって思うよ」

　当然予想される反論を林太郎は口にした。

「林太郎さんがそんなふうに言うのは分かってた。親たちの都合だけで子供を作ろうだなんて、自分勝手にもほどがあるって叱られるだろうなって。でもね、今後の私自身のキャリアと私たちの暮らしとを一番いい形で両立させていくには、いま赤ちゃんを作るのがベストだって私は思ったの。これはただの思いつきなんかじゃなくてね、何ヵ月も考えに考えた末にたどり着いた結論なの。だからね、林太郎さん。林太郎さんも頭ごなしに駄目だって言わないで、ちょっとだけ考えてみて欲しいの。そこまで霧子がどうしてもって言うのなら、思い切って彼女の提案に乗ってみてもいいんじゃないかって、そんなふうに自分自身が気持ちを切り替えられないのかどうか、お願い、少しでいいから林太郎さんにもしっかり考えてみて欲しいの」

　霧子は本気の思いを言葉に籠めるだけ籠めて、そう伝えたのだった。

20

僕もしっかり考えてみるから少し時間をくれないか——という返事を貰って霧子は一

泊だけで大阪にとんぼ返りした。

その週は、博多と小倉《こくら》に二泊三日で出張し、大阪に戻って来たのは十一月二十一日金曜日の夜だった。

霧子にとっては榊原と一緒に回る最後の出張だった。帰りの新幹線の中で、ささやかな二人きりの送別会を開いてもらった。大量のつまみと弁当、ビールを買い込んで博多から新大阪までの二時間半余り、大いに食べて飲んだ。

来年四十に手が届く榊原とは一回り以上の年齢差だ。叩き上げの営業マンである彼にすれば右も左も分からない若手社員とチームを組まされて、さぞや面倒で迷惑だったろうと思う。しかし、榊原は一度だって霧子を半人前扱いしたことはなかったし、血相を変えたり声を荒らげて叱責するようなこともなかった。

半年余りの短い期間だったが、営業の要点をみっちりと教え込んでくれた。

「戦略企画室に行っても、頭でっかちのエリート社員にだけは絶対になるなよ。数字ばっかりにらんで現場感覚を失《な》くしてしまったら元も子もないんだからな」

榊原はそう繰り返し、別れ際に、

「何か困ったことがあったら一人で悩むんじゃなくて、いつでも相談に来いよ。俺も遠山課長も、澤村のことはこれからもずっと仲間だと思っている。たいがいのことは助けてやるからな」

と言ってくれた。

霧子は「本当にお世話になりました」と言って、深々と一礼した。涙ぐみそうになってしばらく顔を上げることができなかった。

豊中までの帰路、がらがらの電車に揺られながら一週間前の林太郎の言葉を思い出していた。「僕もしっかり考えてみる」と約束してくれてから、

「でも、辻井さんだって三十歳で最初の子供を産んだんなら、霧子も何も急ぐ必要はないと思うよ。三十まではあと五年もあるんだし、だったら、いまは辻井さんの期待に応えておく方がいいんじゃないかな。実際、赤ちゃんができたら最低でも一年近くは休むことになるだろうし、会社に復帰してからも当分は制約を受けると思う。辻井さんの下でもう少し実力をアピールしておいた方が今後のためには得策だと思うけどなあ……」

と言っていた。

たしかにいま「未来テレビ」のプロジェクトを去るのはいかにも惜しい。

榊原課長代理と一緒にさまざまなショップを巡り、店主たちや各地の営業所の面々と話していると、現在の会社の問題点はたった一つに集約されると身にしみて分かった気がした。

営業所もショップの店主たちも、ただひたすら、

――ずば抜けた製品を作ってくれ。

と念じているのだ。

「百万だって二百万だって、値段はどうでもいいんよ。とにかく、世間をあっと言わせるような、これっていうすごい製品を出してくれよ。他のメーカーじゃあ絶対に作れないような、そういうとびっきりの製品さえ作ってくれれば、俺たちは幾らだって売ってやるよ」

そう断言するショップ店主が一体何人いたことか。榊原や遠山を含む根っからの営業マンたちにしても同様のことをいつも口癖のように言っていた。

そういう彼らの期待に十分に応えられるのが「未来テレビ」なのだ。

この半年、中国・四国・九州を回って何度も何度もデモを重ねてきたが、中山と茂木が開発したFV搭載の4Kプロジェクターへのショップ側の反応はすごかった。誰もが「これならいける」と太鼓判を捺してくれた。他のチームが行なった各地のデモの感触も同様だったという。

その肝腎要の「未来テレビ・プロジェクト」の中心メンバーに自分は抜擢《ばつてき》されたのだ。林太郎の言うようにそんな願ってもないチャンスを自らふいにする必要が本当にあるのだろうか？

だが、一方で、大事な夫である林太郎をいまのような状態で独りぼっちにさせておくのはどうしても嫌だった。そこは何があっても変わることはない。

焦っているのかな？

そう思うときもしばしばある。

いつぞや辻井に言われたように、長い結婚生活を思えば、一年や二年、夫婦が別々の場所で暮らしたとしてもさほど問題ではないのかもしれない。

それでも何かがひっかかって仕方がないのだ。思い出してみれば、あの上杉千沙が訪ねて来た日をさかいに、そのひっかかっているものが二倍、三倍にも感じられ始めている。

林太郎と話していると、たまに彼がどこか違うところを見ているような気にさせられる。

霧子のキャリアのためなら一時的な別居はやむを得ないし、子供を作るのだって先延ばしにすべきだと彼は言う。それはそれでもっともなのだが、そうやって距離を置くことで霧子との絆《きずな》をこれ以上強くしないようにと計らっているような、そんな気配がそこはかとなく感じられる。

林太郎は私のことを本当に愛しているのだろうか？

つづめて言えば、その一点に霧子の不安のおおもとがあった。深く愛されているという確信さえあったならどんなことでも乗り切っていけるはずだ。

その確信がいまの霧子にはどうしても持てない。

林太郎から電話が入ったのは、マンションに帰りついた直後だった。すでに日付は変わって二十二日土曜日になっている。明日の日曜日が勤労感謝の日で、今日から月曜日まで三連休だった。霧子も昼の新幹線で東京に戻ることにしている。

「むーちゃんがお店で倒れたよ」

通話ボタンを押して携帯を耳に当てると、林太郎の沈んだ声が聴こえてきた。

「倒れた？」

霧子は携帯を握り直して訊いた。

「ちょうど店で晩御飯を食べていたら、厨房で騒ぎが起きて、駆けつけたらむーちゃんが胸を押さえてうずくまってたんだ。さっきまで病院に行ってた」

「心臓？」

「うん。軽い心筋梗塞だったみたいだ」

「で、いまはどうしてるの？」

「血流を改善する薬を点滴してもらって眠ってるけど、救急車の中でも意識はしっかりしてたし、病院に着いてからもちゃんと話はできたよ」

「よかった……」

どうやら大事に至らなかったようだと、霧子はほっと一息ついた。

「いよいよ、来るべきものが来たんだと思う」

しかし、林太郎は相変わらず消沈した声のままだった。

「来るべきものって……」

奇妙なセリフに聞き返した。

「霧子が帰ってきたら一緒に病院に行こう」

質問には答えずに林太郎は言った。

「お医者さまは何て言ってるの？」

念のために確かめてみると、

「医者は、発見が早かったからもう心配ないって言ってるけどね」

林太郎にしてはめずらしく投げやりな物言いだった。

そうやって、どこか釈然としないやりとりのまま林太郎との電話は終わった。

軽い心筋梗塞で、意識もちゃんとしていて、治療も受けているのであればさしたる心配はないだろう。それにしては林太郎が動揺している気配があって、霧子には不可解だった。むーちゃんは林太郎にとって特別な存在だった。傍にいても、まるで実の祖母と孫のように見える。もう七十半ばの年齢だけに、軽い発作といっても林太郎には気が気ではないのかもしれない。

八月、父の弘之が脳溢血で倒れた際のことを思い出して、霧子はそんなふうに自分を納得させた。

その日の夕方、仕事を早く切り上げた林太郎と一緒にむーちゃんのお見舞いに行った。

第一教室は相変わらず林太郎一人で切り盛りしているが、いまは数人のアルバイト教師を雇っているので、そんなふうにたまに早く出ることもできるようになっていた。事務は亀山幸枝が取り仕切り、例の事件後も何度か顔を合わせていたが、別段変わった様子もなかった。仕事にも慣れて、すっかり「椿体育教室」の一員という印象だった。林太郎によると、仲田君との関係は続いていて、「いまじゃあ半同棲って感じみたいだよ」とのことだ。

そういう目で見れば、亀山さんはますます若返り、美しくなっている気がする。

荻窪《おぎくぼ》にある病院に着いたのは七時前だった。外来は終了しているので、夜間通用口から入る。むーちゃんの部屋は最上階、十一階にあった。

窓が大きく、応接セットが据えられた立派な部屋だった。

その広い病室の真ん中のベッドにむーちゃんはちょこんと座っていた。

点滴スタンドはあったが、点滴バッグはない。薄いグレーのパジャマを着て、にこにこ顔で霧子たちを迎えてくれた。

「霧子ちゃんまでわざわざ来てくれて、悪いねえ」

顔色もふつうで、いつも通りの溌剌とした雰囲気だ。

「すごいお部屋ですね」

霧子はぐるりを見回して感嘆の声を上げる。

「どうせ最後なんだから、一番高い特別室にしたんだよ」

笑顔のままでむーちゃんは言った。

霧子はちょっと返事に詰まる。隣の林太郎は当たり前のような顔でむーちゃんを見ていた。

「そうそう。林太郎」

その林太郎に向かってむーちゃんが話しかける。パジャマのポケットから何やら紙片を取り出して、

「これ、渡しておかないとと思ってね」

と差し出してきた。林太郎はそれを黙って受け取った。

「その高頭《たかとう》さんという弁護士さんに連絡してくれたら、全部分かるようになってるから。そのときが来たら、できるだけ早く知らせてあげてね」

むーちゃんは言った。

「前にも一度言った通りで、私の財産は一切合財、林太郎に譲るからね。そういうことを全部やってくれるように、高頭先生にお願いしてあるんだ。店のこともあんたが好きにしていいよ。処分してもいいし、まさか自分でやるわけにもいかないだろうから、誰かに継がせてもいい。林太郎がオーナーになれば、店はいままで通り、変わらず繁盛し

つづけるだろうからね」

林太郎はむーちゃんの話を聞きながら、二つ折りの紙片を開いて、書かれている文字をじっと見ていた。しばらくして顔を上げ、

「分かったよ。あとは俺が引き受けるから」

とむーちゃんに言った。

「頼んだよ」

むーちゃんは林太郎の目を見据えて、腹の底から絞り出すような声で言った。

林太郎は黙って深く頷き、紙片を上着の内ポケットに大事そうにしまった。

霧子は、二人がどうしてそんな深刻なやりとりをしているのかわけが分からなかった。むーちゃんの財産がすべて林太郎に渡るというのも驚くべき話だったが、それより何より、これではまるでむーちゃんがいまにも死んでしまうみたいではないか……。

「ねえ、二人とも一体どうしちゃったの？」という言葉が喉元まで出かかったが、しかし、目の前のむーちゃんと林太郎は、それを口にするのが憚られるような厳粛さを醸し出している。

「霧子ちゃん」

唖然としていると、むーちゃんに名前を呼ばれた。

「はい」

小さく返事をする。

「私はもうそろそろお迎えが来そうだけど、この林太郎のことを末永くよろしく頼むよ」

「むーちゃん、そんな縁起でもないことを言わないで下さい」

霧子はようやく思いの一端を言葉にした。

「むーちゃんも林太郎さんも、さっきからちょっとヘンですよ」

そう付け加えて、

「ねえ、林太郎さん、どうしちゃったの？」

努めて明るい口調で問いかける。

林太郎は無言のまま、霧子に顔を向けた。

「霧子」

と低い声で言う。眉間に深い皺が刻まれていた。林太郎のこんな怖い顔を見るのは初めてだった。

「むーちゃんにあの歌をもう一度歌って貰わないか」

しかし、彼が口にしたのは予想もしなかった一言だった。

「あの歌？」

びっくりして鸚鵡《おうむ》返しになった。

「うん」

林太郎の顔はもうふだんのそれに戻っている。あの歌というのは、披露宴でむーちゃんが歌ってくれた「アメイジング・グレイス」に違いない。

「むーちゃん、歌ってよ」

霧子の返事も待たずに、林太郎は甘えるような声音でむーちゃんに言う。

むーちゃんは、ふぅと小さな息をついて、ゆっくりとベッドを降りた。一歩一歩確かめるような足取りで、すでに暗くなっている窓辺へと歩み寄り、そしてしばし窓の外の闇なのか、窓ガラスに映っている自身の姿なのかを眺め、おもむろに霧子たちの方へと振り返った。

細い腕を胸前まで持ち上げ、左右の手を祈りを捧《ささ》げるように組み、目を閉じて、むーちゃんは静かに歌い始める。

Amazing grace, how sweet the sound
That saved a wretch like me.
I once was lost, but now I'm found,
Was blind, but now I see.

一度だけ、披露宴の席で歌ってくれたその歌声が耳の奥によみがえってくる。

だが、調べの清らかさ、重々しさはあのときをはるかにしのぐものだった。

霧子は深い感動をおぼえながら、隣に立つ林太郎の顔をそっと覗き見た。

林太郎は目を見開いて、歌い続けるむーちゃんの姿を見つめている。

その瞳にはうっすらと涙がにじんでいる。

21

翌朝、午前四時を回った時分に林太郎の携帯が鳴った。

林太郎と霧子はほとんど同時に起きた。林太郎はベッドを出て、壁際の低い本棚の上に置いてある携帯を取り上げた。

「はい。分かりました。いまからすぐに伺います」

簡単なやり取りで電話は切れる。霧子も起き出して、部屋の明かりをつけ、林太郎の様子を見ていた。

「看護師さんが病室に行ったら、むーちゃんの呼吸が止まっていたそうだ。ついさっきお医者さんが死亡を確認したらしい」

淡々と林太郎は言う。

「そう……」

霧子には何も言うべきことがなかった。電話が鳴った途端、眠りから一瞬で目覚め、そのときにはむーちゃんが亡くなったことが彼女にも分かっていた。

私はいま、奇跡というものを体験しているのだ……。

ふいにそんな気がした。

数時間前、朗々とした美声で「アメイジング・グレイス」を歌ってくれたむーちゃんがいまはもう冷たいむくろと化して、あのだだっ広い部屋のベッドの上に横たわっているのだ。

それだけでも十二分な奇跡に違いないと霧子は思った。

人の死はきっと奇跡なのだ。そして誕生もまた奇跡なのだろう。

いまだかつて味わったことのない思いが霧子の胸にこみ上げてきていた。

むーちゃんは、彼女自身が予言したとおりにこの世を去った。自らの死期を覚《さと》る人はまれにいると聞く。そういう奇跡の業をあのむーちゃんもまたなしとげたということなのか。

それにしても……。

霧子は、「むーちゃんがお店で倒れたよ」と電話してきた折の林太郎の言葉を反芻する。

「いよいよ、来るべきものが来たんだと思う」

彼は確かにそう言った。

どうして林太郎はむーちゃんが死ぬことを知っていたのだろうか？

むーちゃん本人が、「そろそろお迎えが来そうだ」と直感するのは分からなくもない。だが、あんなに元気そうで、医師でさえも「発見が早かったからもう心配ない」と言っていたむーちゃんの死期を、なぜ林太郎は察知することができたのか？

彼が、霧子に電話を寄越《よこ》したのは、病院から帰宅したあとだった。病室でむーちゃんから、何か示唆を受けてでもいたのだろうか？

林太郎は落ち着いた様子で着替えを始めていた。

霧子も急いで身支度にとりかかった。

むーちゃんのお通夜は翌二十四日月曜日に、葬儀は二十五日火曜日に執り行なわれた。月曜日は振り替え休日だったこともあって、ものすごい数の弔問客が落合《おちあい》にある葬儀場に集まってきた。中野サンモールの顔役的存在であり、大勢の人たちに愛されていたのだから当然ではあったが、そうは言っても焼香に並んだ人々の長蛇の列に葬儀社の人たちでさえ舌を巻いていたほどだった。

喪主は林太郎が務めた。高頭弁護士に連絡すると、「喪主は椿さんにしてほしいと故人は遺言されています」と申し渡されたのだ。

葬儀の日、林太郎は仕事を休んだ。教室のオープン以来、初めての欠勤だった。むろん霧子も帰阪を一日遅らせて葬儀に出席した。

誰よりも悲嘆にくれていたのは仲田夏生だった。

通夜の席でも声を殺して泣いていたが、告別式の日、葬儀場に併設された火葬場でむーちゃんの棺を炉の中へと送り出すときはあたりをはばかることなく号泣していた。亀山さんはそんな彼に寄り添い、仲田君は彼女に取りすがるようにして嗚咽《おえつ》していたのだった。

初七日の法要を済ませて、親しかった人たちで食卓を囲んだ。サンモール商店街の仲間たちや「むーちゃん」の常連も顔を揃えていたが、近親者は誰も姿を見せていなかった。

冒頭、喪主である林太郎が簡単な挨拶をした。

「むーちゃんは、もとはかなり有名なオペラ歌手でした。三十半ばのときに若いだんなさんと一緒になり、病弱なその人の面倒を見るために歌を捨ててお店を始めたんです。むーちゃんの料理があんなふうだったのは、身体の弱いだんなさんに少しでも栄養をつけて貰おうと、料理にいろんな工夫をしていたからでした。好き嫌いの激しかった彼の口に合うようにと、エスニック料理なんていう言葉さえなかった時代に、世界中からスパイスを取り寄せて、むーちゃんはさまざまな料理をあみだしていきました。結婚生活はたった五年だったそうです。きっと今頃は、何十年ぶりかで愛するだんなさんに再会して、また美味しい料理を振る舞ってあげていることでしょう。がらっぱちで男勝りで口は悪かったけれど、あんなに心根のやさしい人に出会ったのは初めてでした。ここにお集まりの皆さんも、思いは同じか、それ以上だったろうと思います。めそめそしたことが大嫌いで、つらいときこそ笑っているんだよっていつもみんなを励ましてくれた人ですから、今日はそんなむーちゃんの豪快なエピソードを肴《さかな》にじゃんじゃん飲んで、がんがん食べて、彼女の長かった人生を大いに祝福したいと思います」

大きな拍手が起きて、次々に瓶ビールの栓が抜かれた。

宴はそのあとも、場所を葬儀場から「むーちゃん」に移して引き続き行なわれた。遺影を真ん中のテーブルに飾って、それを取り囲むようにみんなが座った。

霧子がびっくりしたのは、亀山さんが厨房に入って料理を作っていたことだった。聞けば、この夏、上杉千沙とのトラブルが一応の解決を見た時期から、亀山さんは「むーちゃん」でたまにバイトをしていたらしい。

「教室が終わってから？」

霧子が料理運びを手伝いながら訊ねると、

「ええ。夏生君がむーちゃんの料理が一番好きだって言うんで、無理を言ってお手伝いさせてもらっていたんです。少しでもむーちゃんの味に近づければいいと思って」

亀山さんはちょっと照れくさそうに言った。

亀山さんの料理は、むーちゃんのものとはやや違ったが、それでも十分に美味しかった。

「どこかで修業してたんですか？」

誰かに訊かれて、

「若い頃、大阪のホテルでコック見習いみたいなことをしてた時期があって」

ますます照れくさそうに彼女は答えていた。

料理がおおかた出揃うと、全員で献杯した。献杯の音頭はサンモール商店街の会長をやっている大河内《おおこうち》さんがとってくれた。大河内さんは唯一むーちゃんより古株の商店主で、大きな果物屋をサンモールでやっている。

「むーちゃんのだんなのアキオちゃんは、そりゃあ水もしたたるようないい男でね、むーちゃんより十も若かったんだ。むーちゃんも美人だったし、この界隈じゃあ評判の夫婦だったよ。むーちゃんのアキオちゃんへの献身ぶりは、傍で見てても涙ぐましいくらいだった。そのアキオちゃんが三十になるかならないかの若さで死んじまって、一度は店をたたむって言い出したんだ。それを商店街のみんなで寄ってたかって止めに入って、何とか思いとどまらせた。あのままむーちゃんの好きにさせてたら、それこそ、あとを追いかけていきそうな気配でね。本当におっかなかったもんだよ。でもなあ、大事な大事なアキオちゃんのところへようやく行くことができて、むーちゃんはさぞやほっとしてるんだと思うよ。そう考えるとね、あんときの俺たちは、ちょいと余計なことをしちまったんじゃないかって、そういう気もいまになってしてくるんだよなあ……」

大河内さんは懐かしむような声でそう言って、

「むーちゃんとアキオちゃんにけんぱーい」

ビールグラスを掲げて献杯の発声を行なった。

むーちゃんを最後に見舞った晩、帰り道で入ったファミレスで、霧子は林太郎からむーちゃんの過去を詳しく聞かせてもらっていた。

むーちゃんと夫のアキオさんが知り合ったのは銀座《ぎんざ》のクラブでだったという。たまま訪ねたその店でピアノを弾いていたアキオさんにむーちゃんが一目ぼれしてしまったのだ。当時、アキオさんはまだ大学院に籍を置く建築家の卵だった。彼は学資を稼ぐ目的で毎晩、その店でピアノを弾いていたのだった。

「実は、アキオさんには妻子がいたんだよ。それもあって建築の勉強だけしてるってわけにもいかなかったらしい」

結局、十歳も若い相手と恋仲になり、むーちゃんは、妻子からアキオさんを奪い取ってしまった。

二人が一緒になるにあたっては、アキオさんやその妻の実家も巻き込んで、かなりのすったもんだがあったようだ。

「それでむーちゃんはきっぱり歌を捨てて、アキオさんの学資を稼ぐのと向こうの妻子への仕送りのために店を始めたんだよ」

最初の店は、赤坂《あかさか》のサパークラブだったという。歌手時代の贔屓筋《ひいきすじ》にも声をかけまくってあっという間に繁盛店に仕立てたそうだが、店が軌道に乗ってほどなく、アキオさんの病気が見つかってしまう。

「何の病気だったの？」

霧子が訊くと、

「膠原《こうげん》病の一種だったみたいだけど、重くてしかも進行が速かったらしい」

林太郎は言った。

むーちゃんが妊娠していることに気づいたのは、アキオさんの発病とほとんど同時期だったそうだ。

「前の奥さんたちを不幸にしてしまった以上、絶対に子供だけは作らないって決めてたらしくて、アキオさんの病気のこともあったから、むーちゃんはせっかくのおなかの子供をおろしてしまったらしい。しかも、アキオさんには妊娠したことさえ知らせなかったようなんだ」

しかし、この決断がその後のむーちゃんを苦しめつづけることになった。

――どの面さげてって思ったのさ。小さい子供を抱えて置き去りにされた先の奥さんの気持ちを考えてね。でも、そのあとだんだんなの病気がどんどん進んでさ、ああ、自分は何て馬鹿なことをしたんだろうって思ったよ。あの子はこの人の子供だったんだ、それを黙っておろすなんて、どうしてそんな浅はかなことをしたんだろうってね。あげく、私の手前勝手な料簡《りょうけん》で殺されたあの子のことを考えると、千遍詫びても万遍詫びても詫び足りやしないよ。

むーちゃんはよくそう言って涙をこぼしていたのだという。

子供を失い、アキオさんを失って二十年以上の歳月が流れたある日、たまたまアルバイト募集で面接に来た青年を見て、むーちゃんはそれこそ雷に打たれたような衝撃を受けたのだった。

「僕を見た瞬間に、生まれ変わりだって分かったって言うんだ」

林太郎がそう口にしたとき、霧子はよく意味が分からなかった。

「生まれ変わりって？」

思わず問い返すと、

「だから、僕が、むかし流してしまった我が子の生まれ変わりだって思ったらしいんだ」

林太郎は言い、

「僕の方は、そんなふうには全然感じなかったんだけどね」

と付け加えたのだった。

「林太郎さんがアキオさんに似てたんじゃない？」

霧子は誰でもすぐに思いつきそうなことを言ってみた。

「なるほどぉ」

すると、林太郎は意外なほど感心した様子になった。

「アキオさんの写真とか見たことないの？」

「ぜんぜん」

どうやら彼はいまのいままでそのことに気づいていなかったようだった。

「じゃあ、林太郎さんが生まれたときの話はしたの？」

今度はそう訊ねてみる。

「うん。したことあるよ」

「だったら、その話もむーちゃんがそんなふうに信じ込む大きな根拠になったかもしれないよ」

「それはどうかなあ」

しかし、林太郎はそれには首を傾《かし》げてみせたのだった。

「むーちゃんが僕を生まれ変わりだと言い出したのは、そんな話をする前だからね」

「でも、やっぱりそうに違いないって確信は深めたんじゃない」

「それはそうかもしれないけど……」

彼は一応は頷いたあと、

「でもそういうのって、一瞬で分かることだと思うんだ。いろんな話を聞いているうちに分かってくるようなことじゃないと思う」

と言った。

それからしばらくは、むーちゃんにまつわる思い出話を聞いていた。食事も終わり、そろそろ席を立つという段になって、霧子は確かめたかった点をさりげなく訊ねてみた。

「じゃあ、林太郎さんは、むーちゃんの言ってることって本当だと思ってるの」

「むーちゃんの言ってることって？」

林太郎が怪訝な表情になる。

「だから、林太郎さんが生まれ変わりだっていう話」

例によって彼はしばし思案気に黙った。そして、

「もしかしたら、そういうこともあるのかもしれないって僕は思う」

と言い、

「でも、一番大事なのは、むーちゃんがそう信じているってことじゃないのかな」

と付け足したのだった。

22

先端技術総合研究所を訪ねるのは三月以来だった。あのときは行き先も知らされぬままに辻井に連れてこられたが、今回はAVネットワークカンパニーの戦略企画室の一員として正式に中山たちに招かれての訪問だった。

あれからわずか九ヵ月しか経っていないとはとても思えない。網膜認証装置の前に自らが立ちながら霧子は我が身の変転に驚きを禁じ得なかった。

前回同様、中央棟四階の部屋に入ると、中山と茂木が待っていた。

こちらは辻井以下、企画室のメンバーが三人。室長の三谷《みたに》、技術担当の山田《やまだ》、そして広報担当の霧子だった。

前回と明らかに違うのは、迎える中山たちも、訪ねて来た辻井たちも浮かない顔をしていることだった。霧子は未来テレビの試作機を見るのは今回が初めてだったが、辻井、三谷、山田はすでに何度も、ここで試作機のデモを経験している。

「ただのバグじゃないって、どういうこと?」

辻井はいつにない厳しい調子で中山に話しかける。

「ついこのあいだまではすごく順調だって言ってたでしょう。それが急にこういう話になるなんて全然納得できないのよ」

「まことに申し訳ありません」

中山が恐縮しきった様子で頭を下げる。となりの茂木も神妙な顔つきで下を向いていた。

「とにかく絵を観せてもらえませんかね」

室長の三谷が、とりなすような口調で中山に言う。

「百聞は一見に如《し》かずですから」

すでに開発の最終段階に入っている未来テレビの不具合について中山が連絡してきたのは週末のことだった。

試作機による数度のデモンストレーションで、その見事な絵作りに大満足していた辻井たちは、突然のトラブル報告に面食らった。しかも、その内容を伝える中山の説明がまったく要領を得なかったのだ。

未来テレビの開発にあたっては、新型プロジェクター以上の高精彩を目指し、液晶パネル用FVの改良に中山たちは全力で取り組んでいた。年内には作業が終了し、一年後のクリスマス商戦での発売に向けて少なくとも三月中には量産機の完成にこぎ着ける計画だ。当初の目標は確実にクリアできると、半月前に技術担当の山田から最終報告が上がってきたばかりだった。それがこの土曜日になっていきなり、「原因不明のゴースト現象が出ていて、その究明に時間がかかりそうだ」という中山のメールが直接辻井宛に届いたのだった。

むろんすぐに辻井は中山に連絡を入れた。

「一体どういうゴーストが出てるのよ。前回のデモのときはそんなこと何にも言ってなかったじゃない」

辻井が質すと、中山は弱り切ったような声で、

「それが口では何とも説明しようのないものでして……」

と言うばかりだったらしい。

そういうわけで急遽《きゅうきょ》、クリスマスイブの今日、辻井以下、戦略企画室の面々が先端技術総研を訪ねることになったのだった。二十三日の天皇誕生日まで三連休を取って東京に戻っていた霧子も辻井本人から携帯に電話を貰って、この訪問に同行することになった。

今月から戦略企画室に異動した霧子は、さっそく辻井の下で秘書役のようなことをやらされていた。

さらに奥の別室に通されると、そこには五十インチの液晶テレビが一台据えられてい

た。見た目はごく普通のテレビと変わりはなかったが、霧子は初めて見る試作機を前に緊張した。

試作機の周囲に一同が集まったところで、中山が手にしていたリモコンをテレビに向ける。電源が入り、画面がパッと明るくなった。NHKの総合放送が浮かび上がって来た。クリスマスイブとはいえ平日の水曜日だから、いつものレギュラー番組のようだ。昼どきとあって、スタジオにゲストを呼んでのトークショーだった。今日のゲストは朝の連続テレビ小説で主人公の父親役を演じているベテラン俳優だ。

その画像を一目見た瞬間に、霧子は画質の素晴らしさに目が釘付けになった。新型プロジェクターのデモンストレーションで、あれだけFV搭載の4K画像に慣れているはずなのに、それでも液晶画面に映る画像の美しさは圧倒的だった。

「すごいですね……」

思わず呟いてしまう。

喋っているベテラン俳優の顔がアップになると、その顔に刻まれた皺の一本一本までがくっきりと見て取れた。3Dをあっさり凌駕《りようが》するほどの立体感が生まれている。

大型のスクリーンに新型プロジェクターで映し出された映像も見事だったが、見慣れた液晶パネルの中にこれほどの精度の画像が現われると、従来のテレビとの違いが否応《いやおう》なく際立ってくる。

まさしく未来テレビだ。

霧子は胸の内で快哉を叫んでいた。このテレビは、もういままでのテレビの範疇《はんちゅう》を飛び越えている。これだけ優れた商品が消費者の心をわしづかみにしないはずがなかった。

「この番組は生放送なので、ちょうどいいと思います」

中山がくぐもった声で言う。

「画面をよく見ていて下さい」

ベテラン俳優が司会のアナウンサーの質問に答えて、撮影が進んでいる朝ドラの舞台裏を面白おかしく紹介していた。

三分ほど経った頃だろうか。目を凝らしていると、喋っている俳優やアナウンサーの輪郭が次第にぼやけ始めた。ぼやけ始めたというよりも、何と言えばいいのだろう、彼らの全身からうっすらと霧か靄《もや》のようなものが立ちのぼり始めたのだ。俳優の上半身からは緑色の靄が、アナウンサーの身体からは青い靄のようなものが湧き出しているのが分かる。

「このゆらゆら揺れてる湯気みたいなものは何なの？」

辻井がテレビに近づき、俳優の肩のあたりを指差して言った。言われてみれば確かに「湯気みたいなもの」と表現できるかもしれない。それこそ沸騰したやかんの口から吐き出される湯気のようなものが俳優やアナウンサーの周囲でゆらめいている。

真夏のアスファルトで熱せられた大気が作る陽炎《かげろう》や逃げ水のようでもあった。

「このゴーストをどうやっても取り除けないんです」

中山が悔しさを滲ませた声になって言う。

「先週、FVの精度をさらに上げて視聴実験をしたんです。画像のキレは格段に改善して、それはご覧の通りなんですが、いつも通りにHDのビデオカメラで撮影したデータを繋いで再生してみたら、こういうもやもやが現われたんですよ。生放送の番組でも、こうやってしばらくすると出てくる。いまは人間だけですが、たとえば植物や動物の画像でもゴーストが出ることがある。何らかの信号反射と考えてずっと原因を探っているんですが、幾ら調べてみてもよく分からない……」

「こりゃあ、まるで光背みたいな感じですね」

三谷が言った。

「コウハイって？」

辻井が問い返す。

「ほら、仏像なんかの後ろについてるあれですよ。俗に言うとオーラっていうんですかね」

「オーラ……」

辻井が呟いた。

実は霧子も、俳優や司会者の周囲から発している青や緑のゆらゆらを認めた瞬間に、真っ先に想起したのは「オーラ」という一語だった。

「もしかしたら、動物や植物が発するかすかな電気エネルギーをFVが拾ってしまっているのかもしれないとも思いまして、ずっとデータの解析をしているんですが、原因は特定できません。そもそも元データであるテレビ放送やビデオカメラにそんなものが記録されているはずがないわけで、それを基礎として画像処理を行なっているFVがそういうものを感知してしまうというのも理屈には合わない話です」

茂木が困惑の表情で説明した。中山がそれを引き取り、

「要するに、いまのところ、これが一体いかなる現象なのか、原因がどこにあるのかまったく摑めていないんです」

と言う。

「先月私たちが見せて貰った映像にはこういうのは映ってなかったわよね」

「はい」

「だとすると、その後のFVの改良過程で問題が出て来たってことでしょう」

「一応はそうなんですが……」

「一応？　一応ってどういうことなの？」

中山の歯切れの悪さに、辻井が鋭い口調で問い返す。

「いや、それが……」

中山は言い淀《よど》んでしまった。

「我々もですね」

今度は茂木がふたたび口を開いた。

「前のバージョンであれば問題はなくなると考えて、実は、以前の試作機に戻してみたんですが、厳密にチェックしていきますと、やはりこの種のゴーストが出現してしまうことが分かりまして……」

「それってどういうことなんですか」

技術担当の山田が訊いた。

「これまでの視聴実験でも、テレビ放送やディスク、ビデオで撮影した映像などをデータとして使用してきたのですが、この改良型FVでこうしたトラブルが出たものですから、以前の試作機でも、ビデオで撮影した新しい素材を使って実験をやり直してみたのです。というのもこの種のゴーストが最も顕著に現われるのは、いま映っている生放送もそうなんですが、それ以上に、市販のビデオカメラで撮影した新鮮なデータなものですから。そうしますと、他の試作機でもやはりゴーストが出てしまいまして……」

「あのお。茂木さんがおっしゃっている意味がよく分からないんですが……」

霧子が初めて口を開く。

辻井や三谷、山田も同感の様子だった。

「つまり、撮れたてのビデオカメラの画像を映すと、こういうオーラみたいなものが必ず出てしまうってことですか」

「そういうことになります」

「それってどうしてなんでしょう？」

中山も茂木も何も答えない。

「プロジェクター用のＦＶでも同じなの？」

辻井が訊くと、

「やってみましたが、やはり出ますね」

「じゃあ、あなたたちがこの欠陥をずっと見落としていたってことになるわけね」

「残念ながら」

辻井が大きなため息をついた。

「以前の試作機であれば、他のときは出ないんですか？」

山田がふたたび訊いた。

「他のとき？」

中山が聞き返してくる。

「だから、ホームビデオで撮影した映像以外、つまりそれ以外のディスクでもテレビ放送でも問題はないってことなのかと訊いているんです」

「我々が試した範囲ではそうです。ビデオ映像についても、時間が経ったものであればゴーストは出ません」

「時間？」

三谷が問い返す。

「はい。実験結果によると、おおよそですが、三、四日経過した映像データであればゴーストは現われないようです」

「それは、この試作機でもそうなの？」

辻井が目の前のテレビを指差した。いまや俳優も司会者もくっきりとした色のベールにすっぽりと包まれてしまっていた。

「この最新型だと、おそらくそれ以上の時間、出てしまうと思いますが……」

要するにそこまでは確認していないようだった。

「問題を整理しましょう」

辻井が言う。

「つまり、この最新型のＦＶでなければ、ホームビデオで撮影した、しかも新しいデータでない限りはトラブルは起きないってことね。テレビを観ても、ＤＶＤを観ても問題はないってことなのね」

「はい。いまのところは」

「ただし、ビデオで撮影したデータを再生させると、撮ってから三、四日のあいだはこういうゴーストが出てしまうってことね」

「その通りです」

中山と茂木が口を揃えて言った。

「原因は本当に分からないんですか」

山田が言う。彼は戦略企画室で唯一のエンジニア出身だった。

「現時点ではまったく分かりません。なぜこんなものが映るのか見当もつかないのが正直なところです」

中山が渋い顔で答える。

「茂木君は？」

辻井が若い茂木の方へ視線を向けた。茂木は困惑したような顔で辻井を見返したが、

「もしかしたら問題はこちら側ではなくて、あちら側にあるのかも……」

ぼそりと言った。

「あちら側？」

辻井同様、三谷も山田も霧子も一斉に茂木の方を見た。

「FVに問題があるのではなくて、ビデオカメラやテレビカメラが撮影した映像の方に、やがては消えていくような何らかの絵がかすかに映っていて、その絵をこのFVが拾うことができるんじゃないかと……」

「しかし、カメラが撮った映像というのはデジタル信号として蓄積されるわけですから、たとえそれがノイズのようなものであったとしても、一度記録されれば消えることはないはずですよね。となると、生映像や撮りたての映像でしかこのゴーストが拾えないというのは明らかにおかしいんじゃないですか」

　すかさず山田が反論した。

「それは確かにそうなんですけどね」

　途端に茂木の口調はしどろもどろになった。

「ただ、これだけ原因を探っても見つからないとなると、このFVは我々が従来捉えることのできなかったある種のデジタルデータを、少なくともその元データが新鮮なうちはキャッチできるんじゃないかと、そういうふうに考えざるを得ない気もしてるんです」

　中山が助け舟を出すように言った。

「ということは……」

　山田がテレビ画面に見入りながら呟く。

「このゴーストはFVのシステムトラブルによるものではなくて、真実の映像だって言うんですか。これが本当のリアルなんだと……」

「本当のリアル？」

三谷が怪訝な声を出す。

「じゃあ、この未来テレビは私たちの肉眼では見えないものまで映し出しているっていうことなの？」

辻井も薄気味悪そうな表情になっていた。

23

菊池純也《きくちじゅんや》のことは最初から気になっていた。

母親の笙子《しょうこ》が教室を訪ねて来たのは、十二月一日の午後だった。たいがいは事前に電話があって、互いの都合をすり合わせた上で面接の日を決めるのだが、笙子はいきなり純也を連れてやって来た。研究生として無料で生徒を受け入れるようになると、たまにそういうことはあった。が、笙子と純也の場合は他の親子とはおもむきが相当に異なっていた。

菊池笙子はしんちゃんの母親、上野万里子《まりこ》とそっくりだった。

むろん外見ではなく、その醸し出す雰囲気のようなものがよく似ていたのだ。

彼女と話していると非常に聡明《そうめい》な印象を受けた。万里子とは違うタイプだが、菊池笙子もたいそうな美貌の持ち主だった。

純也も可愛《かわい》い顔立ちだった。ただ、その目は、誰も信用していないことを如実に物語っていた。

簡単な入会申請書をその場で書いて貰った。職業欄には「新宿のお店で働いています」と記され、相談内容の欄には「とにかく協調性がありません。無口で何を考えているのか分からないときがあります」とあった。教室のことは先週ポスティングしたチラシで知ったようだった。

笙子が勤めているのは夜の店で、夕方出勤して明け方に戻る生活のようだった。

「おかあさんがいないあいだは純也君は誰が面倒を見ているのですか」

型通りの質問をすると、

「大体は、一緒に暮らしている人が見てくれてるんです。その人もたまに遅くなることはあるんですが……」

笙子は口を濁すようにして言った。

純也は小学校四年生にしては身体も小さく、受け答えも幼かった。知能の発達にも幾らか遅れがあるのかもしれないと思ったが、これは一緒に勉強を始めてみると全くの誤解だったことがすぐに分かった。

その日のうちに一時間ほど指導して、体育面での問題はなさそうだったので、とりあえず上杉千沙に任せてみることにした。

千沙は十二月から「椿体育教室」に復帰していた。

むーちゃんの葬儀の直後、林太郎は仲田夏生と亀山幸枝を呼んで、二人で「むーちゃん」を引き継ぐようにと頼んだ。仲田も亀山さんも案外すんなりとそれを受け入れた。

そうやって彼らを退職させてのち、林太郎はかねてからのもくろみ通りに上杉千沙を「椿体育教室」に復帰させたのだった。

千沙とは彼女が去ったあともときどき連絡を取っていた。直接会って、子供たちのことで相談する場合もあったし、単に彼女の近況を聞くために電話することもあった。

仲田を挟んでの泥仕合のときは千沙が割を食う形になってしまったが、林太郎はその結末に決して納得していたわけではなかった。教室存続のために共同設立者である千沙を追い出す羽目になったのをずっと悔いていたし、チャンスがあれば復帰させたいと考えていた。

そういう点で、むーちゃんが亡くなったのは、いい機会だったのだ。

十二月からは第一教室を林太郎と千沙で受け持ち、第二教室は仲田の抜けた穴を埋めるために稲垣弘樹《いながきひろき》という新しい教師を採用した。彼も千沙同様に発達障害教育のエキスパートだった。

純也が週に二回、教室に通うようになると、たまに笙子が純也を送ってくることもあった。時間があるときは面談室で出勤前の笙子の話を聞いた。

「純也は興味のあることなら何時間でも飽きずにやっていられるのに、関心の持てないことだとそれこそ五分だってじっとしていないんです。先生たちには、『おかあさん、純也君に好きなことだけさせてるんじゃ駄目なんですよ』って、小さい頃からお説教されてばかり。でもね、先生。私、そういうお説教を聞いて、いつもそれって正しいのかなって疑問に思ってきたんです。人間って、自分の好きなことだけやってちゃ、本当に駄目なんでしょうか？　深く勉強していくにはいろんな専門外の知識や教養も必要だってみんな言うけれど、それにしたって、何か一つ大好きなことがあって、そのことを徹底的にやっていけば、ごく自然に他の知識も求めるようになるものじゃないんですか？　大好きなことを一生懸命にやれば、その大好きなことに関連したさまざまなことだって、そのうち子供は自分から進んで学んでいくようになるって私は思うんです。先生、さかなクンって知ってますよね。私、いっつもあの人を見ていて、人間っていうのはああいうふうに物事を学んでいくのが一番いいんだろうなって思うんです。私の考え方って間違っていますか？」

ときに笙子は持論を滔々《とうとう》と展開した。彼女の言っていることはものの道理だと林太郎は思うが、しかし、そうやって理屈を並べ立てる親の大半は、自分が親としての務めを果たしていない言い訳のために俄《にわ》か作りの理論武装をしているに過ぎない。菊池笙子もその典型だった。たしかに従来の型にはまった教育システムが陳腐化しているのは事実だが、だからといって子供たちの好きなようにさせていれば、それだけで彼らが創造性にあふれ、人間性豊かな人物に育つかというと、そんなことは断じてない。

純也が教室にやって来て三週間が過ぎた十二月二十一日日曜日。

上杉千沙から純也に関する詳細な報告が行なわれた。各種の知能テスト、心理テストや彼とのマンツーマンのやりとり、行動観察などから、千沙は、

「純也君は、虐待されていると思います」

と結論づけた。身体検査との名目で上半身を裸にして虐待痕を探したところ、背中や脇腹に殴打を受けたと思われる青痣《あおあざ》も数ヵ所、確認できたようだ。千沙によれば、純也には発達上の問題や知能の遅れなどの問題はまったくないという。ただ、著しいセルフエスティーム（自尊心）低下が見られ、励ましや誘導など学習への動機づけをさまざまに行なっても、

「僕は運が悪いから何をやっても駄目なんだ」

と口癖のように言うらしかった。

「どうして純也君は自分が運が悪いと思うの？　と訊ねると口を噤むんですが、おかあ

さんや一緒に住んでいるおじさんにあんまり優しくして貰えないから？　と訊くと、黙り込んで否定も肯定もしません。明らかに彼は長期間にわたって母親やその同棲相手によって暴力をふるわれるなどの顕著な虐待を受けてきたと思われます」

千沙は言い、

「児相に通告した方がいいと思います」

と付け加えた。

林太郎も笙子を一目見たときから、彼女が上野万里子と同様の母親だと直感していた。だとすれば、死んだしんちゃんがそうだったように、純也も虐待を受けていることになる。

だが、しんちゃんと純也には決定的な違いもあった。

しんちゃんにはもう残り時間がなかったが、純也には長々とした未来があった。

「児童相談所の力だけだと限界があるよ。あの菊池笙子は相当に賢いからね。虐待だと指摘されても上手に言い逃れてしまうに決まっている。そうなると純也は最後の命綱まで失ってしまうよ」

もし児相が介入してくれれば、笙子は確実に林太郎たちが通報したと察知するだろう。その瞬間に、彼女は純也を連れて姿を消してしまうかもしれない。

「じゃあ、どうしますか？」

千沙が不安げな表情になった。手遅れになるのを恐れているのだ。

「もう少しだけ様子を見よう。この前、菊池笙子と話していたら、年末年始は実家のある三重に里帰りするらしい。少なくともそのあいだは純也は安全だろう。僕も休みの間に一番有効な方法を考えてみるから、この件はとりあえず預からせてくれないか」

そう言うと、「分かりました」と千沙は了承したのだった。

それから五日後の十二月二十六日で「椿体育教室」は今年の日程を終了し、冬休みに入った。昨年の十二月一日にオープンして以来、一年と一ヵ月。教室は二つに増え、来春にはさらにもう一つ、第三教室を開く予定になっていた。この同じビルの三階にあった美容院が店をたたむことになり、もともと空いていた貸事務所とあわせてフロア全部を借り切ることができたのだ。年明けから大がかりなリフォームに入り、三月末のオープンを目指していた。

資金繰りに問題はなかった。

というよりも、むーちゃんの遺《のこ》してくれた財産は想像を超える金額で、正直なところ今後十年間は、いまのような赤字経営のままでも「椿体育教室」を存続させていくことができた。ただ、月謝や教材の販売収入はたかが知れているが、生徒の父兄や支援者から募っている寄付金の方は相変わらず順調に増えつづけていた。早晩、この寄付金によって教室運営は十分に賄っていけそうな気配でもあったのだ。

「椿体育教室」は林太郎や千沙の目算をはるかにしのいで、ぐんぐん成長している。

仕事の面では、いまのところ頭を悩ますような問題は何もない。

だが、霧子との関係は、十一月に霧子が子作り宣言をして以降、微妙にぎくしゃくしていた。しっかり考えるから時間をくれ、ととりあえずは言っておいたが、この一ヵ月半近く、いまだに自分の結論は伝えていなかった。

林太郎にすれば、ここ数年は絶対に霧子を妊娠させるわけにはいかなかった。もし彼女が妊娠・出産に及べば、待ち受けているのは室山あすかの二の舞だ。

大阪転勤の話が舞い込んだときも、彼がさしたる反対をしなかったのは、この何年かを別々に暮らすことで、霧子の妊娠への欲求を減殺《げんさい》できると踏んだからだった。その後も、折々で「本当は一緒に暮らしたい」というサインを送ってはいるが、実際は、そうした夫婦の自然の有り様を犠牲にしてでも霧子を仕事に集中させたいとの思惑が林太郎には強くある。

その基本方針が、十一月の霧子の提案で大きく揺らぎ始めていた。

霧子がお正月休みで戻って来たのは大晦日《おおみそか》だった。彼女は現在、会社の存亡をかけた大きなプロジェクトに関わっているのだが、つい先日のクリスマスイブの日にプロジェクトの成否を左右しかねない重大な問題が持ち上がったらしく、年末ぎりぎりまで仕事が立て込んでしまったようだった。

会社のことは何でも打ち明ける霧子が、「ごめんなさい。今回だけは絶対社外秘扱いなの」と言って何も言わなかったので、よほどのトラブルなのだろうと林太郎は推測していた。

大晦日は二人で除夜の鐘を聞き、年が改まってすぐに近所の神社に初詣に出かけた。

元日は横浜の実家に顔を出し、二日は両国の霧子の実家に年始の挨拶に出かけた。

義父の弘之はすっかり元気になり、年明けからは従前通りの診療形態に戻す予定だと言っていた。

三日は中野のマンションでのんびりした。実家回りで疲れていたので、昼過ぎまで眠り、午後も一緒にワインを飲みながらだらだらとテレビを眺めて過ごした。

午後八時頃。正月番組も見飽きてテレビを切った。ワインも赤、白一本ずつ空けてさすがに十分という感じだった。

炬燵《こたつ》の向かいに足を入れている霧子が頬杖《ほおづえ》をついて、

「ねえ、林太郎さん」

とろんとした瞳でこちらを見た。「何?」という表情を返すと、

「どうして最近、エッチしないの?」

と言った。

「赤ちゃんを作りたいって言ってから、一度もしてないよ、私たち」

「だって、できないだろ、そんなの」

半分無意識に林太郎はそう言っていた。酔いも手伝っていたが、あれこれと考えをめぐらすのが面倒だった。それ以上に、夫婦の本質に触れる話だけにありのままを口にすべきだと感じた。

「できないって？」

怪訝な声が戻ってくる。

「赤ちゃんが欲しいって言っている妻と、まだ欲しくないって思っている夫がセックスするってあり得ないよ」

「どうして？」

「僕が一方的に避妊したら、きみは妻として傷つくだろ。子供を作りたいという願いは踏みにじられ、あげく、夫の快楽のために利用されるんだから。僕だって、自分の欲望を満たすためだけに霧子とセックスするのはイヤだよ。終わった後で自己嫌悪に陥るに決まってるもん」

霧子はよく分からない顔をしていた。だが、いまの言葉は詭弁《きべん》ではなく、偽りのない本心でもあった。子供を望んでいる妻の意思を完全に拒絶しておきながら、平気で交わるなんてとてもできやしない。

万が一、相手が妊娠してもいいと覚悟して交わるのなら問題はないし、ひたすら双方が快楽を得るためだけに交わるのであれば、それも問題はないと思う。

だが、種の保存について雌雄の考えがまったく正反対の状態で性交するのは、人としても動物としてもどこか間違っているような気がする。

「林太郎さんは、やっぱり子供は欲しくないのね」

しばらく間を置いて、霧子が言った。

「当分はね」

と答える。

「教室も産声を上げたばかりだし、霧子だってあと五年くらいは仕事に集中した方がいいと思うんだ。何もいま急いで赤ちゃんを作る必要はないだろ」

「五年も経ったら、私、三十歳を過ぎちゃうよ」

ぼやくように霧子は言う。五年という数字に驚いている感じもあった。

「いまは、三十歳を過ぎての初産が多数派だっていうよ」

林太郎にもはっきりとしたビジョンはなかったが、少なくとも霧子が三十を超えるまでは用心した方がいいと考えていた。

「じゃあ、私ってずっと仕事を続けるんだ」

そこで、霧子はヘンな物言いをした。

「だって、それが霧子の望みなんだろ」

「絶対にそうしたいって思ってるわけじゃないよ」

予想外の答えが返ってくる。

「どういうこと?」

「いずれは家庭に入って、林太郎さんを支えなきゃって気持ちもあるもの。赤ちゃんを産んで、育てて、だんなさまの世話をするのも妻として大事な仕事でしょう」

「ということは、赤ちゃんを産みたいっていうのは、会社を辞めて家庭に入る可能性も視野に入れての話だったの?」

「それはそうだよ」

当たり前だろうという口調で霧子は言う。

「実際に子供が生まれてみて、たとえば身体が弱かったり、何かの障害を抱えてたりすれば、すぐ保育園ってわけにもいかないでしょう。そうじゃなくたって、やっぱり自分の手で育てたいなあって、気が変わるかもしれないじゃない。そのときは、家庭に入ろうって、私はずっと思ってきたから」

「だけど、この前の話だと、仕事と家庭を両立する一番いい方法が、いまの時期に子供を産むことだって言ってたじゃない」

「それはそうだよ」

「でも、子供ができたら仕事を辞める可能性もあるんなら、それこそいま作らなくてもいいんじゃないの」

林太郎には霧子の気持ちがよく分からない。なのに霧子の方がむしろ焦《じ》れったそうな表情になっていた。

「私が一番言いたいのはね、結婚したばかりの夫婦が一緒にいられないのはすごいヘンだってこと。そして、結婚したら子供を望むのはごくごく自然だってこと」

「別居はきみの仕事のためだし、子作りを後回しにするのだって僕ときみの仕事をまずは大切にしようってことだったはずだよ」

「それはそうだけど……」

「僕はしばらくはその方針のままでいいんじゃないかって思うんだけど」

そこで霧子は考え込むような表情になった。そして、

「だからね、どっちもしないのは駄目ってことなのよ」

と言った。

「どっちもしないって?」

林太郎にはますますよく意味が分からない。

「つまりね、夫婦がばらばらに暮らしてて、あげく、子供も作らないようにするっていうのは夫婦らしくないって思うのよ。せめてどっちかは必要なのよ」

「一緒に暮らすか、子供を作るかどっちかってこと?」

「そう」

「でも、子供ができたら別居はあり得ないじゃない」

「そうなのよ。私はそれでいいんじゃないかって言ってるわけ。それが一番自然なことなんじゃないかって」

　そこまで聞いて、林太郎はようやく霧子の考えがおぼろげながら理解できた気がした。彼女は夫婦としての自然な流れを作ることで、いまの仕事から上手にフェイドアウトしたいと考えているのだ。それならば、上司であるとともに同性でもある辻井も不満は感じないだろうと見越しているのだ。

　林太郎はちょっとばかり目の覚めるような心地で目の前の妻を見た。

「これはただの思いつきなんかじゃなくてね、何ヵ月も考えに考えた末にたどり着いた結論なの」

　あの日、霧子が言っていた言葉をあらためて思い出す。

　適当にはぐらかすなんて、ここまで来るととても無理な相談だろう。

　本当のことを告げる日がとうとうやって来たのだと彼は感じていた。

24

　林太郎は私をどう思っているのだろう？　彼は私を愛しているのだろうか？　愛して

いるから結婚したのだろうか？　それとも私の将来に待ち受けている危機を見過ごすことができずに、彼がそうなると信じているその災厄を未然に防ぐために、私との結婚を選んだのだろうか？

彼は、私を愛しているのではなく、不安視し、危惧し、憐《あわ》れんでいるに過ぎないのだろうか？

室山あすかという女性を見殺しにしてしまったことへの贖罪《しょくざい》のために、私を救おうと望んでいるだけなのだろうか？

林太郎から、およそ信じがたい告白を受けたときに霧子が真っ先に思い出したのは、林太郎の兄・宏一の話だった。結婚式の日に一度だけ会った、あの温厚そうな義兄は、好きで好きで仕方がなかった人の姉と一緒になったのだという。どうしてそんなことができるのだろうと霧子が首を傾げると、

「案外そういうものなんじゃないの」

事もなげに林太郎は言い、

「うちの兄貴は、きっと初恋の人のそばにずっといたかったんだよ」

と言った。

あのときは何となく聞き過ごしてしまったけれど、いまになって考えれば、霧子にはそうしたものの考え方はまったく理解不能だった。初恋の人のそばにずっといたいとい

う理由で選ばれた兄嫁は、そのことを知ったならばどんな心地になるのだろう？　仮にそれを承知で結婚したのだとすれば、今度は兄嫁の心の内が霧子には想像できない。

結婚なんてそういうものなんじゃないの……。

きっかけが何であったにしろ、こうやって一緒になったのだからそれで構わないんじゃないの……。

林太郎も義兄も霧子の疑問をあっさりと片づけてしまうような気がする。

じゃあ、私の方はどうなんだろう？

霧子は自問してみる。

私はどうして林太郎と結婚する気になったのだろう？

そんなふうに理詰めで思案していくと、霧子自身もなぜ林太郎と夫婦になったのかうまく説明できないのだった。あの日、偶然に再会し、一緒に渋谷の店を抜け出して「むーちゃん」に行った。のこのこついて行ったのは、「むーちゃん」が霧子のマンションから近かったからだ。あれがまったく別の場所だったなら、おそらく林太郎との二人きりの三次会など絶対にやらなかっただろう。

「むーちゃん」で林太郎は、霧子と結婚するつもりだと言った。なぜ彼がそんな突拍子もないことを口走ったのかといえば、むーちゃんが現われるや否や、いきなり霧子の隣に座って水を向けてきたからだ。むーちゃんはビールに一口つけるとすかさず、

「ところで、二人はいつ一緒になるんだい」

と訊いてきた。霧子がポカンとしていると、

「あんた、今度、この店に女の人を連れて来るときは、絶対結婚する人を連れて来るって言ってたじゃないか」

彼女は林太郎に言った。

先日の告白によれば、林太郎は前々からむーちゃんにそう言っていたらしい。というのも、彼が「むーちゃん」に連れて行ったのは、あの晩の霧子を除けば、後にも先にも室山あすかただ一人だったのだ。

「彼女のことは、むーちゃんもすごく気に入ってくれてたんだ。別れたと報告したら、あんたには女を見る目がまるでないんだね、ってすごく怒られた。確かに僕は、女の人のことはよく分からないからね。だから、きみのことを真っ先にむーちゃんに引き合わせようと思ったんだ」

林太郎は真顔で言っていた。

そして、むーちゃんの反応を見て、霧子との結婚をはっきり意識したのだという。

店を出た時点で、とっくに電車が終わっていたとはいえ、私はどうして林太郎を自分の部屋に連れて行ったりしたのか？　そんな軽はずみなことは一度だってしたおぼえがなかったというのに……。

泥酔とはいかないまでも気持ちよく酔っていたのは確かだ。林太郎もかなり酔っ払っていた。

吉井先輩の自殺未遂の現場で出くわした相手と、その一週間後に偶然に再会し、しかもその男は知らんぷりの風情で、話の腰を折るような不規則発言ばかり連発してきた。にもかかわらず、ビールの入ったグラスをグリーンのコースターに戻したときの男の指は細長く真っ直ぐで形が良く、とても美しかった。黒縁眼鏡は掛けていなくて、素顔を見れば、顔立ちは整い、尖った顎のラインがとりわけ魅力的だった。

いけすかないが、好奇心をそそられるハンサムな男。

だが、その奇妙な態度や美しい容姿だけで、霧子はあっさりと陥落したわけでは決してない。もしも決め手になるものがあったとすれば、二次会で入った道玄坂のイングリッシュ・パブで林太郎と交わした短いやりとりだと今になって思う。

「教師として、椿さんの一番の目標って何ですか？」

その何気ない質問に真剣に答える林太郎を見て、彼女は強く惹きつけられてしまったのだ。

「僕はね、子供たちにとにかく生き長らえて欲しいんだ。こんなひどい時代でも、絶対に死なないで生き続けて欲しい。僕の目標というか望みはそれだけかな。できれば、彼らが子供時代のことをできるだけたくさん憶《おぼ》えたまま大人になってくれたらいいといつも思ってるよ」

彼はそう言い、

「キリコさんは、人間が生き延びるために一番必要なことって何だと思う」

と訊いてきたのだった。

「やっぱり、夢とか希望なんじゃないですか」

霧子は月並みな言葉を口にした。すると林太郎は小さく頷きながら、

「夢とか希望も、たしかに生き延びていくために大事だけどね。でも、こんなふうになりたいとか、こんなふうに愛されたいって望んでも、かないっこないことってよくあるでしょう。夢も希望も持てない時期が必ずある。そういうときに人間は割合簡単に絶望してしまう。大人と同じように、子供だって絶望しちゃうんだ。そんな場面で、幾ら、いま我慢してれば明るい未来が待ってるとか、夢や希望だけは捨てちゃいけないって言っても、彼らは耳を傾けてはくれない」

林太郎は一区切りつけて、霧子を見た。

「そういうときに生き延びる唯一の道はさ、生きる気持ちなんだ」

「生きる気持ち？」

「うん。とにかく一日一日を生きていこうって思う強い気持ちを持つしかないんだ。明日がどうだとか、いずれ何かがよくなるだとかじゃなくてね、一日一日、一時間一時間

を生き抜こうって思える気持ちが大事なんだ」

「でも、そのために必要なのが夢や希望なんじゃないですか」

霧子が言うと、

「そうじゃないよ。生きる気持ちを維持するために必要なのは夢や希望なんかじゃないんだ」

「じゃあ……」

「自分が好きだってことなんだよ。他の誰でもない、とにかく自分自身が大好きで、超愛してるって思えることだよ。自分が大事で大事でたまらないって思えれば、その子供は絶対に死なない。それはそうだろう。世界で一番大事なものを失いたいって思う人間はいないからね。だからね、僕は、どんなことがあっても子供たちが自分のことを嫌いにならないように、すごくすごく好きでいられるようにしてあげたいんだ。そのためにどうすればいいか、そればっかり毎日考えてる。そうするとね、いまの教育がどれほど間違っているか、本当によく見えてくるんだよ。誰かを負かすことでしか自信をつけられないような、こういう馬鹿馬鹿しい教育をやりつづけた結果、負けた方だけでなくてね、勝った方まで、自分のことが好きでいられなくなってる。学校にいるとそれがはっきりと見えるんだ」

あのときの椿林太郎の言葉に、霧子は素直に感動してしまったのだった。

しかし、人の死期が分かるなんて、霧子には信じがたい。

「だったら、林太郎さんのおとうさんやおかあさん、お兄さん、うちの父や登美子さん、仲田君や亀山さん、上杉さんや稲垣さん、みずほや吉井先輩、そういった人たちの寿命も林太郎さんは全部分かってるの？」

最初は冗談だと思って聞いていると、どうやら本気なのだと知って、霧子はまず最初にそう訊ねたのだった。

「だいたい分かってるよ」

するとと彼は、重々しく頷いてみせた。

「じゃあ、うちの父はあとどれくらい生きられるの？」

と口にしたあと、そういえば去年、父が倒れたときに林太郎がひどく楽観的だったのを霧子は思い出していた。

「それは言えないよ。言っていいことじゃないから」

「どうして？」

「きみは、僕の話が信じられなくて、だったら証拠を見せてくれって言っているんだろう。おとうさんはまだまだ生きるし、だとしたら幾つくらいで亡くなるといま僕が口にしても、ちっとも証拠になんてならないよ」

「だったら、近々亡くなる人っていないの？　誰でもいいから何人かそういう人の名前を挙げてくれて、もしも、あなたが言っている通りに亡くなったら、そのときは私、ちょっとはいまの話を信じられると思う」

霧子はついついそんなことを言ってしまった。

林太郎は小さなため息をつき、

「そんな不謹慎なこと、できるわけがないじゃないか」

と答えたのだった。

それにしても、「出産したらきみが死んでしまう」だなんて、どうして林太郎はそんなことを本気で信じているのだろう？　たとえ百歩譲って彼がさまざまな人々の寿命を探り当てる特異な能力の持ち主であったとしても、出産によっていのちを失った例というのは、その室山あすかという恋人の一例きりなのだ。しかも、彼女が出産時に落命したという事実以外に、林太郎は事の次第を何も知ってはいないのだ。彼女がどのようにして亡くなったのか詳しく調べもせずに、「きみもあの人みたいになってしまう」だなんて、幾らなんでも無責任過ぎるのではないか。

「じゃあ、あと五年くらいしたら、私は子供を産んでも何ともなくなるの？」

彼の告白を聞いたあと、霧子は馬鹿馬鹿しいと感じながらも訊ねてみた。

林太郎は一瞬、戸惑ったような顔を作ったが、

「たぶん」

と言った。

「どうして五年なの？」

霧子が畳みかけると、

「そういう気がするんだ。室山さんのときもそんな気がしてた」

「ただそれだけ？」

呆れて聞き返す。

「うん」

頼りなげに林太郎は頷いた。霧子はそんな彼の顔を見つめながら、
そういえばこの人と初めて会ったとき、「死神」だって思ったんだ……。

と改めて思い出していた。

もしも彼に人の死期を察知する力が本当にあるのならば、「死神」という直感は当たっていなくもない。

「僕だって、最初はこんな力があるなんて信じられなかったよ。だけど、それからいろんな人と会ったり、テレビや映画なんかでたくさんの人の姿を見たりして、たしかに、彼らの寿命が分かることに気づいた。そして、その人たちは予想した通りにちゃんと亡くなっていったんだ。この力が疑いようのないものだと、思い知らされたんだよ」

と林太郎は言っていた。

「テレビや映画なんかでたくさんの人の姿を見たりして」という部分が霧子には引っかかった。会ったことも話したこともない生身ではない人の寿命まで一体どうやって察知するというのだろうか？

「どうやったら人の寿命が分かるの？　何か見えたりするの？」

テレビや映画と聞いて、霧子は思わず訊ねていた。

「誰だって、自分も他人もいずれは必ず死ぬと知っている。普通の人に分からないのは、じゃあ一体いつ死ぬのかっていう点だけだ。でも、それは僕たちが日頃、万物の死から意識を切り離しているからなんだ。僕の能力は決して特別じゃない。

どうやって相手の寿命が分かるかっていうのを説明するのはとても困難だ。分かるから分かるって言うしかない。でも、あえて譬えるとすれば、僕は目の前にいる人の年老いた姿が何となく見えるんだよ。幾つまで生きられるか、正確な年齢までは見分けられないけどね。でも、大体のところは分かる。現実に年老いている人たちをずっと見てきているから、ちょうど過去と未来を比べるみたいに、目の前の映像を現実の老人たちの姿に重ね合わせればいいんだ。そうするとね、ああこのくらいの老人になるのならば、この人は大体幾つまで生きられるんだなって分かる。

子供たちも、目を凝らせば、彼らの年老いた姿がぼんやりと影のような感じで浮かんでくる。この子たちもこうして年老いて死んでいくんだなって思うと、愛《いと》しくて愛しくてどうしようもなくなるんだよ。世界のすべての人たちがちゃんと生まれてちゃんと生きてちゃんと死んでいって欲しいって、心から思うようになる」

林太郎はそんなふうに語り、

「前も言ったかもしれないけれど、人間は一人一人持っている時間が違うんだ。たとえば平均寿命に合わせて就学期間を決めていると考えれば、それより十年長く生きる人は、就学期間だって他の子たちよりずいぶん長くしてもちっとも構わない。人間は一人一人、自分の生きられる時間に合わせたキャリア設計をするのが一番いいと思うよ。だけど、その肝腎の寿命が分からないから、とりあえず平均的な計画を僕たちは受け入れているに過ぎない。本当はね、みんなが同じ時期に同じ内容の授業を受けたり、同じ年齢で、同じ試験を受けて選別されたりする必要なんて全然ないんだよ」

と付け加えた。

霧子はその話を聞きながら、以前、新垣みずほから聞いた話を思い出していた。

それは、例の自殺未遂事件の直後、入院中の吉井優也が一度だけみずほに語った話だった。

「彼、ああやって屋上から飛び降りたとき、自分が死ぬなんてちっとも思ってなかったんだって。私がきっとプロポーズを拒否するだろうって分かってて、そのときはこの会社のビルから飛び降りようって決めてたらしいのよ。それは、私に対しての最後のアピールであって、決して絶望して死にたかったからじゃなかったんだって。俺は、生きるためにダイブしたんだって、いまでも真面目な顔で言うんだよ」

みずほは、そう言って笑ったあと、優也が言っていたことを教えてくれた。

――俺は今回のことですごく分かったんだけど、どんなに危険に見える行為でも、それをやってる人には、絶対に大丈夫だって確信があるんだ。フリークライマーにしてもカーレーサーにしても、スタントマンにしても、それこそ命綱なしで働いている鳶《とび》の職人にしても、彼らには自分は死なないっていう確信があるんだよ。あのときの俺みたいにね。

それでも死ぬ人がいるじゃないかって、みんなは思うだろうけど、それはちょっと違う。そういう事故が起きるときっていうのは、本人がやる前から、今回はちょっとやばいんじゃないか、生きて帰れないんじゃないかって分かってるんじゃないかな。そういう微かな予感を、いやそんなはずはない、こういうことは前にもあったじゃないかとか、大丈夫、俺は不死身なんだとか自分に言い聞かせて、それで無理にやっちまうんだ。つまりさ、彼らは自分が大怪我したり死んでしまうってことを、きっとどこかの時点ですでに知ってたんだと思うよ。

中山たちから問題解決の手立てが見つかったとの連絡が入ったのは、一月二十九日のことだった。

辻井は海外出張中だったが、滞在先のロンドンに至急電話を入れると、

「澤村さん、山田君と一緒にすぐに研究所に行って確かめてきて」

と命じられた。

25

三十日の金曜日、早朝の新幹線で東京に向かった。

正月休みが終わってからは、霧子は一度も林太郎と会っていなかった。仕事が詰まっていて休日出勤ばかりだったせいもあるが、やはり、林太郎の例の告白がどうしても受け入れられなかったのだ。

しばらく一人で考えたかった。

この間、林太郎の方もたまにしか連絡を寄越さなかったし、「次はいつ戻って来るの？」と問いかけてくることもなかった。

今日の出張も日帰りの予定だ。

午前十一時過ぎには三鷹《みたか》の先端技術総研に到着した。

いつもの研究室に入ると、中山と茂木が待っていた。前回の訪問時とは違って、二人の表情には余裕が感じられる。さっそく会議室でミーティングを行なった。

「ゴーストを除去する方法が見つかったんですね」

山田が切り出した。

「その通りです」

中山が自信ありげな口ぶりで頷く。

「一体どうやったんですか」

「発想を逆転させてみたんですよ」

「逆転？」

問題発覚以降、技術担当として山田はずっと中山たちとやりとりを重ねてきていた。

「そうです。これまではＦＶの能力を何とか絞り込むことでゴーストを拾わないようにできないかと考えてきたんですが、何しろ、いまだに一体どんな信号に反応しているのかが分からないわけですから、なかなか解決策が見つかりませんでした。そこで、ＦＶがそういう信号を拾ってしまうのは仕方がないと諦めることにしたんです」

「諦める？」

山田は要領を得ない表情だった。

「だったら、一体どうやって除去するんですか？」

当たり前の質問を発する。

「信号を拾う機能を見つけ出して無力化するんじゃなくて、そうやって拾った信号をすぐに消去できる機能をＦＶに付け加えることにしたんです」

「そんなことができるんですか？」

霧子が訊ねる。

「できます。もともとＦＶは取り込んだデジタル信号をもとにして新たな絵作りをする装置ですからね。問題になっているゴーストを精査してみたところ、幾つかのパターンの組み合わせであることが分かりました。だとすれば、その組み合わせをあらかじめＦＶに記憶させておけば、ゴースト部分を完全に消すことも不可能じゃない」

「やってみたんですね」

山田が念を押した。

「そうです。実験を重ねた結果、撮影したばかりのビデオ映像からもきれいにゴーストを除去することができるようになりました」

「では、テレビの生放送も大丈夫なんですね」

「もちろんです。除去ソフトさえプログラムしておけば最新型のＦＶを使ってもゴーストが出ることはありません」

「よかった」

山田が思い切り安堵《あんど》の声を出した。

「百聞は一見に如かずです。さっそくこれからやってみましょう」

そう言って、中山と茂木は椅子から立ち上がった。

前回と同じ部屋に案内され、霧子たちは実験に立ち会った。あらかじめ用意して来るように指示されていたビデオカメラを取り出すと、中山は、

「では、澤村さんが持参されたビデオカメラで撮影した映像を、未来テレビにつないで再生することにします」

と言って、霧子の手からカメラを受け取り、茂木や山田、霧子の姿を撮影し始めた。さらには茂木にカメラを渡して自分自身の姿まで念入りに撮らせている。十五分くらいビデオを回し、録画を停止して、ビデオ本体を未来テレビの端子にケーブルで繋ぐ。テレビのスイッチを入れて、画面が明るくなるのを待った。外部入力画面になると、

「じゃあ、再生してみますよ。まずは除去機能をオフにした方から」

と中山が言って、リモコンを操作する。

いま撮った映像が未来テレビに映し出される。茂木や山田、霧子の姿が浮かび上がった。前回同様に見事な画質だった。自らの姿をＦＶで見るのはむろん初めてだったが、まるですぐそこにもう一人の自分がいるようだ。彼女はもう一人の茂木やもう一人の山田と難しそうな顔をしながら今後のことを話し合っている。

ところが一分もしないうちにそれぞれの人物の輪郭から何やら不思議な光が滲み出してきた。茂木と山田の身体からは紫色の光が、霧子の身体からは黄色の光がゆらゆらと立ちのぼってくる。前回見たオーラのようなものと同じだった。ただ、あのときよりも各人の周囲でゆらめく光は鮮明で、色もくっきりとしていた。

「はぁー」

というため息が山田の口から洩《も》れた。

ほどなく中山の持つカメラが、黄色い光を発している霧子の方をクローズアップした。そんなふうに撮影されていたとは気づいていなかったので、いきなり画面いっぱいに自分の姿が映し出されて、霧子はちょっとどぎまぎする。

顔がアップになり、やがて全身像へとズームアウトしていった。

「これは初めてだな……」

画面を見ていた中山が呟く。

「そうですね」

となりの茂木が相槌《あいづち》を打った。

「どういうことなんでしょうね」

さらに茂木が言う。

「さあ」

中山が首を傾げている。

霧子も画面上の自身に見入っていた。たしかに、それまで映っていた茂木や山田の映像とは異なるパターンが自分にだけ現われている。

全身を縁取っている黄色い光にかぶさるように、下腹部から両足にかけて、赤い斑点のような光がちらちらと明滅しているのだ。

「こういうふうに二種類の光が映ることはあるんですか」

山田が見とれるような口調で質問する。

実際、それはひじょうに美しい光だった。ことに赤く点滅する光は絵の具が滲むように黄色い光とまざり合いながらきらきらと輝いている。

「いや、こういうのは初めてですね」

中山が言う。

霧子は無言でひたすら自分の映像に視線をはりつけていた。

時間にすれば十数秒だったろうか、カメラが何度かインとアウトを繰り返した後、山田と話している霧子の姿が画面右に移動した瞬間だった。黄色い光が消えて、直後に真っ赤な光が霧子の全身を覆ったのだ。

「おお」

という小さなどよめきが一同の口から湧いた。

「色が一瞬で赤に変わったよ」

誰に言うともなく山田が呟く。

「これってどういうことですか」

興奮気味にふたたび中山に訊いている。

「さあ……」

やりとりのあいだに、画面は切り替わり、今度は茂木が映した映像が流れ始めた。中山の身体から出ている光は緑色で、前回見た朝ドラの俳優の色と似ている気がした。時折映る霧子の周囲の光は赤のままだった。他の人たちの色が変化することはなく、そのまま十五分ほどで録画は終わった。

「じゃあ、次は除去ソフトを使ってみます」

再度、映像を再生する。先ほどと同じものが流れ始めた。全員の身体から光が湧き出したところで、中山がリモコンのボタンを押した。

「おっ」

山田が声を上げる。瞬く間に光が消えてしまったのだ。

また中山がボタンを押す。

途端に光が現われる。それをしばらく繰り返した。

「なるほど、ゴーストは除去できますね」

「そうなんです。いまはこうやってスイッチで出したり消したりしていますが、量産機ではもちろん最初から除去できるようにプログラムしておくので、視聴者はゴーストの存在自体を知ることもありません」

「これなら大丈夫だ」

山田はずっと黙っている霧子に向かって言った。

「そうですね」

霧子も浮かない声で同調する。

「どうしたんですか、澤村さん。何か疑問でも？」

茂木が声をかけてきた。

「自分のオーラの色が変化したんで、きっとびっくりしてるんだろう」

山田が茶化すように言った。

「それもそうなんですけど……」

霧子は未来テレビから視線を外して、茂木を見る。

「一体、これってどういうことなんだろうってつい思ってしまって……」

半分ごまかしもあって霧子は含みのある物言いをした。だが、ＦＶが肉眼で見えないものを映し出している可能性があると聞いてから、ずっとそれが頭に残っているのは事実だった。ことに、林太郎の告白以降は、彼の話とこのＦＶの不思議な現象が何となく絡み合っているような気がしていた。林太郎はテレビや映画に出ている人たちの寿命も察知することができると言っていた。

「そんなにこだわることじゃないですよ」

中山がふいに言う。

「先日も申し上げましたが、FVはカメラがデジタル信号化したデータを読み込み、それを基にしてより鮮明な画像を再構成する機器です。だとすれば、我々には感知できないような微弱なデータがカメラを通してFVに伝えられ、それをFVが再構成してこうやって画像化しているのかもしれない。そもそも我々の肉眼だって似たようなことをしているんです。ものが見えるというのは、その対象に当たった光を我々の目がつかまえて、そのデータを脳内で再び画像として再現している。むろん我々の目が捉えることのできる光は限られていますから、要するに我々は自分の見たいように見ているのであって、決して、現実そのものを見ているわけではありません。カメラが掬《すく》い取ってきた、本来は肉眼では見ることのできない現実を、FVはおそらく、こうして我々に知覚できる形式に変換してくれているんじゃないか。そういうふうに考えればある程度は辻褄《つじつま》が合ってきますからね」

「じゃあ、こういうさまざまな色のオーラみたいなものも、やっぱりある種のリアルだっていうことですか？」

「おそらくそうだと思います。この世界は我々人間が見ているような世界でもあるし、一方で、これとは全く別に見える世界でもあるわけです。たとえば同じ哺乳類でも犬や猫が見ているこの世界のありようは、私たちが見ているありようとはかなり違っているはずですからね」

「だとすると、そういう別種のリアルには、別種のリアルなりの特殊な情報が隠されている可能性もあるってことですよね」

霧子はかねてから頭の中にあったことを口にしてみた。

「というと？」

中山が怪訝な顔つきになる。

「ですから、こうやって映っている私たちの周囲のもやもやした光にも、何かこれまで私たちが摑み取れなかったようなある種の情報が潜んでいるんじゃないかって……」

「もちろん、そういう可能性は大いにありますね。早い話、ＣＴやＭＲといった医療機器にしろ、サーモグラフィーのような赤外線分析装置にしろ、本来人間が感知できないデータを抜き出して、それを我々が見える形にしてくれているわけですから」

「澤村さんがおっしゃるように、この不思議な光それ自体も十分に研究に値すると僕たちも考えてるんですよ」

茂木が横合いから口を挟んできた。

二時間ほどで先端技術総研を出て、東京本社に寄るという山田とは大手町で別れ、霧子は一人で東京駅から新大阪行きの新幹線に乗った。

帰りの二時間半あまり、ずっと昼間観た映像を反芻していた。

どうしてだか、霧子の身体から発していた光は黄色と赤の二種類だった。そういう例は初めてだと中山たちは言っていた。二色目の赤は、最初は霧子の全身ではなくて、下半身のあたりで明滅していた。それがある瞬間、黄色に取って代わるように霧子の全身を包みこんでしまったのだった。

うーんと霧子は考え込んでしまう。

林太郎は、なぜ霧子が出産を控えた方がいいかについて詳しくは語らなかった。ただ、彼は「きみには他の人とは違う雰囲気があるんだ。何て言うんだろう。ある種の特別なにおいのようなものを感じるんだ。その同じにおいが、亡くなった室山さんにもあったんだ」と言っていた。そして、言いにくそうな顔をしながら、こう付け加えたのだった。

「うまくは言えないんだけど、何て言うんだろう。きみの瑞々《みずみず》しい生命力をまるごと乗っ取ってしまうような、そういうもう一人の誰か、それも赤ん坊のような存在がすでにきみの身体の中で息づいているような、そういう感じがして仕方がないんだ……」

26

二月四日水曜日、午前六時過ぎ。

鳴りつづける着信音に、霧子は何とか身体をベッドから引き剝がして、ドレッサーの上に置いた携帯のそばまで行った。月曜日の夜中から急に熱が出て、市販の解熱剤を服用したものの一向に下がらず、朝方にはとうとう四十度を超えてしまった。さすがに怖くなってタクシーを呼び、近くの総合病院の救急外来に飛び込むと、当然ながらインフルエンザの簡易検査を受け、新型インフルエンザと診断されたのだった。タミフルを処方されて社宅マンションに帰り、昨日は一日ひたすらに眠りつづけた。

夜になって熱は何とか三十七度台になったものの食事の支度をするなど到底不可能で、こんなときのために買い置きしてあったレトルトの白粥《しらかゆ》をすすって、ふたたびベッドにもぐりこんだ。

インフルエンザと分かった以上、今週一杯は仕事を休むしかない。

未来テレビの量産体制作りが四月から始まるのを受けて、大掛かりな宣伝・広報プロジェクトを起ち上げることになっていた。戦略企画室の広報担当である霧子は、その主要メンバーの一人として、集めたスタッフたちにトップである辻井の意向を十分に周知徹底させねばならない。新人に毛が生えたような若さだけに、先輩社員たちに対して身がすり減るほどに気を遣う立場だった。

そのストレスが免疫系を痛めつけ、ウィルスへの抵抗力を奪ったのだろう。このところ、睡眠も不規則になってきていた。仕事のことを考えると眠れぬ夜もあって、自分でも不眠の一歩手前のあぶない状態のような気がしていた。

林太郎と離れているのもつらいし、その林太郎のことを完全には信じられなくなっているのがもっとつらかった。

鳴りやまぬ携帯のディスプレイには上杉千沙の名前が表示されている。

それにしてもどうしてこんな早朝に電話を寄越すのか。

またぞろ、教室の人間関係で千沙がおかしくなっているのかもしれない。仲田君と亀山さんを辞めさせて彼女を復職させたいと林太郎から相談を受けたとき、その言い分は理解できても、一抹の不安を拭えなかったのをありありと思い出す。

「はい……」

久々に誰かに向かって声を出した。びっくりするほど嗄《しわが》れている。

「霧子さん、朝早くにごめんなさい」

しかし、千沙の声はひどく切迫していた。それを耳にした途端に意識がしゃんとなるのが分かる。

「あのね、椿先生が逮捕されてしまったの……」

千沙は信じがたい言葉を口にした。

三十分近く千沙の説明を聞いて電話を切り、それから熱いほうじ茶を一杯淹れて飲んだ。二月とあっていまだ窓の外は真っ暗だった。

とにかく一刻も早く、このインフルエンザを治すしかない。それしかない。

混乱した意識のままに再びベッドに入り、目を閉じる。

検温はしなかったが、タミフルのおかげで熱はだいぶ下がっているようだった。

林太郎が捕まったと知っても、いまの自分には何をどうすることもできなかった。

目覚めてみるとカーテンの隙間から眩《まぶ》しい光が射し込んでいる。

ゆっくりと上体を起こした。身体の節々に凝りのようなものが残っているが、気分は悪くなかった。

時計を見ると十二時を五分ほど過ぎていた。ドレッサーの上の携帯を取ってリビングルームに移動する。二人掛けのソファに座り、着信を確認した。

あれからは何も入っていない。しかし、六時過ぎの上杉千沙からの着信は履歴にちゃんと残っていた。

やはりあの電話は熱にうかされての悪夢というわけではなかったようだ。

林太郎が警察に逮捕されるなんて、どうしても信じられなかった。

暖房をつけ、ベッドから毛布を抜いてきて、それで全身をくるんでもう一度ソファに座り直す。部屋はしんしんと冷えていた。

たっぷり眠ったので眠気は残っていなかった。額に手を当ててみる。どうやら平熱に復したようだ。

朝方の千沙の電話をあらためて思い返してみた。

千沙が林太郎の逮捕を知ったのは、警察からの連絡でだったという。その連絡の直後に霧子の携帯を鳴らしたというわけだった。話が終わると、「いまからとにかく中野署に向かいます」と言って彼女は電話を切った。

林太郎が捕まったのは昨夜九時過ぎだったらしい。逮捕容疑は、

——未成年者略取及び誘拐罪。

まさしく穏やかならざる事態だった。

千沙の口から「誘拐」という語句が出たときは、電話口で霧子は思わず「ユウカイ！」とかすれた声を張り上げてしまった。

よくよく聞いてみると、「椿体育教室」で去年の十二月から研究生として受け入れている菊池純也という少年を林太郎は保護していたらしい。

「年末年始は母親の実家がある三重に帰省するというので、様子を見ようということにしてたんですが、年明けにやって来た純也君の様子がヘンで、聞いてみると三重には行

かずにずっと自宅で過ごしてたらしいんです。その間に、同居男性や母親からの虐待がエスカレートしたみたいで、がりがりに痩せて、身体に幾つも新しい痣を作っていました。それで、椿先生が『これは緊急保護の案件だ』っておっしゃって、その日から純也君を自宅に引き取られたんです」

もちろん、母親の菊池笙子という人物には、そのむねの連絡は行なったのだという。

「母親は虐待に関しては完全に否認していて、純也君を返さないことに猛烈に抗議してきたようです」

「それがいつのことなんですか？」

霧子が訊ねると、先週末からここ数日のあいだのことだと千沙は言った。

純也を匿《かくま》った上で、何度か母親と林太郎は話し合いを持ったようだが、折り合いはつかず、すると昨夜、いきなり母親と警察が林太郎の部屋を訪ねてきて、子供を返すように強く迫ったのだという。

「とりあえずお子さんの身柄を我々に預からせて下さい」という警察の説得にも林太郎は頑として応じず、あげく、部屋に純也君がいないことが判明。林太郎がその所在を明かさなかったことから、警察もやむなく「未成年者略取及び誘拐」の容疑で緊急逮捕に踏み切ったらしかった。

「椿先生は警察署への任意同行も拒否したみたいなんです」

千沙は困惑した口調でそう付け加えた。

昨夜の取り調べでも純也君をどこに匿っているか林太郎は依然口を割っておらず、「このままでは重大事犯として扱わざるを得なくなりますよ」と警察もかなり態度を硬化させているようだった。

霧子は呆然とした心地で千沙の話を聞き取り、

「弁護士の古市先生に電話をして、この経緯を伝えて下さい」

と頼んだ。

「何かあったらそうするようにと椿先生からも言われています。椿先生ご自身がすでに連絡しているかもしれませんが……」

千沙はそう言っていた。

こうして一眠りしたあと千沙の話を反芻してみると、夫が警察に逮捕されたというのに霧子にそれほどの動揺はなかった。妻である自分が大阪にいて、しかもインフルエンザですぐには駆けつけられないとなれば、せめて横浜の林太郎の両親に知らせなくては、と頭では思うのだが、何もそこまでする必要はないだろうという気分の方が優っている。

虐待されている疑いの濃厚な生徒を匿って、そのせいで逮捕されたとなると、あの林太郎のことだ、そうした事態は十二分に予想をつけていたに違いない。その上であえて捕まったのだとしたら、彼には何か別の考えがあるのではないか？

そもそも、子供の母親と警察とが一緒に林太郎の部屋を訪ねた際、肝腎の子供がすでにいなかったというのが何よりの証拠だろう。

だけど……。

彼はそのあとどうするつもりだったのだろう？

虐待の疑いがあるとはいえ、実の母親から我が子を奪った行為は当然ながら処罰の対象になる。まして警察に問い詰められてもなお子供の所在を明かさないとなればこれは歴《れっ》とした誘拐事件である。

重大事犯として扱わざるを得なくなる、という警察の言葉は単なる脅しとはとても思えない。

子供の身柄が確保できない状態が長引けば、いずれメディアにも知れ、世間の耳目を集める大事件に発展してしまう可能性だってある。そんなことになれば、「椿体育教室」も林太郎自身も社会的に葬り去られてしまうのではないか。

霧子には何を思って林太郎がこんな状況に身を投じたのか、その存念が皆目分からなかった。

事件が大々的に報道されたのは、翌日、二月五日の昼だった。

その日の朝、古市に林太郎の様子を聞いた千沙からの連絡で、彼が比較的元気にしていることを知り、霧子はほっと一安心したばかりだった。

たまたま昼のニュースを観ていると、いきなり林太郎の名前と事件の概要をアナウンサーが話し始めて、びっくり仰天した。

「警察も、万が一のことを危惧してるわけじゃなさそうです。安全な場所に純也君を匿っていると見ています」

と千沙は言っていたのだ。

にもかかわらず、どうして事実がこんなに早く明るみに出てしまったのか。

理由はすぐに分かった。母親の菊池笙子が涙ながらの記者会見を行なったことが夕方のニュースで一斉に報じられたからだ。

「うちの息子を一刻も早く、返して下さい」

とぼろぼろ涙を流している美しい笙子の姿は見事なほどに絵になっていた。

翌日の昼のワイドショーでは、笙子の記者会見の模様が詳細にレポートされ、愛する我が子をいわれなき虐待疑惑で連れ去られてしまった母親の怒り、かなしみがこれでもかというほどに強調されていた。

ただし、林太郎については、ひじょうに微妙な扱いだった。いきなり生徒の一人を攫《さら》った彼に対して、動機の不可解さを言い募るコメンテーターもいるにはいたが、断罪するような発言はあまり聞かれなかった。というのも、体育教室の関係者、たとえば千沙や稲垣ら教師、仲田や亀山幸枝、生徒本人やその保護者たちが語る「椿先生」の人物評があまりにもよすぎたからだった。

ことに親友の武藤が番組ディレクターをやっているキー局のワイドショーでは、そうした人たちの証言を克明に収集し、伝えてくれていた。

「椿先生は私たちにとって神様みたいな存在です」

そう言って憚らない親たちが何人もいたし、今回の事件についても「よほどの事情があってのことだと思います」と冷静に分析している人が大半だった。

弁護を担当している古市も、接見後の囲み取材に応じて、

「しかるべき時期に、すべての真実が明らかになると信じています」

と含みのある発言をしていた。

霧子が東京に戻ったのは逮捕から四日後の二月七日土曜日だった。

当然自宅に戻るわけにはいかず、古市が用意してくれた都内のホテルに入った。夕方になって古市がやって来て、部屋でこれまでの経緯を説明してくれた。ほとんどはすでに電話やメールで知らされていたことだった。

一番驚いたのは、古市が菊池純也の居場所を知らないことだった。

それだけは電話やメールで伝えるわけにもいかず、実際に面と向かって真実が語られるのだろうと霧子はてっきり思っていたが、ふたを開けてみれば、弁護人の古市でさえ、純也の居場所を教えられてはいなかったのだった。

「たぶん、僕の立場を考えてのことだろうね。いくら弁護人でも、もし聞いてしまったら公表しないわけにもいかなくなる。何しろ相手は小学校四年生の児童だからね」

と古市は言った。

「林太郎さんは一体これからどうするつもりなんですか?」

霧子は不安になって訊ねた。すると、古市は、

「来週の前半までは、いまのまま引っ張りたいみたいだね」

と奇妙な言い方をした。

「引っ張る?」

「母親の菊池笙子は典型的な演技性パーソナリティー障害だよ。おそらく来週もじゃんじゃんテレビに出まくって、息子を返せと訴えつづけると思う。林太郎としては笙子に喋らせるだけ喋らせたいって腹づもりのようだ」

霧子はますます古市の言っていることが理解できない。

「でも、いまのまま純也君がどこにいるか言わないでいると、本当に誘拐犯にされてしまいます」

「それは大丈夫」

古市が確信に満ちた声で言う。

「どうしてそんなことが分かるんですか?」

霧子には彼の物言いがもどかしかった。つい責めるような口調になってしまう。

「十二日の木曜日、建国記念日の翌日だけど、武藤の番組でビデオを流す手筈になっているんだ。それで菊池笙子の発言の内容がすべて虚言であることが白日の下にさらされる。林太郎がどうしても彼女のもとに純也君を返したくない理由がはっきりとするんだよ」

「ビデオ？」

「ああ。林太郎は万が一のために、この年末年始、菊池笙子の部屋に隠しカメラを仕込んでいたんだ。笙子が外出しているあいだに、純也君と一緒に部屋に入ってビデオカメラを設置したらしい。そして、年明けに純也君から虐待の事実を聞いて、笙子と同居男性による虐待の場面を克明に記録したビデオカメラをひそかに回収しているんだよ。その映像を武藤の番組で独占放映することになっている」

霧子は古市の説明に啞然としてしまった。

ということは、やはり、今回の一連の騒動はすべて林太郎本人が仕組んだことだったのか。

「じゃあ、古市さんも武藤さんも、最初からそのことは知ってたんですか」

「まあね」

そこで古市は頷いた。

「まさかこんなに早くあいつが捕まってしまうとは思ってなかったけどね」

そう苦笑して、

「しかし、菊池笙子というのは聞きしに勝るおんなだよ。映像を観ると、純也君に虐待行為をしているのは笙子の方で、同居の男はそれを傍観しているだけなんだ。林太郎もさすがにここまでとは思っていなかったみたいだ。あいつは静かな男だから顔や口には出さないけど、あの母親のことだけは絶対に許さないと決めているんだと思うね」

と言ったのだった。

27

逮捕から二週間後の二月十六日月曜日。林太郎は釈放された。当日は中野警察署の前に報道陣が押し寄せ、記者やカメラマンにもみくちゃにされながら仲田夏生の車に彼は乗り込んだのだった。

そのまま霞《かすみ》が関《せき》の弁護士会館に移動して記者会見を行なった。

菊池純也が世間に初めて姿を見せたのは、この会見の場でだった。純也は老女に連れられて会見場に入って来た。その老女が半月以上にわたって彼を自宅で匿っていたことが明らかになった。

唐川悦子だった。

悦子も純也と一緒に会見に同席し、記者たちの質問に答えた。

「椿先生はうちの孫の恩人なんです。ほかならぬ先生の頼みであれば、老骨に鞭打《むちう》ってどのようなことでも協力するつもりでおりました。今回は大恩ある椿先生に、その何万分の一かでもお返しができて、私としては本望でございます。純也君とは半月以上、一緒に仲良く暮らしましたが、こんなに賢くてやさしくて、思いやりのある子は滅多にいないと思います。もういままでは本当の孫のように感じております。もし許されるならば、これからも純也君と一緒に生きていきたいと私も主人も望んでおります」

笙子が写真を掲げての会見を繰り返したこともあって、会見では純也君の顔もオープンになった。

「おかあさんのことをいまはどう思ってる？」

と問われた彼は、しばらく黙り込んでいたが、

「おかあさんは病気だと思う」

と一言だけ答えた。

同じ日、菊池笙子は息子への傷害の容疑で逮捕されていた。

会見で林太郎は次のような言葉を述べた。

「今回の事件はまさしく氷山の一角です。いまこの国では本当にたくさんの子供たちが

純也君のような過酷な虐待を耐え忍び、誰からも救いの手を差し伸べられることなく、必死の思いで生きつづけています。どうして大好きなおかあさんやおとうさんが自分にこんなことをするのか？　彼らはその答えが見つけられずに、深く絶望し、夢も希望も失い、きっとこんなふうにひどい目にあうのは自分が駄目な子供だからだと自らを激しく責めつづけながら生きているんです。

これほど豊かになったこの国で、毎日毎日、子供たちが虐待され、学校でのいじめに苦しみ喘《あえ》いでいます。そして、私たち大人はそういうありありとした現実に、もう何十年も目をつぶり、見て見ないふりを重ねてきた。抜本的な解決策を何も考えてこなかった。

すぐそばで、それこそ皆さんの住む家の隣で、いまも子供たちが死にたくなるような現実を前に絶望しています。

私は今回、少しでもこうした重大な問題について皆さんにあらためて気づいて欲しくて、このような行き過ぎた行為を致しました。一教師としての固い信念に基づくものではありましたが、世間を騒がせ、多くの方々にご心配とご迷惑をおかけした責任は痛感しております。むろん、犯した罪についてはいかような罰でも受ける覚悟でおります。逃げも隠れもいたしません。

ただ、できますればこの隣に座っている純也君が、これからは一瞬たりとも、ぶたれたり、怒鳴られたり、無視されたり、笑われたりすることなく、そういう恐怖に怯えることなく安心して生きていくことができるよう、ここにお集まりの皆さん、またこの会見をご覧になっている皆さんにご支援を賜りたいと、私は全身全霊で願っております」

釈放の日、霧子は仕事で札幌《さっぽろ》に来ていた。

辻井や三谷は「休暇を取ってだんなさんのところへ行ってあげたら」と言ってくれたが、霧子の方が辞退したのだった。

林太郎とは先週末に中野署で会って、ゆっくり話していた。十二日にビデオが公開され、世論が一気に林太郎擁護に向かってからは警察も態度を急変させていた。菊池笙子の言い分を鵜《う》呑《の》みにして、純也君への虐待の事実をろくに検証していなかったことが暴露され、警察としてもこれ以上、林太郎を被疑者扱いするわけにはいかなくなっていたのだ。

長期間にわたって児童を隠匿し、公的機関に身柄を渡すことさえ拒否したという点では分が悪かったが、だからといって教師としての身分を持つ林太郎をそれだけで司法が罪に問えるかとなれば、世間の反応からして、ほぼ不可能だろうと古市は言っていた。なにしろビデオの公開直後から、教え子のいのちを救った勇気ある教師として林太郎は英雄扱いされ始めていたのだ。

実際、菊池笙子が純也にふるっていた暴力は度を超えていた。公開されたその衝撃的な映像を観れば、純也が殺される寸前の状況にあったのは誰の目にも明らかだった。

週末の面会のときも、林太郎は純也の居場所を明かさなかった。ただ、

「釈放されたら、すぐに純也と一緒に記者会見をするつもりだ」

とは言っていた。

面会はそれが三度目だったが、林太郎は一貫して落ち着いていた。ビデオの公開まではかなりきつい取り調べを受けていたようだが、まったく平気な様子だった。

「ごはんはちゃんと食べてる?」

霧子が訊くと、

「量が少なくて参っているよ」

と笑った。

林太郎不在のあいだも「椿体育教室」は千沙たちの尽力で変わらずつづけられていた。当初は殺到した記者たちも、取材すればするほど林太郎の評判の高さを知り、教室に直接訪ねて来るようなことはしなくなっていた。

今回の事件は、林太郎に対する霧子の見方を大きく変えるものだった。

菊池笙子が純也を虐待する録画映像を霧子も何度か観た。それは目を覆うような凄惨な場面の連続だったが、自分を産んでくれた実の母親からあのような残虐な目にあっている子供が、現にすぐそこにいるのだった。

もしもこの映像を未来テレビで映し出せば、それこそ現場を目撃しているようなリアリティを視聴者は感ずるだろう。

霧子は未来テレビの大切な役割を一つ発見したような心地になりながら、家の中に仕掛けたビデオカメラをひそかに回収し、たった一人でこの映像を観た林太郎の心中を思った。彼は何があっても純也君を救い出さなくてはならない、もう二度とこんな母親のもとへ彼を帰してはならないと誓ったに違いない。そのために最も有効な手段が何であるかを持ち前の精緻な頭脳で考えに考え、計略を練った。

そして彼はその計略を実行し、ものの見事に成功させたのだった。

むーちゃんの言うとおりだったんだ。

霧子は思い知ったようにそう感じていた。私が結婚した相手は、むーちゃんが言っていたように「たいへんな男」だった。

ちゃんと覚悟しておくんだよ。

あのときのむーちゃんの声が聞こえてくるようだった。

札幌には三日間滞在する予定だった。

目的は、あるデザイナーに未来テレビのプロダクトデザインを引き受けてもらうことだった。彼の名前は市川佐藏《いちかわさぞう》。伝説のプロダクトデザイナーとして業界では〝神〟とも呼ばれる存在だ。

市川はもともとは霧子の会社のライバルメーカーに勤務するデザイナーだった。その会社員時代に数々のヒット商品のデザインを担当し、輝かしい実績を引っ提げて独立、市川デザイン事務所を起ち上げた。以来、家電から光学機器、ゲーム機、自動車、はては列車に至るまで多様なプロダクトデザインを手掛け、それまでの声望を不動のものにしたのだった。数年前、六十歳を機に引退。故郷の北海道に引っ込んで、いまは小さな画塾を開いて子供たちに絵を教えながら悠々自適の生活を送っていた。

市川にデザインを依頼したいと提案したのは霧子だった。

室長の三谷をはじめ誰もが「そんなことできっこない」と取り合わなかったが、辻井だけは、

「市川さんは絶対に仕事は受けないという話だけど、澤村さんがそんなに彼に頼みたいなら、一度アタックしてみてもいいわね」

と言ってくれたのだった。

それが年明けの話で、以来、霧子は何度も手紙やメールを出し、未来テレビがいかに画期的な製品であるかを市川に綿々と訴えつづけた。そして、先週になって彼から、

「会うだけなら、一度会ってもいい」

という返信を貰ったのだ。

霧子は是が非でも市川を担ぎ出したかった。未来テレビを彼に見せることさえできれ

ば、活路はひらけると確信していた。といって、市川ほどの相手に策を弄したところで上手《うま》くいくはずもない。とにかく真正面からぶつかっていくしかないと腹を括《くく》っていた。

初日は市川行きつけのレストランで落ち合って、一緒に食事をした。

「ところで、澤村さんの霧子っていう名前は、一体どういう謂《いわ》れがあるの？」

市川が最初に質問してきたのはそれだった。いつものように父と母の話を紹介すると、

「しかし、もし男の子が生まれたらご両親はどういう名前にするつもりだったんだろう？」

あのときの林太郎と同じことを市川は言った。

二日目は、市川の画塾を朝から訪ねた。前夜の別れ際に「明日、見学に伺ってよろしいですか？」と頼んでみると、市川はすんなりと了承してくれたのだ。

生徒たちは小中高生から不登校の子たちまで、まるで「椿体育教室」のようにまぜこぜだったが、市川の指導法も林太郎たちのそれとてもよく似ているように感じられた。

霧子も子供たちと一緒に日が暮れるまで絵を描いたり、粘土をいじったりして遊んだ。

夜はアトリエの隣に建っている瀟洒《しょうしゃ》な私邸に招かれ、夫人の手料理をご馳走《ちそう》になった。

夫人も交えて、市川の若い頃からの仕事の話を聞いた。夫妻には子供がいないことを霧子は初めて知った。

時刻も十二時近くになり、霧子が暇乞《いとまご》いをしようと口を開きかけたとき、市川が、

「その未来テレビというのは他のテレビとそんなに違うの？」

と唐突に訊ねてきた。それまで霧子は一度も仕事の話も未来テレビの話もしていなかった。

「実は、試作機を販社の札幌オフィスに持ち込んでいるんです。もしよろしければ、明日、奥様とご一緒にご覧になりませんか？」

霧子はあくまでもさりげなく言った。すると、夫人が、

「霧子さんの手紙やメールによれば本当にすごいテレビなんでしょう。ねえ、あなた、一度観るだけ観てみましょうよ。私は是非観てみたいわ」

と助け舟を出してくれたのだ。

翌日は画塾が午前中で終わるということで、午後から二人で札幌駅前にある販売会社の札幌オフィスに足を運んでくれることになった。霧子はもうそれだけで、天にものぼるような気持ちだった。

二月十八日水曜日。

夫妻は午後二時半に札幌オフィスにやって来た。市川の希望で三十分ほどオフィス一階のショウルームを見学して回り、三時ちょうどに七階会議室に案内した。

プロジェクターのときとは違い、未来テレビの試作機は厳秘扱いだった。同行していた販社の社員たちは会議室の前でいなくなり、未来テレビのデモは霧子一人で行なうこ

とになっていた。

　夫妻と共に会議室に入り、あらかじめ設置しておいたテレビのスイッチを入れた。

「お二人にこの未来テレビの価値を知っていただくために、まず最初にどんな映像をご覧にいれればいいか、ずっと悩みつづけてきました。私がプロジェクターを使って初めてこの映像を観たときは、映画の『アラビアのロレンス』だったんです。それはもう言葉にはできないほどの映像体験でした。

　でも、今日、いまから映し出すのはそういう映画やドラマではありません。昨日の夜まで迷いに迷って、これを一番初めにお二人に見ていただくことに決めました。そのために大阪の本社から今朝、データを取り寄せたばかりです。

　未来テレビが映し出すリアルは、ただ娯楽のためだけにあるのではありません。この映像がそうであるように、世界の過酷さや命の尊さをこれまで以上の訴求力で視聴者に訴えかけることができる。それが未来テレビなのです。

　では、どうぞ画面にご注目下さい」

　霧子はそう言って、手にしたリモコンの再生ボタンを押した。液晶画面が一瞬明るくなり、そして映像が流れ始めた。

「あー」

　市川夫妻の口から声ならぬ声が上がった。

二〇一一年の三月十一日に三陸《さんりく》沿岸の町々を襲った巨大津波の映像だった。

十分ほどでそれは終わった。

霧子はつづいて地上デジタル放送のテレビ番組を流す。

津波のすさまじい迫力と比較すると、日常のテレビ番組はまるでお伽《とぎ》の国の出来事のようでもある。

各局の番組をしばらくザッピングして未来テレビのスイッチを切った。

ずっと画面に見入っていた市川がむずかしい顔つきで霧子を見る。

「市川先生、このテレビのデザインをぜひとも先生にやっていただきたいのです」

いままで一度も見せなかったような険しい表情の市川に向かって霧子は言う。

「やりましょう」

彼ははっきりとそう言った。

その日の夜の便で大阪に帰った。

機中で霧子の脳裏を占めたのは仕事の達成感ではなく、市川夫妻に見せたあの東日本大震災の津波の姿だった。

霧子は考えた。

もしも、あの大震災が起きる前に、たとえば四千人近くの死者・行方不明者を出した石巻《いしのまき》市を林太郎が訪ねていたとしたら、彼は市内を歩きながら、この町がいずれ巨大な災害に遭遇することを察知できたのだろうか？　擦れ違う人々の姿に、異常な頻度で死の影を感じ取り、戦慄したのだろうか？

そして、あの菊池純也を救ったように、予言者となって町の人々に災厄の近いことを告げて歩いたのだろうか？

人の寿命を知るというのは一体どういうことなのだろう？

そうやって寿命を知ることで、その寿命そのものを引き延ばすことができるのだろうか？

この私などは、さしずめそういう例の一人なのだろうか？

いままでは林太郎の特殊な能力について真剣に考えることを避けてきたが、今回の事件を経て、霧子は彼ならばそうした能力が身に備わっていたとしてもさほど不思議ではないという気がし始めていた。

ならば、もっと訊きたいことが山ほどある。

霧子はそう思う。

いま一番知りたいのは、彼は自分自身の寿命を知っているのかということだった。

人の命は例外なく尽きるものであり、よくよくそこに思念を凝らすならば、誰でも自分や他人の寿命を読み取る力があるのだ、と林太郎はあのとき言っていた。だとすれば、彼は当然自分自身の死期がいつであるかを知っていることになる。

実は、昨日、市川の画塾を訪ねて一日子供たちと共に過ごした折、市川がたまたま林太郎の事件に触れてきたのだった。むろん、霧子がいまや渦中の人物である椿林太郎の妻だとは市川は露ほども思っていなかった。

ひとしきり林太郎のことを褒めちぎったあと、彼は、

「でもああいう人は長生きできないんだよなあ……」

と呟くように言ったのだ。霧子はその不穏な一言を耳に留めざるを得なかった。

「どうしてですか？」

つい問い返していた。すると市川は不意を突かれたような、ちょっと意外そうな顔をして、

「うーん。何となくそんな気がするんだよ。立派過ぎる人はこの世界には長く滞在していられないってよく思うんだ。こうして六十過ぎまで生きていると、そういう人を何人か見てきているしね。まあ、僕くらいがほどほどでちょうどいいってことじゃないかな」

そんなふうに冗談めかして答えたのだった。

28

菊池母子の事件から半年後、教室はさらに三つ増えて六つとなった。その三つの教室

はそれぞれ荻窪、吉祥寺《きちじょうじ》、三鷹の駅前に設けられた。教職員も新たに十名以上を採用し、生徒も順調に集まっていた。その頃には、むーちゃんの遺産を当てにする必要もなくなり、教室経営は十分に採算がとれるようになっていた。

林太郎は、テレビ、ラジオにひっぱりだこで、各番組にゲストとして出演するたびに人気を高めていった。緊張知らずの彼はスタジオでのトークも巧みだったし、引きも切らぬ講演依頼にこたえて全国を飛び回っているあいだにますますその話術に磨きをかけていった。

そして、新しい内閣が誕生すると、総理の音頭で設置された「教育ルネッサンス会議」のメンバー十二人の一人に抜擢された。この会議で彼が起草した「いじめ問題に対する緊急提言」はメディアで大きな話題を呼び、その人間味あふれる文章は、名文として各界で称賛を浴びたのだった。

一方、霧子が参画していた「未来テレビ・プロジェクト」は、量産機完成直後の三月末をもって急遽中止と決まった。

会社の三月期の決算が三百五十億円の黒字見通しから一気に八千億円超の赤字へと大幅に下方修正され、北川社長が六月の役員改選を待たずに引責辞任する羽目に陥ったのだ。新社長には、会長に退いていた安西《あんざい》前社長が復帰することとなり、これは明らかな会長派による奪権クーデターだった。北川社長の最側近だった辻井常務は当然のごとく

ＡＶネットワークカンパニーのプレジデントを解任され、子会社へと転出させられた。

戦略企画室の面々も全員がパージの対象となり、霧子は四月一日付で東京本社に戻されたものの配属先は商品管理部だった。三谷をはじめ他のメンバーも全国各地の事業所や海外支店へと一斉に左遷された。「未来テレビ・プロジェクト」チームは先端技術総研の中山や茂木も含めて完膚なきまでに解体されてしまったのだった。

「なにもかも一足遅かったわね」

辻井はさばさばした口調でそう言って、さっさと大阪本社を去って行った。

霧子は商品管理部に一ヵ月ほど通ったあと、会社を辞めた。五月の連休明けのことだった。

ちょうど新しい教室の設立準備に追われている時期だったので、「椿体育教室」の運営に本格的に加わってほしいと林太郎から懇請されたのも早々に退職を決めた大きな理由だった。

霧子が「椿体育教室」の職員になって一年後、林太郎は政権与党の比例代表候補として参議院議員選挙に出馬し、見事当選を果たした。

議員に当選した日は、明け方になって新井一丁目のマンションに戻って来た。

霧子が大阪に赴任するときに林太郎が移った１ＬＤＫの部屋にいまも二人は住んでいた。

祝勝会で何度も乾杯をさせられ、さしもの林太郎も選挙運動の疲れと大量のアルコールでかなり酔っ払っていた。とはいえ、当選の喜びで彼の表情は精気に満ちている。霧子も興奮の渦中にあって身体は綿のように疲れていたが、意識は澄み渡っている感じだった。

「本当に当選しちゃったね」

ようやく二人きりになれて、霧子は言った。

世論調査の支持率や比例名簿の登載順位からして当選確実とは言われていたものの、実際に当確の報に接するまでは気が気ではなかった。それにしてもずっと他人事でしかなかった選挙なるものを当事者の一人として体験するなんて、霧子はいまだに信じられない気分だった。

「そうだなあ……」

林太郎も感慨深げに言う。

「参議院議員になって、これから林太郎さんって一体どうなるんだろう」

「さあ、どうなるんだろうね」

林太郎はぼんやりとした声を出した。

「何か考えてるんでしょう？」

「そうだね。本当はこのまま突っ走って、総理大臣にでもなれたらいいのにって思うよ」

「総理大臣？」

「うん。そうすれば思い切って何でも変えられるからね」

「そうなんだ」

霧子は、林太郎ならば本当に総理大臣になれるかもしれないと感じた。この人はそういう人なのではないか。

「だけど、そうもいかないしね」

林太郎が自嘲気味に言う。

「どうして？」

「僕はそんなに長くは生きられないから」

霧子は黙って夫の横顔を見る。視線に気づいた彼が霧子の方へと鼻先を向けた。目の下にうっすらと隈《くま》ができ、顔も幾らかむくんでいた。

「霧子、ごめんね」

と言う。

「そんなにすぐなの？」

自分の声が震えているのに気づく。

「いや、そんなことはないよ。ただ、五十年も六十年も生きられるわけじゃないんだ。

たぶん、この髪の毛が白くなるまで生きるのは無理だって感じるんだよ」

「そうなんだ……」

彼には自分の年老いた姿が見えないのだろうと霧子は思った。

「だから、いまこの瞬間こそが僕にとって本当にかけがえがないんだよ」

林太郎は静かな声で言った。

霧子はそんな夫をしばらく無言で見つめていた。彼の言っていることはきっと正しいのだろうと思う。だが、どんな正しさにだって小さなほころびはあるはずだ。

霧子は立ち上がった。ソファの上にある脱いだばかりの上着をもう一度羽織った。

「どこに行くの?」

林太郎が不思議そうな目で霧子を見る。

「もうすぐ夜が明けるから、朝日を見に行くのよ」

それだけ言うと霧子は彼に背を向けて玄関へと向かう。

「どうしたの、急に」

怪訝な声を出しながら林太郎が立ち上がる気配を感じた。

靴を履き、ドアを開けて霧子は外に出た。エレベーターホールで上階行きのボタンを押した。すぐにエレベーターが到着する。昇降かごに乗って最上階のボタンにひとさし指の腹を当てる。ドアが閉まる直前、背広姿の林太郎が部屋から出てくるのが見えた。

十四階で降り、屋上へとつながる階段をのぼる。大きな鉄製の扉があった。いままで一度だって屋上に出たことなどなかった。

ドアレバーを握って回してみる。意外なことにレバーは最後まで回って、手前に引くと重い手応えと共に扉が開いたのだった。この扉は普段から施錠されていないのだろうか？

開いた先にはさらに急な階段がある。見上げるといまだ暗い空が見通せた。

霧子はゆっくりと階段をのぼり、屋上のコンクリートの床に立った。

生ぬるい風が頬に吹きつけてくる。かなり広い。

遠くに新宿の高層ビル群の明かりがちらちら見える。暗いと思った空は、仄明《ほのあか》るさを宿していた。もうすぐ夜が明けるのだろう。

霧子はゆっくりとした足取りで屋上の端へと歩いて行った。大きな給水塔を左手に見ながらマンションの前庭のある側へ回り込む。

扉が開放されているにもかかわらず、不思議なことに屋上のへりにはフェンスのたぐいは何も設置されていない。遊び心で上がってきた子供たちにとっては危険極まりない場所だろう。五十センチほどの高さのコンクリート塀で囲われているだけなのだ。

その塀際まで行って、軽く身を乗り出して下を見る。

もとから高所恐怖はないが、それでもさすがに十四階の高さから下を覗くと、くらくらとして足がすくみそうになる。

前庭の植え込みと茶色の煉瓦《れんが》タイルが敷かれた地面がくっきりと見えた。

そういえばと思って顔を上げる。

正面がちょうど東だったが、空に光が満ち、太陽が顔を出し始めていた。

霧子は背筋を伸ばし、南から吹いてくるあたたかな風を全身に受ける。

夜が明けていく……。

その美しい光景にしばし目を奪われていると、傍らに微かな息遣いのようなものを感じた。

ぎょっとして振り返る。

ダークスーツを着た背の高い男がいつの間にかすぐ後ろに立っていた。

「林太郎さん」

林太郎は何も答えず、口を結んでのぼりゆく朝日をじっと見つめている。

二人とも無言のまま太陽が完全に姿を現わすまでの時間を見送った。あたりはみるみる明るくなっていく。

「林太郎さん」

もう一度名前を呼んだ。

「うん」

今度は返事して隣にやって来た。

「私は、赤ちゃんを産まなければ、死ぬことってないんだよね」

ここへ来た目的を胸中で確かめながら霧子は言った。

「そうだよ」

「だとしたら、いまこの屋上から飛び降りたとしても、私は死んだりしないってことだよね」

口にしながら、かつて早稲田のビルの屋上から飛び降りた吉井優也のことを思い出していた。

「だけど、きみはそんなことはしないだろう」

林太郎は確信を持った口調で言う。

「でも、あなたの言うことを本気で信じるんだったら、ここから平気で飛び降りることだってできるわ」

「それはそうかもしれないけどね。でも、霧子はそんなことはしないよ」

「そうかしら」

挑むような目で林太郎を見た。

「林太郎さんには、人間の寿命を察知する力があるのかもしれない。最初は信じられなかったけど、いまは、私もそういう気がしているの。でも、それでも、ここから私が身を投げたら、私はきっと死んでしまうと思う。人生に決まっている部分があるっていうのは何となく分かるの。でもね、それだって、私たちの意志で幾らでも修正は可能なんじゃないかしら。私は、赤ちゃんを産まないから生き延びているんじゃなくて、いまこうして、こんな場所に立っていても、自分自身の意志でここから飛び降りないと決めているから生きているんだと思う。林太郎さんの言っていることは半分本当で、半分本当じゃないって気がする。だから、林太郎さんも、見えるっていう自分の能力に簡単に屈服しないで欲しい。私は強くそう思ってるの」

林太郎は黙って霧子の話を聞いていた。だが、その言葉を受け入れているようには見えなかった。むしろ、憐れむような目でずっと彼女を見ていた。

「霧子、僕たちは、病気や怪我で死ぬんじゃないんだよ」

いつもの落ち着いた声で林太郎は言った。

「自らの寿命が尽きたときに死ぬんだ。僕たちに、その寿命を変える力は与えられていない。誰もが寿命を受け入れるほかはないんだよ。ただね、そうだとしても、どうやって死ぬかは僕たちの力で変えられるんだ。

僕はたとえどんなに短い人生だったとしても、人間はちゃんとした死に方で死ぬべきだと思っている。決してむごい死に方をしちゃいけないし、させてはいけないと思っている。どんな人も、最後の最後まで周囲の人に愛され、惜しまれて死んでいって欲しい。

この世に生まれてきたことを呪うような死に方だけは絶対にさせてはならないんだよ。

僕がね、マザー・テレサを尊敬しているのは、彼女がそのことを誰よりも知っていたからなんだ。彼女はカルカッタの街で行き倒れている瀕死《ひんし》の人々を、イエスの化身だと信じて介抱し、安らかな死へと導いた。自分の腕の中で、彼らをイエスその人として死なせてあげたんだ。

僕はね、こういう能力を手に入れてみて、たった一つだけきみたちが知らないことを知ったような気がするんだよ。きっとマザーもそれを知っていたんだといまは思っている」

そこまで喋ると、林太郎は右手を差し出してきた。

霧子はその繊細で美しい手を握った。林太郎は彼女の手を引いて、正面の塀の方へと歩み寄って行く。

塀に爪先が触れるくらいまで近づき、そこで足を止めた。霧子の顔をじっと見る。

「それはね、死は決して終わりではないってことなんだ」

その言葉を耳にした瞬間、霧子の手はものすごい力で引き寄せられていた。

えっと思ったときにはすでに彼女の身体は林太郎に抱き取られ、中空に躍り出ていた。

霧子は林太郎と共にゆっくりと舞うように落下しながら、
やっぱりこの人は死神だったんだ……。

そう思っていた。

29

「霧子さん、大丈夫ですか？」

という声に目を開けた。

ここはどこだろう……。

次第に視界が明るくなり、周囲の喧騒が聞こえてくる。どうやら自分は短い時間、眠ってしまっていたようだった。腰のあたりには脱いだはずのコートが掛かっていた。

「ようやく目が覚めたみたいだね」

ちりちり髪のおばあちゃんが顔を覗き込んでいる。

むーちゃんだった。どうしてむーちゃんが目の前にいるんだろう？

霧子は小さく首を振って、寝そべっていた長椅子から起き上がった。

隣にはむーちゃんが座り、正面には林太郎の笑顔があった。彼の横には仲田君がいる。

「私、どうしちゃったの？」

本当にわけが分からなくて、そのままの気持ちを呟いていた。

ぐるりを見回す。どうやらここは「むーちゃん」のようだった。

一番奥の席に霧子たちは陣取り、入り口に向かって並ぶテーブル席は半分くらい客で埋まっていた。どの席の客もビールジョッキを傾け、たのしそうにわいわいやっている。

「霧子さん、すっかり酔っ払っちゃって、椿先輩が家まで送って行くって言ったらどうしてもイヤだって駄々をこねて、そのうち眠ってしまったんですよ。それで、僕たち、霧子さんが目を覚ますのをずっと待ってたんです」

仲田君が説明してくれる。

「そうだったんだ」

霧子にはまったく記憶がなかった。

まだ頭がぼんやりしている。ただ、空中に投げ出された瞬間、顔に当たった風の勢いや林太郎が強く握った二の腕の感触は、いまもはっきりと身体に残っていた。

「霧子さん、先輩のことを死神、死神って言ってましたよ。死神なんかに送って貰ったら殺されちゃうって」

仲田君がおかしそうに笑っている。その隣で林太郎もにこにこしていた。

「さて、そろそろ看板にしようかね」

そう言ってむーちゃんが立ち上がる。仲田君も同時に席を立った。

「いま何時？」

林太郎が仲田君に訊いている。

「午前二時を回ったところです」

「霧子さん」

林太郎が少し身を乗り出して話しかけてきた。

「もう酔いもさめたみたいだし、今度こそ、ちゃんと送らせて下さいね」

と言った。

霧子の方はいまだに呆然としていた。

やっぱり何がなんだか分からなかった。

本当に、全部夢だったのだろうか？

「さあ、行きましょう」

むーちゃんと仲田君がいなくなると、林太郎も立ち上がった。

「霧子さんのマンションって、桜山公園の裏だったよね」

霧子も腰を上げながら「はい」と答えて、椿林太郎の顔を思わずまじまじと見つめた。

どうして、そんなことをこの人は知っているのだろう？

早稲田通りまで出て人通りのほとんどない道を二人で歩いた。夜が最も色を濃くする時間帯だ。

さきほどまで見ていた夢の中でも、私は彼を連れてこの道を歩いたのだったか？

思い出そうとしても遠い昔のことのようでうまく思い出せない。中野駅まで戻って、線路沿いの道を真っ直ぐに歩いたような気もする。

だけど……。

この人は、私を送り届けたあとどうやって志村坂上の自分の家まで帰るのだろう？

そう思った瞬間、林太郎の部屋の様子がくっきりと脳裏に浮かんだ。

ダイニングテーブルの前にちょこんと腰掛けて、小さなお椀《わん》の味噌汁をふーふー冷ましながら、頑張って飲んでいる啓太君の姿が見える。隣には心配顔の林太郎が座っていた。

啓太君だけでなく、徹哉君や純也君の顔も鮮明に思い出せた。

「唐川悦子という女性を椿さんはご存じですか？」

ふとそう訊ねてみたくなる。こうして並んで歩く林太郎は、啓太君の祖母の名前を知っているのだろうか？　現実にこの世界に「唐川悦子」や「徹哉」や「純也」や「上杉千沙」や「亀山幸枝」は存在しているのだろうか？

それとも何もかもが自分の妄想の産物なのか？

夢の中で、林太郎は「本物の時間というのは絶えず伸びたり縮んだりしてるんだよ。人間はみんなひとりひとり、持っている時間の長さが違うんだ」と言っていた。

もしかしたらそれにとどまらず、時間の経過はもっと可塑性のあるものなのかもしれない。途切れては反復し、また戻ってくる、大きな流れの一部分に過ぎないのかもしれない。

だとすれば、さきほどまでの夢は私にとってこれからの現実となり得るのだろうか？

いや違う……。

あの時間にまつわる話は、夢の中で聞いたのではなく、「むーちゃん」で林太郎が本当に喋ったことだった。

「白桜小学校入口」バス停の手前にある細い道を林太郎は迷わずに右折する。

この道を百メートルほど進めば、道路沿いに霧子の住むマンション「スカイハイツ桜山公園」があった。

ずっと二人とも黙って歩いていたが、街灯の明かりにマンションの建物が小さく見えてきたあたりで霧子は口を開いた。

「さっき、不思議な夢を見たんです。夢の中の椿さんは、人がいつ死ぬのかが全部分かってしまう人でした」

「そうなんだ」

椿林太郎はさほど驚いたふうもない。

「だから、霧子さん、寝言で僕のことを死神、死神って言ってたんだね」

「そうかもしれませんね」

霧子は答える。

林太郎はマンションの入り口の前で立ち止まった。わざと歩速をゆるめて先を歩かせていたので、一度も来たことのない霧子の家を彼が知っていたのは間違いない。それとも、酔って寝落ちする前に、ここの名前を教えてしまったのだろうか？　そんなことを考えながら、霧子はエントランスの壁に掲げられた表札看板を見た。

おや、と首を傾げる。

「スカイハイツ桜山」

となっている。霧子のマンションは「スカイハイツ桜山公園」だった。場所も玄関の様子も、建物の色や造りも、どう見てもここがそれだ。

「じゃあ、僕は帰ります」

玄関ドアの前で、林太郎が言った。

「ちょっと待ってくれませんか」

霧子は慌てたような声を出した。バッグから携帯を取り出して連絡先リストを呼び出す。自分のアドレスを開いて確認した。たしかに「スカイハイツ桜山公園４０２」となっていた。いつの間にマンションの名称が変わったのか？　それにしても「スカイハイツ桜山」と記された表札看板は見慣れたもので、新しいものに交換された印象はない。

ドアを開けて、オートロックの鍵穴に鍵を差し込んで回す。

内扉が音もなく開く。

やっぱりこのマンションだ。

エントランスの外で、困惑気味に林太郎が立っていた。その彼を手招きする。

「もうこんな時間だし、始発までお茶飲んでいきませんか？」

口にした瞬間、鮮明に甦《よみがえ》ってくるものがあった。

夢のとば口で起こったのもこれだった。すっかり酔った霧子は林太郎に家まで送って貰い、ふとマンションの看板に目をやると別の名前になっていた。夢の中ではいまとは逆に、「スカイハイツ桜山」が「スカイハイツ桜山公園」に変わっていたのではなかったか。

一人で部屋に入るのが薄気味悪くて、

「ちょっと休んでいきませんか。コーヒーくらい淹れますけど」

と林太郎を誘った。

「ありがとう」

あのときの林太郎は嬉しそうに霧子についてきた。

だが、目の前の林太郎はちょっと困ったような顔で霧子を見ている。

どうしちゃったの？

霧子は内心で小さな叫び声を上げる。

あなたは私をひとりぼっちにするつもりなの？

私と一緒にいる運命はもう終わった、ということなの？　それとも、私が若くして死なないように夢の中でちゃんと教えてくれたから、もう自分の役目は終わったとでも言いたいの？

私は、まだ終わってない。

霧子は、林太郎の童顔だが美しいその顔を見つめた。

たとえ何度同じ人生を辿《たど》ったとしても、何度でもまた新しい順番で相手のことを知ることはできる。そんなふうに贅沢《ぜいたく》に、前よりもさらに賢明に、もっともっと林太郎と深くつながることができるなら、「自分は長生きしない」と信じ切っている彼に、今度こそ、「絶対にそんなことはない」と教えてあげられるのではないか。

人間は自らの意志の力で、きっと運命を変えることができる。

黙り込んだままの林太郎に、霧子は少し強い口調で言った。

「さっき、私と結婚するつもりだって言いましたよね」

林太郎はしばし俯いた。やがて顔を上げ、霧子の目を見てかすかに頷く。

その頬にはにかんだような笑みが浮かんでいた。

参考文献

品川裕香著、竹田契一監修
『怠けてなんかない！　ゼロシーズン
〜読む・書く・記憶するのが苦手になるのを少しでも防ぐために』
（岩崎書店）
品川裕香著
『心からのごめんなさいへ　一人ひとりの個性に合わせた
教育を導入した少年院の挑戦』（中央法規出版）

本書はフィクションであり、実在の個人・団体等とは無関係であることをお断りいたします。

解説

菊間千乃

「菊間さんみたいな職業の人は、本屋に行って、気になった本は全部買った方がいい。たとえ読む時間がなくても。後々タイトルを見ただけで、自分がどういうことに興味を持っているか、自分自身を知ることができるから」

二十代後半に、ある作家さんに言われた言葉だ。

それまで、一冊読み終わったら次の本を買う、ということを繰り返していた私は、この言葉を境に、むさぼるように本を購入するようになった。同時並行で四、五冊の本を読むようになったのも、この言葉がきっかけである。最後まで読み終わらなくても、気になる個所を読むだけでも、本は期待以上のものを自分にもたらしてくれるはずだと。

その過程で手に取った本が、白石一文さんの『僕のなかの壊れていない部分』である。これが私と白石さんの出会い。三十歳の時である。そう。白石さんの小説を手に取る理由の一つは、タイトルにある。タイトルフェチの私としては、個人的には漢字二文字のタイトルには惹かれない（白石さんの作品にもいくつかあるが……）。想像力が掻き立てられないからだ。一方、白石さんの作品は『私という運命について』『どれくらいの愛情』『不自由な心』『ここは私たちのいない場所』『この胸に深々と突き刺さる矢を抜け』『見えないドアと鶴の空』『もしも、私があなただったら』、そして本作品『彼が通る不思議なコースを私も』。本屋に平積みされていたら、思わず手に取ってしまう、惹きつける魅力を持ったタイトルばかり。

そして本棚にずらっと並んだ白石さんの作品を眺めて思うことは、「私」という一人称を掲げたタイトルが多いということである。白石さんはあるインタビューで、「自分が何者なのかということに最大の興味がある」と語っている。「それが分かれば、世界中の人々のことや、この世界の成り立ちについて完全に理解できると僕は信じている」。だからこそ「死ぬまでに自分を知りたい。一生懸命知りたい。」「その途中経過を作品で報告している」と。なるほど、作者の人生のテーマがそうであるからこそ、途中経過の作品において、「私」「僕」といった一人称のタイトルが付けられているのであろう。

タイトルに掲げられる「私」が、私自身をしつこいくらいに深く深く考察する、これも白石作品の特徴である。そして、そのタイトルに惹かれて、次々と白石作品を読んでいる私自身も、確かに、「私」にとても興味があるのである。

小学校低学年の頃だったと思う。何気なく手のひらを見つめていると、ふと「この手のひらはいったい誰のものなのだろう」という疑問が沸き起こった。

すると、「私って誰だろう」「きくまゆきのとは、どこから来た人なのだろう」「なぜこの肉体を借りているのだろう」「借りている自分自身は誰なのだろう」と次々に問いかけが始まった。一つ問いかけられる毎に、肉体から魂が離れていく感覚があり、このままいったら、肉体に戻れない気がして、怖くなって途中で考えることを止めた。肉体と魂が分離するような、不思議な感覚であった。それ以来、今に至るまで、何度となく怖いもの見たさで、意識的に手のひらを見て、先の問いかけを繰り返すのであるが、答えは出ずに、四十代半ばまできてしまった。誰でも同じ悩みを抱えているものだと思い、友人にこの体験の最終ゴールを聞いてみるのだが、「そもそもそんなことを考えたことはない」という返答が大半であり、「そうそう、それって怖いよね」等と共感をされたことは皆無である。

私は白石作品に出会ってから、全くもって勝手な思い込みであるが、白石さんは、この感覚を「あるある」と言ってくれると信じている。「自分が何者かを知る」ということは、目に見えている当たり前の自分をまるごと疑ってかかる作業から始まると思うからだ。「自分」というものは、表層的な「マンゴーが好き」「英語が得意」といった物事の好き嫌い、得手不得手で表現できるものではないし、「口下手」「短気」「引っ込み思案」といった性格分類によって表現できるものでもない。もちろんそれらも自分を表すアイコンの一つではあるのだが、「自分が何者かを知る」とは、もっと根底にある、なんだかわからないもやもやドロドロしたもの、それを少しずつ引き揚げて、整理していく作業なのではないかと思う。深い底だから、見落としてしまうものがたくさんある。きっと全部を拾い上げることなく人生は終焉を迎えるのであろう。でもだからこそ、いくつになっても、ある体験をきっかけに浮かび上がるものがあったり、誰かの話や読書による疑似体験で、浮かび上がるものがあって、そのたびに自分という存在の可能性、奥深さに気付くのだと思う。少なくとも、そうだからこそ、私は、「私」に対する興味が尽きないのである。

白石さんの作品は、主人公の「私」が自分自身を深く考察していく物語の後半に、必ずと言っていいほど、登場人物の一人語りのシーンがある。白石さんの言葉を借りれば、読者が勝手に想像する余地をなるべく与えないような、小説が本来持つ「行間」を埋め尽くすような書きっぷり。私はここが大好きだ。白石さんの考え方が詰まっている部分。「よっしゃ、来い！」という気分になる。

本作品においても、後半で林太郎と霧子が、人間の寿命について、死について語り合うシーンで、林太郎の一人語りが始まる。林太郎は、物腰の柔らかく、飄々《ひょうひょう》とした透明感のある男性として描かれているため、それほど強烈ではないが、私が大好きな作品『僕のなかの壊れていない部分』の主人公は、それはそれはひどいものである。女性に対し、一気呵成《いっきかせい》に、段落変えを一切せずに（相槌も打たせずということなのであろう）、

一、二頁にわたって、しゃべり倒すのである。これを読んだ時に、白石作品に完全にはまった。白石さんの最近の作品には、こういった激しいものは少ないかもしれない。しかしこれも白石さんの自分探しの旅の途中経過であるから、と言われれば、なんとなくしっくりくる。

そして、もう一つの白石作品の特徴は、「生きる」ということに真面目に取り組む作品であるということである。

フジテレビのアナウンサー時代、四年目の二十六歳の時に、大きな事故にあった。ビルの五階から落下して上半身の骨を十三本折るという大けがであった。生放送中の事故であったため、全国の方の知るところとなり、十八年経った今でも、その時の話をされることは多い。全治二年間であった。二十六歳と言えば、アナウンサーとして軌道に乗るまさにその瞬間である。その時に三か月間ベッドに縛り付けとなり、一年以上にわたり上半身にギプスを装着したままの生活を送らなければならないということは、当時の私にとっては相当な苦痛であった。しかし、私の主治医はこういった。「ビルの五階から落下して、死ななかったことにまず感謝しないといけない。まして後遺症が全くなく、時が経過すれば元に戻るなんていう患者さんは、私がこれまで診てきた患者さんで菊間さんが初めてですよ。奇跡なんです。与えられた命を大切に生きなさい」そして、この事故について、私の命名者である神主さんには、このように言われた。「千乃さんの前世はみんな若い時に亡くなってるんです。そういう意味では今回の事故で亡くなっていても不思議じゃなかったと思います。でも、神様がもう少し生きて頑張りなさいと言って、新たな人生を与えてくれたんじゃないですか」と。

それ以来、「与えられた命」「生かされている」そんなことを真剣に考えるようになっていたため、「生きる」ことの意味を真正面から問うている白石作品に惹かれたのだと思う。

本作品でも、人間が生き延びるために一番必要なことは夢や希望なんじゃないですか、と言う霧子に対し、林太郎は「生きる気持ちを維持するために必要なのは夢や希望なんかじゃないんだ」「自分が好きだってことなんだよ。他の誰でもない、とにかく自分自身が大好きで、超愛してるって思えることだよ。自分が大事で大事でたまらないって思えれば、その子供は絶対に死なない。それはそうだろう。世界で一番大事なものを失いたいって思う人間はいないからね。」と述べている。

さらに林太郎は、親に虐待された子供について、「これからは一瞬たりとも、ぶたれたり、怒鳴られたり、無視されたり、笑われたりすることなく、そういう恐怖に怯えることなく安心して生きていくことができるよう」にしてあげてほしいと述べるのである。

そうなのだ。自分が好きと思えるためには、ありのままの自分を受け入れることが必要だが、そのためには、ありのままの存在で愛される経験がなにより必要だ。何かができるから、何かを持っているから、何かをしてくれるから、そんな理由なんていらない、あなたの存在自体が愛しい、そう思われることで、人は自分に自信を持ち、自分自身を好きになっていけるのだと思う。そしてそう思える人が、自分と同じように他人を大切に愛することができるのだろう。

人間の寿命を察知する能力のある林太郎に対し、霧子が「人生に決まっている部分があるっていうのは何となく分かるの。でもね、それだって、私たちの意志で幾らでも修正は可能なんじゃないかしら。」という場面がある。

大きな神の手の中に私達の人生は委ねられているという林太郎と、自分の意志で切り拓いていける部分だってあるはずだという霧子。でもそう言っている林太郎自身も、全て決められたレールの上をトレースするような生き方は、嫌だよね、運命は変えられると思っているからこそ、子供たちには、「自分を好き」という気持ちで、運命を切り拓いていってほしいと願っているような、そしてそれが今の白石さんの中間回答なのではないかと思った。

「自分」が「どう生きるか」を常にテーマにしている白石作品には、いつもたくさんの問いを投げかけられる。きれいに均《なら》した砂場をシャベルでざざざっとかき乱されるような感覚。そうやって、自分の中のまだ見たことの無い自分を突きつけられるのだ。途中経過であるのだから、答えが無くてもいい。突き放されてもいい。読みながら、こうして白石作品と一緒に自分探しができることは、私にとって、この上ない幸福である。

（きくま・ゆきの　弁護士）

初出誌
「小説すばる」2013年7月号～10月号
単行本
2014年1月

集英社文庫　目録（日本文学）

清水義範　龍馬の船
清水義範　シミズ式 目からウロコの世界史物語
清水義範　信長の女
清水義範　夫婦で行くイタリア歴史の街々
清水義範　会津春秋
清水義範　夫婦で行くバルカンの国々
清水義範　iｆの幕末
清水義範　夫婦で行く旅の食日記 世界あちこち味巡り
清水義範　夫婦で行く意外とおいしいイギリス
下重暁子　鋼《はがね》の人《ひと》 最後の瞽女・小林ハル
下重暁子　不良老年のすすめ
下重暁子　「ふたり暮らし」を楽しむ 不良老年のすすめ
下重暁子　老いの戒め
下川香苗　はつこい
朱川湊人　水銀虫
朱川湊人　鏡の偽乙女 薄紅雪華紋様《うすくれないせっかもんよう》

小路幸也　東京バンドワゴン
小路幸也　シー・ラブズ・ユー 東京バンドワゴン
小路幸也　スタンド・バイ・ミー 東京バンドワゴン
小路幸也　マイ・ブルー・ヘブン 東京バンドワゴン
小路幸也　オール・マイ・ラビング 東京バンドワゴン
小路幸也　オブ・ラ・ディ　オブ・ラ・ダ 東京バンドワゴン
小路幸也　レディ・マドンナ 東京バンドワゴン
小路幸也　フロム・ミー・トゥ・ユー 東京バンドワゴン
小路幸也　オール・ユー・ニード・イズ・ラブ 東京バンドワゴン
白石一文　彼が通る不思議なコースを私も
白河三兎　私を知らないで
白河三兎　もしもし、還る。
白河三兎　十五歳の課外授業
白澤卓二　100歳までずっと若く生きる食べ方
城山三郎　臨3311に乗れ
辛永清　安閑園の食卓 私の台南物語

辛酸なめ子　消費セラピー
新庄耕　狭小邸宅
神埜明美　相棒はドM刑事《デカ》 ～女刑事・海月の受難～
神埜明美　相棒はドM刑事《デカ》2 ～事件はいつもアブノーマル～
真保裕一　ボーダーライン
真保裕一　誘拐の果実(上)(下)
真保裕一　エーゲ海の頂に立つ
真保裕一　猫背の虎 大江戸動乱始末
周防柳　八月の青い蝶
周防正行　シコふんじゃった。
杉本苑子　春日局
杉森久英　天皇の料理番(上)(下)
鈴木遥　ミドリさんとカラクリ屋敷
瀬尾まいこ　おしまいのデート
瀬川貴次　波に舞ふ舞ふ 平清盛
瀬川貴次　ばけもの好む中将 平安不思議めぐり

集英社文庫　目録（日本文学）

瀬川貴次　闇に歌えば　文化庁特殊文化財課事件ファイル
瀬川貴次　ばけもの好む中将　弐　姑獲鳥《うぶめ》と牛鬼
瀬川貴次　ばけもの好む中将　参　天狗の神隠し
瀬川貴次　ばけもの好む中将　四　踊る大菩薩寺院
瀬川貴次　暗夜鬼譚　春宵白梅花《しゅんしょうはくばいか》
瀬川貴次　ばけもの好む中将　伍　冬の牡丹燈籠
関川夏央　石ころだって役に立つ
関川夏央　「世界」とはいやなものである　東アジア現代史の旅
関川夏央　現代短歌そのこころみ
関川夏央　女流　林芙美子と有吉佐和子
関川夏央　おじさんはなぜ時代小説が好きか
関口尚　プリズムの夏
関口尚　君に舞い降りる白
関口尚　空をつかむまで
関口尚　ナツイロ
関口尚　はとの神様

瀬戸内寂聴　私小説
瀬戸内寂聴　女人源氏物語　全5巻
瀬戸内寂聴　あきらめない人生
瀬戸内寂聴　愛のまわりに
瀬戸内寂聴　寂聴　生きる知恵
瀬戸内寂聴　一筋の道
瀬戸内寂聴　寂庵浄福
瀬戸内寂聴　寂聴巡礼
瀬戸内寂聴　晴美と寂聴のすべて1（一九二二〜一九七五年）
瀬戸内寂聴　晴美と寂聴のすべて2（一九七六〜一九九八年）
瀬戸内寂聴　わたしの源氏物語
瀬戸内寂聴　寂聴源氏塾
瀬戸内寂聴　寂聴仏教塾
瀬戸内寂聴　まだもっと、もっと　晴美と寂聴のすべて・続
瀬戸内寂聴　わたしの蜻蛉日記
瀬戸内寂聴　寂聴辻説法

瀬戸内寂聴　ひとりでも生きられる
曽野綾子　アラブのこころ
曽野綾子　人びとの中の私
曽野綾子　辛うじて「私」である日々
曽野綾子　狂王ヘロデ
曽野綾子　観月観世　或る世紀末の物語
平安寿子　恋愛嫌い
平安寿子　風に顔をあげて
高倉健　あなたに褒《ほ》められたくて
高倉健　南極のペンギン
高嶋哲夫　トルーマン・レター
高嶋哲夫　M8　エムエイト
高嶋哲夫　TSUNAMI　津波
高嶋哲夫　原発クライシス
高嶋哲夫　東京大洪水
高嶋哲夫　震災キャラバン

集英社文庫

彼《かれ》が通《とお》る不思議《ふしぎ》なコースを私《わたし》も

2017年1月25日　第1刷　　定価はカバーに表示してあります。

著　者　白石一文《しらいしかずふみ》
発行者　村田登志江
発行所　株式会社　集英社
東京都千代田区一ツ橋2-5-10　〒101-8050
電話　【編集部】03-3230-6095
【読者係】03-3230-6080
【販売部】03-3230-6393(書店専用)
印　刷　凸版印刷株式会社
製　本　凸版印刷株式会社

フォーマットデザイン　アリヤマデザインストア　　マークデザイン　居山浩二

ISBN978-4-08-745531-1 C0193